Ali et le rebelle

*

Phoebe et le chirurgien

EMILY FORBES

Ali et le rebelle

Traduction française de
ANOUK

BLANCHE

HARLEQUIN

Collection : Blanche

Titre original :
ALI AND THE REBEL DOC

HARPERCOLLINS FRANCE
83-85, boulevard Vincent-Auriol, 75646 PARIS CEDEX 13
Service Clients — www.harlequin.fr
ISBN 978-2-2804-9808-1 — ISSN 0223-5056

Composé et édité par HarperCollins France.
Imprimé en janvier 2024 par CPI Black Print (Barcelone)
en utilisant 100% d'électricité renouvelable.
Dépôt légal : février 2024.

FSC www.fsc.org MIXTE Papier issu de sources responsables FSC® C159065

Pour limiter l'empreinte environnementale de ses livres, HarperCollins France s'engage à n'utiliser que du papier fabriqué à partir de bois provenant de forêts gérées durablement et de manière responsable.

1

— La prochaine fois qu'on me demande si je vais me remarier et enfin fonder une famille, je me fâche ! lança Ali en s'engouffrant dans la cuisine de sa belle-sœur.

Dee était penchée au-dessus d'un tiroir dans lequel elle farfouillait avec énergie.

— Tu es sérieuse ? répondit-elle sans se retourner.

— Évidemment. Depuis le temps, tout le monde devrait avoir compris, déclara Ali. De combien de façons différentes faudra-t-il que j'explique que je ne veux pas d'enfants ?

Dee se redressa et brandit victorieusement deux bougies ayant la forme du chiffre « un ».

— Allons, ne le prends pas si mal ! Tu es tellement adorable avec nos bouts de chou, fit-elle en souriant.

Puis elle enfonça les bougies au centre de deux gâteaux distincts.

— C'est justement parce que ces bouts de chou ne sont pas les miens, riposta Ali d'un ton moqueur. Tu me vois, moi, m'occupant de bambins, aussi mignons soient-ils, vingt-quatre heures sur vingt-quatre ?

Pour autant, elle n'était pas anti-famille ! Entre ses quatre frères et sœurs, ses parents, ses grands-parents, ses tantes et oncles, ses cousins, nièces et neveux, elle passait allègrement d'une réunion familiale à une autre. Cela ne l'ennuyait pas du tout, au contraire. Elle participait joyeusement à toutes les festivités, et jouait avec les petits de manière spontanée. D'où, peut-être, cette confusion parmi les siens !

Force était de constater que personne ne comprenait son choix...

Ou, pire encore, que personne n'acceptait sa décision.

Alors, on la jugeait. On essayait de la persuader pour qu'elle change d'avis. On projetait sur elle des envies et rêves qui ne lui correspondaient pas.

Malgré toutes ces tentatives destinées à la convaincre qu'elle faisait fausse route, Ali restait déterminée : elle ne voulait pas d'enfants, et n'avait aucune intention d'en avoir. Elle adorait ses dix neveux et nièces – bientôt onze ! – et ça lui plaisait d'être tatie Li-Li. De là à se transformer en maman, elle aussi…

Certainement pas !

Et elle ne risquait pas de voir les choses autrement.

Quand elle avait épousé Adam, sa famille avait espéré que la situation changerait, et qu'Ali finirait par se raisonner, happée par la fameuse horloge biologique une fois franchi le seuil fatidique de la quarantaine. Eh bien, rien de la sorte ne s'était produit, et pour ne rien arranger, elle avait divorcé.

Ali savait aussi que tous peinaient à faire concorder sa résolution de ne pas devenir mère avec sa carrière de gynécologue-obstétricienne. Comme si le fait de mettre des bébés au monde lui insufflerait l'envie de donner naissance, elle aussi ! Il lui fallait s'expliquer, encore et encore… Et argumenter… Ou bien elle finissait par se taire et haussait les épaules en feignant une indifférence qu'elle était loin d'éprouver.

C'était usant… Et même exaspérant par moments. Après tout, il s'agissait de son corps, de ses choix, de sa vie !

Dee éclata soudain de rire, interrompant les pensées d'Ali.

— Ne sois pas si agacée… Personnellement, je t'accepte telle que tu es. On fait comme on veut, pas vrai ?

Se radoucissant, Ali sourit à sa belle-sœur.

— Évidemment. Sauf que, régulièrement, on me pose cette sempiternelle question : « Alors, tu as rencontré quelqu'un ? Ce serait bien, parce que tu pourrais enfin materner ton propre nouveau-né un jour… »

— Je comprends que ça t'énerve, avoua Dee. Bon, que veux-tu…

Elle observa Ali quelques instants, les yeux pétillants.

— Ce qui compte, c'est que tu sois heureuse. Et là, maintenant, ne te réfugie pas en cuisine, hein ? plaisanta-t-elle. Va plutôt au jardin, et mêle-toi à nos invités, histoire de mieux faire connaissance, peut-être…

— Tu parles, j'ai mis au monde la plupart de leurs enfants ! J'en sais bien plus sur eux que je ne le voudrais, ajouta Ali, ne plaisantant qu'à moitié. Je t'assure, je crois que je connais très bien toutes les personnes présentes, insista-t-elle, remarquant la mine perplexe de sa belle-sœur.

— Dans ce cas, autant te rendre utile. Tu veux bien apporter un peu de vaisselle ?

Dee passa à Ali des assiettes et couverts en bambou.

— Je vous rejoins avec le gâteau quand j'aurai trouvé les allumettes ! Plus vite on chantera « Joyeux anniversaire », plus vite chacun rentrera chez soi.

— Plus vite chacun rentrera chez soi ? répéta Ali, étonnée. Je croyais que tu aimais ces moments de fête !

— Oui, oui, sauf que…

Dee poussa un grand soupir.

— J'avais oublié que célébrer un premier anniversaire, ça réjouit surtout les adultes. Je suis dans les préparatifs depuis au moins deux jours. Le pire ? Kai et Leni ne s'en souviendront même pas ! Rappelle-moi de ne pas recommencer la prochaine fois.

— La prochaine fois ? Quoi, tu es de nouveau enceinte ? s'exclama Ali.

— Oh non…

Dee se mit à rire.

— J'ai dit ça sans réfléchir. Rappelle-moi de ne pas être enceinte une fois de plus ! Se retrouver mère de trois enfants de moins de trois ans, c'est franchement épuisant.

— Bizarre, mais ça ne me surprend pas… Quand je pense qu'on me demande encore pourquoi je n'en veux pas du tout, marmonna Ali en emportant les assiettes et couverts.

Elle les déposa sur le buffet dressé dans le jardin, puis jeta un coup d'œil circulaire.

À sa gauche, Yarran, son frère jumeau, enlaçait Harper d'un geste possessif, comme s'il craignait qu'elle le quitte de nouveau. Cependant, aujourd'hui, ils paraissaient vraiment heureux et Ali se réjouissait pour eux. Elle n'oubliait pas les épreuves qu'ils avaient traversées. Ah, le chemin vers le bonheur ne leur avait pas été facile du tout…

Après la mort de Marnie, sa femme, Yarran avait élevé seul leur fils Jarrah… Mais voilà qu'à l'âge de quarante ans il refaisait sa vie, et pas avec n'importe qui. Il avait retrouvé Harper, qu'il avait profondément aimée à une époque et pensait avoir oubliée ! Sauf que le destin en avait décidé autrement.

Voilà sans doute pourquoi on croit que ce sera pareil pour moi ! songea Ali.

Depuis son divorce d'avec Adam, elle demeurait obstinément célibataire. Oh ! elle avait adoré ce qu'elle avait vécu en compagnie d'Adam…

Mais un jour, elle s'était rendu compte que tout n'avait été que mensonges. Comme elle avait souffert… Elle s'en était tellement voulu d'y avoir cru ! D'avoir été aussi naïve ! Et elle avait perdu confiance en elle pendant longtemps, se consacrant corps et âme à son métier. Là, au moins, elle pouvait évoluer, et bâtir sa carrière de façon pérenne et fiable.

Ce n'était que très récemment qu'Ali avait commencé à envisager de rencontrer quelqu'un d'autre mais, attention, elle placerait la barre très haut !

Pour commencer, il faudrait que ce soit un homme honnête, intelligent et de préférence plus âgé qu'elle, éventuellement père d'enfants adultes ou, mieux encore, sans enfants ! Elle refuserait de prendre en charge la progéniture d'une précédente union, et encore moins d'avoir un amant susceptible de vouloir fonder une famille avec elle par la suite. De toute façon, à l'âge de quarante ans, et dans l'hypothèse hautement improbable où elle aurait finalement eu envie de devenir mère, elle savait pertinemment que ses chances de concevoir s'avéraient dorénavant très réduites.

S'éloignant du buffet, Ali s'absorba encore plus dans ses pensées.

Peut-être existait-il un homme quelque part sur terre pour elle ? Quelqu'un qui l'amènerait à vivre une belle relation tissée d'amour, de partages et de découvertes ? Mais même si ce miracle survenait, hors de question de se retrouver enceinte pour autant !

Pour le moment en tout cas, elle préférait se concentrer sur les aspects positifs de sa vie : son métier passionnant, sa famille, ses amis. De plus, elle était en bonne santé, possédait un appartement agréable… Qu'aurait-elle pu souhaiter de plus ?

Faire l'amour… Oui, voilà ce qui me manque…

Avec Adam, la sensualité avait toujours été au rendez-vous… jusqu'à ce qu'il commence à la tromper. Les patients d'Ali lui confiaient régulièrement que ce n'était pas le mariage qui sonnait le glas d'une bonne entente sexuelle dans le couple, mais le fait d'être parents.

Encore une autre bonne raison de rester sans enfants !

Mais à présent non seulement elle vivait seule, mais en plus elle n'avait même pas d'amant.

À ce moment-là, sa belle-sœur rejoignit ses invités, et Ali s'extirpa de ses pensées.

— Voilà ! lança gaiement Dee en portant un plateau sur lequel trônait un grand gâteau au chocolat couronné de deux chiffres « un » surmontés d'une petite flamme.

Tout le monde se rassembla autour de la table pour chanter « Joyeux anniversaire », puis les jumeaux de Dee s'efforcèrent de souffler leurs bougies, avec l'aide de leur sœur aînée.

Alors qu'Ali aidait à la distribution de parts de gâteau, son téléphone vibra dans sa poche. Voyant le numéro de l'hôpital s'afficher sur l'écran, elle répondit aussitôt en espérant avoir une bonne excuse pour s'esquiver.

— Docteur Edwards ? C'est Sylvia, infirmière au service de chirurgie générale. Je suis désolée d'interrompre votre week-end, mais on m'a conseillé de vous contacter si Emma Wilson avait des problèmes… Enfin, surtout parce que vous êtes responsable du service d'obstétrique-gynécologie, donc vous êtes la référente dans son cas, n'est-ce pas ?

Malgré elle, Ali éprouva une légère irritation. Elle avait l'habitude qu'on l'appelle le samedi ou le dimanche, mais elle aurait préféré que Sylvia décrive la situation sans détour. Le cas d'Emma Wilson s'avérait très compliqué. Cette patiente avait été admise en chirurgie générale suite à des blessures provoquées lors d'un incendie, sauf qu'étant également enceinte de trente-deux semaines elle se retrouvait aussi sous la responsabilité d'Ali.

— En effet, je suis référente dans la mesure où les questions concernent sa grossesse. Que se passe-t-il ?

— Sa tension artérielle est très élevée. 18/11. Je l'ai vérifiée plusieurs fois tout récemment, et les mesures ne descendent pas. Ce matin, elle avait 16/9. J'ai préféré vous avertir.

— Vous avez bien fait, dit Ali, aussitôt préoccupée.

À sa connaissance, Emma n'avait pas souffert d'hypertension jusqu'à présent. Elle avait toutefois subi de nombreuses interventions chirurgicales depuis son admission à l'Hôpital central de Sydney, notamment des greffes de peau et une appendicectomie d'urgence. Même si l'hypertension gestationnelle n'était pas un fait médical rare, Ali savait que, avant l'événement traumatique qui l'avait conduite à cette hospitalisation, Emma ne présentait aucun des facteurs de risque habituels. Trop de tension durant la grossesse pouvait mener à une prééclampsie, ce qui menacerait potentiellement non seulement la vie d'Emma, mais aussi celle de ses jumeaux à naître.

— A-t-elle d'autres symptômes ? De la fièvre ? Des œdèmes ? Des douleurs ? questionna-t-elle.

— Aucune fièvre, ce qui réduit la probabilité d'une infection. Mais elle s'est plainte de douleurs.

— Où ça ? Tête ? Abdomen ?

— Dans la sphère abdominale.

— Elle a été examinée par l'un des médecins de garde ?

— C'est le week-end et nous n'avons qu'un interne. On m'a demandé de vous appeler, mais si vous préférez, je joindrai le Dr Hurst...

Ali réfléchit rapidement. Une douleur abdominale pouvait être attribuée à de nombreuses causes, y compris aux blessures et interventions chirurgicales antérieures d'Emma. Néanmoins, intuitivement, elle pressentait que le problème provenait de la grossesse. Au fil du temps, elle avait appris à faire confiance à son sixième sens.

— J'arrive, déclara-t-elle. Si besoin, j'appellerai le Dr Hurst une fois que j'aurai examiné Emma.

Ivy Hurst, qui dirigeait le service de chirurgie générale, était aussi l'une des plus proches amies d'Ali.

— Emma a-t-elle mentionné des nausées ou des troubles visuels ?

— Non, rien de ce côté-là, mais je peux vérifier si vous voulez.

— Merci, j'aviserai sur place. En attendant, faites-lui une analyse d'urine avec un dosage des protéines, et une biologie sanguine pour contrôler la fonction hépatique. Prévenez également le service de radiologie. Il faudrait qu'ils m'apportent un appareil à échographie portable. J'aurai aussi besoin de connaître le nom du médecin de garde du service d'imagerie médicale.

Après avoir remercié l'infirmière et coupé la communication, Ali expliqua à sa famille qu'elle devait se rendre d'urgence à l'hôpital. Face aux regards compatissants, elle ébaucha un sourire navré tout en sachant qu'au fond elle était vraiment très soulagée d'avoir une bonne excuse pour partir… Elle n'avait plus envie de devoir faire face à des questions sur sa vie privée.

Tout en conduisant, Ali se remémora l'histoire d'Emma. La jeune femme avait été conduite aux urgences de l'Hôpital central de Sydney deux mois auparavant. Blessée dans l'incendie d'une maison, elle avait souffert de graves brûlures aux membres inférieurs et, par le plus grand des hasards, son frère Yarran avait été l'un des pompiers qui avaient participé à son sauvetage.

Outre des greffes de peau, Emma avait contracté différentes infections, et de plus, il avait fallu procéder à une appendicectomie d'urgence. Pour compliquer encore davantage la situation, Emma était enceinte de vingt-quatre semaines au moment du drame. Dire qu'elle avait vécu des moments traumatisants était un euphémisme !

Néanmoins, peu à peu, la jeune femme s'était remise, mais elle était restée à l'hôpital en attendant la naissance de ses enfants : des jumeaux. Elle était prise en charge par une équipe de spécialistes dont Ali faisait partie.

Cerise sur le gâteau, Emma Wilson était une célébrité, et les médias s'intéressaient de près à elle. Son mari, Aaron Wilson, était animateur d'une émission de téléréalité à succès… Emma et Aaron étaient des habitués des tapis rouges et des pages mondaines de Sydney.

Il ne faudrait pas qu'un incident se produise, songea Ali. *Les répercussions médiatiques seraient lourdes de conséquences pour la réputation de l'hôpital, et surtout pour moi...*

En effet, elle devait encore faire ses preuves, sa nomination à la tête du service étant récente. De plus, elle était une Australienne aux ascendants aborigènes : une généalogie riche, dont elle était fière, mais cela l'obligeait à redoubler de vigilance. Elle n'avait tout simplement pas le droit à l'erreur.

Tout au long de sa scolarité et de ses études universitaires, Ali s'était efforcée d'être la meilleure. Elle avait toujours voulu que son travail acharné et son intelligence soient reconnus à leur juste valeur. *Surtout qu'on ne dise pas de moi que j'ai bénéficié d'un coup de pouce pour gravir les échelons parce que je suis une femme d'origine autochtone !*

Mais par moments, malgré elle, le doute la gagnait, mêlé de l'appréhension de commettre un faux pas médical ou simplement humain.

Les mains crispées sur le volant, Ali se répéta une fois de plus qu'elle devait se faire confiance... Et donner le meilleur d'elle-même.

Arrivée sur place, elle fila jusqu'à son bureau, enfila sa blouse blanche, attrapa son stéthoscope et gagna rapidement la chambre d'Emma.

La patiente lui adressa un regard las. Assis à côté d'elle, son mari sourit à Ali d'un air soulagé.

— Merci d'être venue si vite, docteur Edwards.

— Oui, merci ! En plus, on est dimanche, ajouta Emma. En fait, vous savez, je crois que l'infirmière a eu peur... Je me sens bien ! Enfin, en comparaison avec tout ce que j'ai traversé ces dernières semaines, ce n'est pas grand-chose, j'en suis sûre...

Sylvia les rejoignit à ce moment-là.

— Heureusement, vous êtes là, dit l'infirmière à Ali. Emma prétend que tout va bien, mais sa tension ne tombe pas.

Le tensiomètre étant toujours fixé autour du bras de la jeune femme, Ali l'actionna. Les mesures s'affichèrent rapidement, bien trop élevées.

Discrètement, elle regarda les doigts d'Emma et ne constata aucun gonflement apparent. Tant mieux. Mais il lui serait impossible d'examiner les pieds de sa patiente, encore protégés de pansements sur les blessures causées par l'incendie.

Un appareil d'échographie avait été apporté et laissé dans un coin de la chambre. Parfait.

— Je vais juste vérifier si vos bébés se portent bien, annonça Ali.

— D'accord, murmura Emma.

Sylvia ferma la porte et demeura discrètement en retrait.

Ali appliqua du gel sur l'abdomen d'Emma et débuta l'examen. Le rythme cardiaque des deux fœtus se situait dans une fourchette normale et, avec soulagement, elle ne décela aucune anomalie.

— Alors ? demanda la future maman d'un ton angoissé.

— Aucun problème. Vos bébés sont robustes, tout comme vous !

Emma poussa un soupir de soulagement.

— Tu peux arrêter de me serrer si fort ? lança-t-elle à Aaron.

— Pardon, ma chérie, répondit-il en relâchant la pression de ses doigts autour de la main de sa jeune épouse.

On frappa alors à la porte et une deuxième infirmière entra dans la pièce.

— J'ai les résultats des analyses, dit-elle en tendant des documents à Ali.

Ali parcourut la liste des chiffres, décryptant peu à peu les résultats. Qui n'étaient pas bons.

— Tout va bien ? s'inquiéta Emma.

— Votre foie, oui. Mais je vois des traces de protéines dans vos urines.

— Qu'est-ce que ça signifie ?

— Que vos reins sont soumis à un stress anormal, expliqua Ali, ennuyée.

— Et c'est grave ? insista Emma.

Ali la regarda et, cachant le fait qu'elle commençait à être soucieuse, sourit avec bienveillance.

— Disons que ça peut le devenir. Vous avez développé une maladie appelée prééclampsie. C'est une complication de la grossesse.

— Est-ce lié à l'incendie ? Aux autres blessures d'Emma ? demanda Aaron.

— Je n'en ai aucune certitude, avoua Ali. En revanche, je sais qu'on constate une incidence plus élevée de cette pathologie lors des premières grossesses et des grossesses gémellaires.

Emma et Aaron la contemplèrent d'un air anxieux.

— C'est dangereux pour les bébés ? questionna la jeune femme.

— Pour être franche, ça pourrait l'être. Pour eux, et pour vous. En fait, il n'y a qu'une solution : l'accouchement, annonça Ali sans détour.

Emma écarquilla les yeux.

— Mais je ne suis qu'à trente-deux semaines de grossesse !

— C'est beaucoup trop tôt ! renchérit son mari.

Ali hocha la tête, compatissante.

— Les bébés seront très petits, c'est vrai. Néanmoins, la majorité des naissances à trente-deux semaines ne rencontrent aucun problème dès lors qu'on met en place une surveillance adaptée. En revanche, l'accouchement comporte quand même un risque : les poumons des bébés ne seront pas encore complètement formés. Pour contrer ce problème, je peux administrer des injections de corticostéroïdes, un médicament anti-inflammatoire qui favorisera un développement plus rapide.

— Quoi ? Vous allez faire des injections à nos bébés ? s'alarma Aaron.

— Non, à Emma. Dans l'idéal, il faudrait deux injections à vingt-quatre heures d'intervalle. On va donc patienter encore un peu avant d'envisager un accouchement prématuré.

— Est-ce que ce n'est pas dangereux ? s'inquiéta Emma.

— La situation est de toute façon risquée à ce stade. Pour les bébés et pour vous, Emma, avoua Ali. Si votre état s'aggrave, ça peut provoquer des crises d'épilepsie et, dans le pire des cas, ça peut même être fatal.

Elle aurait préféré s'abstenir de partager cette information, mais elle devait se montrer très claire.

— Emma pourrait mourir ? s'écria Aaron, soudain très pâle.

— Cette issue est très rare, rassurez-vous. Comme nous surveillerons Emma pour déceler toute exacerbation des symptômes, je suis confiante, affirma Ali en espérant ne pas trahir sa propre inquiétude.

— Si je comprends bien, c'est une impasse ? La vie des bébés ou celle d'Emma ? lança Aaron.

— Heureusement que non ! affirma Ali. Je programme la première injection pour Emma dès maintenant, et je croise les doigts pour qu'on puisse retarder l'accouchement jusqu'à l'administration de la deuxième dose. Nous réussirons à gagner vingt-quatre heures de plus, ce qui minimisera les éventuelles difficultés respiratoires des bébés. Emma, vous serez surveillée de près, poursuivit-elle. Si vous présentez d'autres symptômes, je déclencherai l'accouchement plus vite.

— Et quels sont ces autres symptômes ? demanda Aaron, sourcils froncés.

— Un gonflement des mains, des pieds ou du visage d'Emma. Des maux de tête... Des troubles visuels.

— Quels genres ? interrogea Emma d'une voix anxieuse.

— Des taches noires, ou une vision floue. Nous vous garderons en observation, mais vous devrez nous signaler tout ce qui est inhabituel, tout ce dont vous n'êtes pas sûre, tout changement dans votre état. Je sais que ça paraît très effrayant, mais on est là pour vous accompagner et vous soigner, ajouta Ali d'un ton rassurant.

Emma échangea un coup d'œil avec son mari, puis elle soupira.

— On vous fait confiance, docteur...

Ali s'assit à son bureau et réfléchit quelques instants.

Elle avait administré la cortisone et parlé au pédiatre de garde. Elle avait également informé Ivy, sa bonne amie et responsable du service de chirurgie générale, de l'état de santé d'Emma. Elle s'était aussi assurée, auprès d'Ivy, qu'elle-même possédait bien tous les éléments médicaux concernant leur patiente commune, et elle lui avait demandé son opinion quant aux résultats des différentes analyses.

Enfin, elle avait sollicité l'avis d'Ivy dans l'hypothèse où Emma devrait subir une césarienne si peu de temps après son appendicectomie. Son amie avait souligné que cette dernière opération avait été réalisée à l'aide d'un laparoscope et, en théorie, une césarienne ne devrait donc pas poser de problème tant qu'il n'y avait pas d'infection. Néanmoins, elle s'était montrée plus préoccupée par la nécessité d'une nouvelle anesthésie.

C'est pourquoi, sur la recommandation d'Ivy, Ali s'apprêtait à passer un troisième coup de fil, cette fois au Dr Jake Ryan, l'anesthésiste qui s'était occupé d'Emma lors des précédentes opérations. Elle n'avait pas encore rencontré Jake, mais Ivy lui avait parlé de lui en termes élogieux. Il lui fallait discuter avec ce médecin. Elle espérait en effet pouvoir garder le même anesthésiste pour Emma, qui serait plus en confiance au cas où il aurait fallu qu'elle subisse une troisième intervention.

Ce ne fut que lorsque son appel fut automatiquement transféré sur la boîte vocale de son interlocuteur qu'Ali se souvint qu'on était dimanche. Elle jeta un coup d'œil à sa montre : bientôt 18 heures. La plupart de ses collègues – à moins qu'ils ne soient de garde cette nuit – devaient déjà avoir quitté l'hôpital.

Ali laissa un message au Dr Ryan en lui demandant de la contacter sur son portable dès qu'il le pourrait, puis elle se concentra sur le dossier d'Emma. Elle mit ses notes à jour, et relut tous les documents, s'attardant sur le moindre détail. Elle ne devait rien oublier... Rien. Elle prit son temps. De toute façon, elle n'avait aucun autre endroit où aller, et personne ne l'attendait.

Absorbée dans ses réflexions, Ali sursauta en entendant frapper à sa porte, restée entrouverte. Levant les yeux, elle découvrit un homme en blouse verte qui se tenait sur le seuil.

Un inconnu.

Grand, mince et beau. Très beau.

— Vous êtes bien le docteur Edwards ? questionna-t-il, l'air perplexe, en consultant la plaque apposée sur la porte.

— Oui, c'est moi.

— Jake Ryan. L'anesthésiste.

Vous êtes Jake Ryan ?

Ali avait failli s'exclamer à voix haute.

Troublée par l'impact physique de son visiteur, elle le détailla d'un coup d'œil rapide. Un visage symétrique à l'ossature fine mais à la mâchoire volontaire... Un nez légèrement aquilin, des pommettes bien dessinées, des yeux d'un brun chaud, des lèvres sensuelles, d'épais cheveux châtain foncé coupés court... Il devait être âgé d'une trentaine d'années, et mesurait plus d'un mètre quatre-vingt-cinq.

Un play-boy...

— Vous m'avez laissé un message, reprit-il d'une voix grave et chaleureuse. Vous vouliez me parler d'Emma Wilson, c'est bien ça ?

Malgré elle, surprise de se retrouver face à un collègue aussi séduisant, Ali resta muette.

2

— Mais… je vous dérange, peut-être ? Je peux revenir, ajouta Jake Ryan en restant sur le seuil.

Se ressaisissant, Ali secoua la tête.

— Pas du tout. Je ne m'attendais pas à votre visite aussi rapidement !

Il haussa les épaules, attirant l'attention d'Ali sur sa carrure qui se devinait sous le coton de sa blouse de médecin.

— J'étais encore sur place, expliqua-t-il. J'ai vu que vous m'aviez contacté en utilisant la ligne de votre bureau, donc je suis juste passé voir si vous étiez là, vous aussi…

— Eh bien, comme vous pouvez le constater, c'est le cas ! Entrez, proposa-t-elle en se levant et en lui tendant la main. Je suis Alinta, mais appelez-moi Ali.

Hochant la tête, Jake s'avança et lui serra la main d'une poigne franche et ferme.

— Enchanté.

— De même, dit-elle.

Les yeux de Jake la fixaient avec une telle intensité qu'elle éprouva la sensation perturbante qu'il s'efforçait de lire en elle.

— Alors, que se passe-t-il avec Emma ?

— Vous savez sûrement qu'elle est enceinte de jumeaux, énonça Ali en espérant ne pas trahir son trouble. Malheureusement, elle a développé une prééclampsie. Elle est à trente-deux semaines de gestation et je la prépare à l'éventualité d'un accouchement prématuré.

— D'ici combien de temps ?

— Je ne sais pas encore. J'espère le plus tard possible. Je lui ai administré une dose de corticostéroïdes et je croise les doigts pour que les choses se stabilisent, mais…

Ali hésita sur le choix des mots.

— Honnêtement, je n'ai pas beaucoup d'espoir… Donc j'anticipe. Emma aura vraisemblablement besoin d'une césarienne et, vu son historique médical, j'aurais souhaité que vous soyez l'anesthésiste de l'équipe qui va la prendre en charge. Emma vous connaît déjà, et si c'est vous qui intervenez, ça l'aidera à être davantage en confiance malgré la complexité de la situation.

Jake soutint le regard d'Ali.

— C'est sûr. Si je ne me trompe pas, cette patiente a déjà eu deux anesthésies, qu'elle a supportées sans problème. Selon vos préconisations, j'opterai pour une rachianesthésie ou une anesthésie générale en cas de nécessité absolue.

Soulagée par la réactivité de Jake, Ali ébaucha un sourire.

— Parfait. J'espère juste que nous n'aurons pas à faire face à une urgence.

— Moi aussi, évidemment. En tout cas, vous pouvez compter sur moi. Appelez-moi quand vous voulez. Vous savez où me trouver.

Puis Jake lui adressa un sourire et, involontairement, Ali sentit les battements de son cœur s'accélérer. Était-il en train de flirter avec elle ? Non, impossible… Elle se faisait des illusions.

— Entendu. Merci d'être passé.

— C'est bien normal. Alors à bientôt, Ali.

— Oui, à bientôt.

Elle le suivit des yeux tandis qu'il sortait de son bureau. La silhouette fine et musclée de Jake évoquait vraiment celle d'un athlète. Peut-être était-il un adepte de la course à pied ? Il se déplaçait en douceur, comme un félin.

Décidément très troublée, Ali s'efforça de se concentrer de nouveau sur son travail, mais le regard de Jake s'attardait à son esprit. Quelque chose dans les prunelles de cet homme semblait se relier à elle. C'était un peu comme s'il pénétrait son âme avec délicatesse mais de manière irrésistible.

Il ne manquerait plus que ça ! Séduite par un bel anesthésiste plus jeune que moi ? Et puis quoi encore…

S'asseyant devant son écran, elle s'obligea à se concentrer sur les documents affichés. Mieux valait qu'elle chasse immédiatement tout fantasme de son esprit. Surtout si le superbe Jake travaillait avec elle dans les jours à venir ! Afin de rester efficace, elle n'aurait pas d'autre solution que de devenir insensible au charme fou de son nouveau collègue.

Jake entra dans l'ascenseur, pressa le bouton qui le ramènerait du quatrième au premier étage et, tandis que les portes se refermaient, laissa l'image du Dr Edwards jaillir à sa mémoire.

Alinta...

Ali.

Il l'avait imaginée plus âgée. Lorsqu'il l'avait vue, et pensant d'abord s'être trompé de bureau, il s'était senti obligé de vérifier le nom indiqué sur la porte. Et il avait lu « Dr Alinta Edwards, chef du service d'obstétrique et de gynécologie ». Donc c'était bien elle, assise derrière la table de travail.

Pour sa part, il n'exerçait dans cet hôpital que depuis peu. Malgré tout, il connaissait bien la ville de Sydney, où il était revenu après avoir habité Melbourne. Il était né à Sydney, y avait grandi et poursuivi ses études, y compris celles de médecine... Mais il n'avait jamais croisé Ali sur les bancs de l'université. Probablement parce qu'elle devait être plus jeune que lui...

Trente-cinq ans peut-être ?

Il ne l'avait pas vue non plus dans les couloirs de l'établissement. Sans doute parce que, pour le moment, il avait beaucoup travaillé en chirurgie ou obstétrique d'urgence, surtout le week-end ou en effectuant des heures supplémentaires. De plus, comme Ali dirigeait le service, elle devait être souvent happée par des tâches administratives et des réunions qui la tenaient loin des salles d'opération.

En tout cas, elle l'avait intrigué. Elle affichait un air très sérieux, mais quand elle souriait, quelle beauté ! Avec ses cheveux noirs, sa peau brune et ses yeux sombres, elle était tout simplement magnifique. Depuis combien de temps n'avait-il pas ressenti une attirance aussi soudaine qu'inattendue pour une femme ?

Songeur, Jake consulta sa montre. Il devait rejoindre des amis pour le dîner, mais il serait en retard. C'était l'un des avantages de sa profession : personne ne s'attendait à ce qu'il soit à l'heure et personne ne lui demanderait pourquoi il était en retard. On supposerait qu'il avait été retenu au travail, ce qui était en grande partie vrai. On n'imaginerait pas qu'il venait de rencontrer une femme qui l'intéressait et qu'il avait déjà envie de revoir. Will et Chris le harcèleraient de questions s'il leur en parlait…

Ali était-elle célibataire ? Il ne lui avait pas remarqué d'alliance au doigt.

Il se surprit à espérer l'impossible. Si elle était libre, il lui proposerait de sortir avec lui… Qu'avait-il à perdre ? Rien. Depuis son divorce, des amis bien intentionnés avaient essayé de lui faire rencontrer des femmes, mais il n'avait jamais éprouvé le souhait de les revoir. Là, c'était différent… Et il n'aurait pas su expliquer pourquoi.

Puis Jake pensa à tout ce qu'il devait faire avant de pouvoir se consacrer à sa vie personnelle. Pour commencer, il lui fallait trouver un logement permanent, car occuper la chambre d'amis de son cousin n'était pas une option à long terme…

Le souvenir de cette réalité le dégrisa soudain, et il se promit d'agir le plus rapidement possible pour réorganiser sa vie.

Le lendemain, alors qu'Ali retournait dans son bureau après avoir administré à Emma une deuxième injection de corticostéroïdes, son téléphone bipa.

Café au Perc Up à 16 heures aujourd'hui ?

Le message avait été envoyé dans un groupe de discussion qui comprenait Ali et trois amies – Ivy, Harper et Phoebe - qu'elle avait rencontrées en fac de médecine. Leur amitié remontait à plus de vingt ans, mais elles ne s'étaient retrouvées dans la même ville que récemment. Maintenant, non seulement elles vivaient toutes les quatre à Sydney, mais en plus elles travaillaient à l'Hôpital central en tant que responsables de leurs services respectifs.

Certains jours, Ali s'en étonnait encore. Quel chemin elles avaient parcouru ! Ivy dirigeait le service de chirurgie générale, et Harper était devenue la nouvelle responsable des urgences. Toutefois, Ali collaborait surtout avec Phoebe qui était à la tête du service de chirurgie néonatale.

Se réjouissant de cette pause dans sa journée - d'autant qu'elle travaillerait tard - Ali répondit au message par l'affirmative, puis elle s'attela à l'étude d'un nouveau dossier. Après quoi, elle se rendit dans la salle de consultation, où une dizaine de patientes avaient rendez-vous avec elle. Rien de tel pour oublier ce qui, pourtant, la taraudait depuis la veille. Le visage du séduisant Jake Ryan... Son sourire un peu espiègle, comme s'il savait très bien à quel point il était craquant...

De toute évidence, cet homme avait conscience de ses atouts. Ce devait être un bourreau des cœurs.

À fuir.

Elle avait volontairement retardé son arrivée au café de quelques minutes. En effet, Ali préférait s'assurer que ses trois amies seraient présentes car elle n'avait aucune envie d'être la première et de risquer de se trouver, peut-être, seule avec Harper. Dire qu'à une époque toutes deux avaient été aussi proches que des sœurs !

Mais ça, c'était avant que Harper n'entretienne une relation amoureuse avec Yarran...

Avant que Harper ne brise le cœur de Yarran en rejetant sa demande en mariage parce qu'elle avait préféré accepter un poste à Londres.

Quand Harper était partie sans un mot, Ali s'était sentie profondément choquée et trahie. Son frère, lui, avait été accablé de chagrin. Néanmoins, au fil du temps, il avait fini par se remettre. Il avait alors rencontré Marnie, l'avait épousée et ils avaient eu un fils : Jarrah. Hélas, Marnie était décédée. Veuf, Yarran avait tenté tant bien que mal de faire face.

Et voilà que, revenant d'Angleterre, Harper avait de nouveau séduit Yarran, et cette fois non seulement leur couple s'était reformé, mais en plus ils s'étaient fiancés...

Ali s'était efforcée de comprendre la décision de Yarran, sauf qu'au fond elle s'inquiétait. Plus âgée que Yarran de cinq minutes, elle s'était toujours sentie très protectrice à son égard. Bon, il avait manifestement confiance en Harper... Il fallait juste espérer que ce coup-ci, entre Harper et lui, tout se passerait bien.

Parvenant devant leur lieu de rendez-vous, Ali fut soulagée de voir ses trois amies : Ivy, Harper et Phoebe étaient assises sur les canapés Chesterfield en cuir près d'une des grandes baies vitrées donnant sur la rue. Le café Perc Up offrait des sièges confortables, et les nombreuses plantes d'intérieur conféraient à l'endroit une ambiance relaxante loin des lumières artificielles et de l'agitation de l'hôpital.

— Salut ! Vous avez commandé ? s'enquit Ali.

— Harper et moi, oui. Phoebe vient d'arriver, indiqua Ivy.

— Phoebs, la même chose que d'habitude ? questionna Ali. Je vais te chercher un bon café...

— C'est gentil, mais j'aimerais plutôt un thé à la menthe, dit Phoebe.

— Tu es sérieuse ? s'étonna Ali.

— J'essaie de réduire ma consommation de caféine...

— Tu ne préfères pas un déca ?

Phoebe esquissa une grimace et Ali se mit à rire.

— D'accord, un thé à la menthe.

Elle alla passer commande puis rejoignit le groupe.

— Comment va Emma aujourd'hui ? interrogea Ivy une fois qu'Ali se fut assise.

— Sa tension artérielle est toujours élevée mais elle n'a pas développé d'autres symptômes inquiétants. Pas pour l'instant, en tout cas, et j'espère que ça continuera ainsi, précisa Ali en croisant les doigts.

— Vous parlez d'Emma Wilson ? demanda Harper. Qu'est-ce qui s'est produit ?

— Elle a développé une prééclampsie, expliqua Ali.

La plupart du personnel de l'hôpital était au courant de l'hospitalisation d'Emma. Son histoire avait été rapportée en détail par les médias, mais Harper n'était pas encore responsable du service des urgences quand Emma avait été admise.

— J'essaie de gagner du temps pour retarder l'accouchement... Je pense aux petits prématurés qu'elle mettra au monde, précisa Ali.

— Elle est à quel terme ? questionna Phoebe.

Ali espérait qu'Emma n'aurait pas besoin de consulter Phoebe mais, comme cette dernière dirigeait le service de néonatalité, l'hypothèse ne pouvait pas être écartée.

— Elle termine sa trente-deuxième semaine. Je lui ai administré une deuxième dose de corticostéroïdes aujourd'hui, et on n'a plus qu'à espérer le meilleur.

— Tu as réussi à joindre Jake Ryan ? demanda Ivy.

— Oui. Il a fait un saut à mon bureau hier soir.

Ali sentit son pouls s'accélérer tandis qu'elle se remémorait la visite du beau médecin.

— Et qu'est-ce que tu as pensé de lui ? voulut savoir Ivy.

— Il me paraît compétent, dit Ali en se montrant volontairement neutre.

— Oh oui, en effet… « Compétent » est un qualificatif adapté, répéta Ivy en souriant. Tu omets de préciser qu'il est aussi grand, brun et très séduisant, non ?

— Probablement, répliqua Ali d'un ton légèrement moqueur.

— Probablement ? Tu as besoin de lunettes, ma chérie, plaisanta Ivy.

— D'accord, d'accord… Impossible de te contredire ! Il a le physique d'un vrai play-boy. D'ailleurs, j'ai été surprise, avoua Ali.

— Surprise… et attirée, peut-être ? la taquina Ivy. Je te connais, Ali…

— Mais tu te méprends, coupa Ali, un peu agacée. Je m'intéresse au médecin, pas à un séducteur en puissance…

— Qui est ce Jake ? l'interrompit Phoebe d'un air perplexe. Il n'apprécierait sans doute pas que vous parliez de lui en ces termes !

— Pourquoi ? On ne dit rien de mal. C'est un nouvel anesthésiste, précisa Ivy alors que le serveur apportait leur commande. Je crois qu'il a été embauché il y a environ trois mois. Mais t'inquiète pas, Phoebs, on ne le chosifie pas ! Il est aussi intelligent que charmant, et il a un comportement fabuleux au chevet des patients.

— Il est anesthésiste, souligna Harper. Je te signale que, lorsqu'il intervient, ses patients s'endorment ! Par conséquent, personne ne remarque ses bonnes manières… sauf toi.

Ivy éclata de rire.

— Bien vu. Ali, si le beau Jake ne t'attire pas, je peux le présenter à Phoebe.

— Parce qu'il n'est pas marié ? répliqua spontanément Ali.

Elle n'aurait pas dû poser cette question, mais en vérité elle mourait d'envie de connaître la réponse.

— Ah, je ne le lui ai pas demandé, mais plus d'une de mes collègues infirmières sensibles au charme masculin m'a laissé entendre qu'il est célibataire, déclara Ivy d'une traite. Ali, si tu veux, je peux me renseigner pour toi ! Il serait temps que tu recommences à sortir avec quelqu'un, tu ne crois pas ? Jake est tellement craquant...

— Tu as l'air bien attentive à lui, dis... Tu as oublié que, toi, tu es fiancée à Lucas ? lança Ali, essayant de changer de sujet de conversation.

Évoquer, une fois de plus, sa vie amoureuse, ou plutôt l'absence de toute vie amoureuse dans son quotidien, la mettait soudain mal à l'aise. Elle en avait tellement assez qu'on souligne qu'elle était seule, et que le temps filait... Alors qu'elle se sentait très bien ainsi.

Ivy éclata de rire.

— Je sais pertinemment que je suis fiancée ! Mais ce n'est pas parce que Lucas va me glisser une alliance au doigt que j'ai perdu l'usage de mes sens. Mes yeux fonctionnent toujours ! Bref, puisqu'on parle de Lucas, poursuivit-elle, j'en viens à la raison de notre réunion : je voulais savoir si vous étiez libres samedi soir. Lucas et moi organisons une petite fête entre amis, quelque chose de très simple, pour célébrer nos fiançailles. Je suis consciente que je vous en informe au dernier moment, mais j'espère que vous pourrez être présentes.

— Effectivement, tu nous prends par surprise, admit Harper. On avait noté que vous alliez vous marier dans quelques semaines... C'est bientôt.

— Oui, mais justement, Lucas pense que ce serait bien de créer un événement pour marquer le coup avant la cérémonie. En toute simplicité, je le précise encore. Êtes-vous libres ce samedi, oui ou non ? s'enquit-elle d'un ton joyeux.

Ali sourit. Ivy était la plus sociable des quatre amies, et c'était toujours elle qui organisait les festivités avec le plus de talent.

— Je suis tout à fait disponible, dit Harper. Je pense que Yarran est en congé, mais je vérifierai et te tiendrai informée au plus vite.

— Je n'ai rien de prévu, indiqua Phoebe après avoir jeté un coup d'œil à l'agenda sur son smartphone.

Ali n'avait pas besoin d'étudier son emploi du temps pour connaître la réponse.

— Je suis libre, moi aussi, répliqua-t-elle. Je ne vous apprendrai rien en vous disant que ma vie sociale est inexistante, à moins que vous ne comptiez les fêtes d'anniversaire de la famille et les barbecues du dimanche !

— Peut-être que tu rencontreras quelqu'un à notre fête, suggéra Ivy. Lucas a quelques amis célibataires. Je m'assurerai qu'ils soient invités.

— J'espère qu'ils seront plus dignes de confiance que mon ex-mari infidèle, lança Ali d'un ton ironique.

La trahison d'Adam l'avait tellement fragilisée... Mais par moments, et bien qu'elle prétende le contraire, elle éprouvait un profond sentiment de solitude. Yarran se retrouvait en couple avec Harper... Ivy épouserait bientôt Lucas... Phoebe était la seule autre femme de leur petit groupe à être également célibataire.

Au fond, oui, cette fête tombera peut-être à point nommé. Même si c'est difficile, il faut que je reste optimiste...

— Je suis sûre que Lucas connaît des hommes honnêtes, affirma Ivy. Un pour toi, Ali, et un pour toi, Phoebs !

— Ne t'inquiète pas pour moi, je ne cherche personne, répliqua Phoebe d'un ton étonnamment vif.

— Ah bon ? Aurais-tu rencontré quelqu'un à cette conférence à laquelle tu as participé ? demanda Ivy, curieuse.

Phoebe secoua la tête en prenant sa tasse, puis elle sirota son thé. L'observant, Ali fut alors persuadée que leur amie faisait exprès d'esquiver la question en buvant tout doucement. C'était le genre de tactique qu'elle-même avait déjà employée.

— Justement, comment s'est passée cette conférence ? s'enquit-elle, aidant ainsi Phoebe à changer de sujet.

— Très bien. Il y avait des orateurs intéressants, et quelques chirurgiens ont expérimenté des techniques innovantes.

— Je sais que tu suis Zach Archer sur les réseaux sociaux, lança

Harper. Tu l'as rencontré ? Il a la réputation d'être excellent, et très charismatique.

Phoebe acquiesça.

— Je l'ai vu pratiquer une opération du cœur sur un nouveau-né. Il a vraiment été, comment dire... Oui, extrêmement impressionnant, ajouta-t-elle, les yeux brillants.

Ali la contempla de nouveau. *Oh ! oh... Ce n'est pas une intervention chirurgicale, aussi extraordinaire soit-elle, qui l'enthousiasme à ce point !*

— Pour revenir à la petite célébration que vous organisez samedi, je ne veux pas que tout le monde sache que je suis célibataire, déclara-t-elle à Ivy. D'autant que je suis parfaitement heureuse toute seule.

Tu n'es pas honnête envers toi-même..., lui chuchota aussitôt une petite voix intérieure.

— Je disais la même chose, et maintenant, regarde-moi ! s'exclama Ivy en tendant sa main gauche pour faire admirer sa bague de fiançailles.

— Je me réjouis pour toi et Lucas. Mais je t'assure que tout va bien pour moi, insista Ali.

— Sauf que tu n'as aucune sortie prévue dans ton agenda.

— C'est vrai. Mais mon travail est très prenant et je n'ai ni le temps ni l'énergie de fréquenter un homme.

— Ali, tu n'as pas cent ans, seulement quarante ! souligna Ivy sur un ton de reproche.

— Oui, bien sûr... Je te signale que je me suis déjà inscrite sur des sites de rencontres, mais ça n'a rien donné. Aucun intérêt, ajouta Ali, catégorique. Pire encore, ça m'a énervée !

— Considère que c'est un défi, insista Ivy. Tu aimes les challenges, pas vrai ? Quel était le dernier que tu as relevé ?

Ali réfléchit un instant.

— Quand j'ai accepté le poste de responsable du service d'obstétrique et gynécologie.

— Donc ça fait déjà plusieurs mois. Écoute, Ali, je vais conclure un marché avec toi, poursuivit Ivy. Promis, je ne jouerai pas à l'entremetteuse, et je n'organiserai rien spécialement pour toi... Mais la prochaine fois que tu auras l'occasion de sortir de ta zone de confort ou d'essayer quelque chose de nouveau - qu'il s'agisse d'une invitation à dîner ou d'une activité - s'il te plaît, accepte ! Sincèrement, je n'aime pas t'imaginer seule chez toi, à te morfondre.

— Ivy, je vais bien ! protesta Ali, espérant se montrer convaincante.

Son amie l'observa avec un regard perçant.

— Je sais, oui, tu vas bien. Mais il n'y a pas de mal à s'amuser, pas vrai ?

3

Ali arriva à l'hôpital alors que le soleil se levait à peine à l'horizon. Elle était toujours sur place de bonne heure car elle tenait à être présente lorsque les médecins effectuaient leurs visites, et ainsi être mise au courant des problèmes à régler.

Cependant, ce matin, elle était plus en avance que d'habitude. Incapable de dormir, elle s'était réveillée à l'aube, préoccupée par la situation d'Emma. En proie à un désagréable pressentiment, et incapable de se rendormir, elle était allée faire un jogging, s'était douchée et avait filé dans son service.

— Docteur Edwards !

L'une des infirmières l'interpella alors qu'elle s'approchait de leur bureau.

— Oui ?

— Emma Wilson se plaint de maux de tête. L'antalgique n'est clairement plus suffisant, et elle vient de signaler que sa vision est floue.

— Quelle était sa tension artérielle lors de la dernière prise ?

— 17/10.

— OK, suivez-moi, s'il vous plaît, dit Ali en se précipitant vers la chambre d'Emma.

Elle ralentit le pas avant d'entrer dans la pièce. Hors de question de faire irruption brutalement, cela effraierait sa patiente. Elle s'obligea à inspirer calmement et à plaquer un sourire rassurant sur ses lèvres, puis elle poussa la porte.

— Bonjour, Emma…

Allongée sur son lit, les mains crispées sur sa poitrine, la jeune femme gardait les paupières fermées. Entendant la voix d'Ali, elle ouvrit les yeux mais eut du mal à focaliser son regard sur cette dernière. Elle était mal en point, c'était évident.

— Qu'est-ce que vous ressentez ? demanda Ali en observant les mains d'Emma.

Elles étaient gonflées, les doigts boursouflés, la peau tendue. L'état de la jeune femme s'était visiblement détérioré pendant la nuit. Pourquoi ne l'avait-on pas alertée plus tôt ?

— Je ne me sens pas bien... Pas bien du tout, murmura Emma.

Ali enclencha le tensiomètre dont le brassard était déjà enroulé autour du bras d'Emma.

— Vous avez mal à la tête et vous voyez flou, c'est ça ?

— Oui.

— D'autres symptômes ? Des nausées, des difficultés à respirer ?

— Non.

Ali plaça son stéthoscope sur la poitrine d'Emma tout en surveillant la tension artérielle. Elle avait déjà pris la décision d'emmener Emma au bloc lorsque la machine émit un bip. Elle vérifia la valeur de la pression sanguine : 20/11. C'était critique.

— Emma, je vais être obligée de déclencher l'accouchement maintenant.

— Aujourd'hui ? On ne peut pas encore attendre ? balbutia Emma.

— J'ai bien peur que non. On doit faire vite car votre tension augmente régulièrement. Les migraines et les troubles visuels peuvent être les symptômes précurseurs d'une crise d'épilepsie.

Ali ébaucha un sourire, s'efforçant de paraître rassurante, alors qu'au fond d'elle-même elle commençait à s'inquiéter fortement.

— Je vous ai promis de faire tout mon possible pour que vous-même et vos bébés alliez bien... Donc on doit agir. Attendre risquerait de mettre votre vie en danger et on serait obligés de pratiquer une césarienne en urgence sous anesthésie générale, encore une pour vous... Ce que je préférerais éviter.

Emma secoua la tête, l'air désorientée.

— Mais je ne suis pas prête... Mes bébés non plus...

— Je comprends. Mais écoutez-moi : si nous opérons tout de suite, vous aurez seulement un bloc spinal, c'est-à-dire une anesthésie loco-régionale, argumenta Ali. Par conséquent, vous serez éveillée lorsque je mettrai les bébés au monde et, si tout se passe bien, vous pourrez les tenir contre vous ! Ce sera beaucoup plus positif pour vous et Aaron, moins traumatisant, et vous conserverez de meilleurs souvenirs. De plus, Aaron pourra être avec vous. Dans une situation d'urgence, sa présence serait très improbable, voire impossible.

Emma la regarda, visiblement épuisée.

— Bon, d'accord.

— Parfait. Je préviens votre mari afin qu'il nous rejoigne au plus vite, et on prépare tout pour l'intervention. Vous verrez, je travaille avec une très bonne équipe... Vous pouvez être confiante !

Quand Ali entra dans la pièce adjacente à la salle d'opération, elle trouva Jake déjà vêtu d'une blouse chirurgicale, en train de se laver les mains. Elle se plaça devant l'évier à côté de lui, ouvrit le robinet et fit couler de l'eau sur ses doigts et ses avant-bras.

Il tourna la tête vers elle et, croisant son regard, Ali sentit son pouls s'accélérer. Quand il lui sourit, une étrange sensation de chaud et froid la gagna, et elle dut faire un effort pour se ressaisir.

— Bonjour, Jake.

— Bonjour, Ali. On se rencontre de nouveau, plus tôt que prévu.

— Eh oui...

Décidément, il lui paraissait encore plus beau que dans ses souvenirs.

— On va devoir agir vite.

— Vite et bien, compléta Jake. J'ai parlé à Emma. Je lui ai déjà administré ce qu'il faut pour la détendre et soulager son mal de tête.

À travers la vitre disposée au-dessus des paillasses, Ali aperçut leur patiente allongée, une main serrée dans celle d'Aaron. Expliquer au mari d'Emma l'urgence de la situation n'avait pas été simple. Comme il s'inquiétait au sujet de la santé des bébés, Ali l'avait rassuré en lui précisant qu'ils avaient d'excellentes chances de survie : quatre-vingt-quinze pour cent selon les statistiques.

Elle refusait de penser aux cinq pour cent restants.

Perdue dans ses pensées, elle ne remarqua pas que Jake avait fini de se laver les mains. Lorsqu'il se détourna de l'évier pour s'essuyer, sa hanche heurta involontairement celle d'Ali. Ce bref contact déclencha en elle une nouvelle sensation troublante, comme si elle était déstabilisée, alors qu'elle savait pertinemment qu'elle pouvait se faire confiance.

Elle n'aurait juste pas dû contacter Jake pour le suivi de cette intervention...

— Tout va bien ? demanda-t-il en l'observant d'un air attentif.

— Oui, mais j'aurais préféré qu'Emma tienne le coup plus longtemps.

— On va l'aider.

Ces trois mots galvanisèrent soudain Ali. Après tout, ils formaient une équipe. Celle dont elle avait parlé à Emma. Ali serait l'obstétricienne, mais elle n'opérerait pas seule. D'autres collègues seraient présents, et elle-même avait sollicité la collaboration de Jake car Ivy le lui avait suggéré. Or, si Ivy lui avait recommandé Jake, c'était parce qu'il était un bon professionnel, ce dont Ali avait besoin. Ce dont Emma avait besoin. Il fallait qu'elle occulte ses propres ressentis, point final.

— Vous êtes prête ?

Levant les yeux, Ali croisa de nouveau le regard de Jake. Un regard soucieux, attentionné. Intense.

— Prête.

Ils entrèrent ensemble dans la salle où se trouvaient déjà le Dr Paul Minter, pédiatre, Aaron, une infirmière et deux sages-femmes, une pour chaque bébé.

Ali s'approcha d'Emma, déjà un peu assoupie mais toujours consciente. Les yeux de la jeune femme scrutèrent les siens.

— Comment vous sentez-vous ? lui demanda Ali.

— Nerveuse. Je serai bien réveillée pour l'accouchement, n'est-ce pas ? Je ne veux pas rater ce moment...

— Si tout se passe comme prévu, oui, vous serez éveillée, répondit Ali.

— Après l'intervention, ma femme se portera mieux ? s'inquiéta Aaron.

— La tension artérielle d'Emma et tous les autres symptômes

devraient disparaître rapidement une fois que nous aurons mis vos bébés au monde, assura Ali.

S'avançant à son tour, Jake sourit gentiment à Emma.

— Pouvez-vous vous tourner sur le côté gauche, et replier vos genoux ? Je vais pratiquer ce qu'on appelle un bloc spinal, autrement dit je vous injecterai un produit anesthésique localement. Vous sentirez une petite piqûre, comme une simple pression, puis une sensation de froid. L'anesthésie vous engourdira à partir de la taille, et il faudra quelques minutes pour qu'elle fasse effet.

— Une fois que vous sentirez l'anesthésie, je pratiquerai deux incisions horizontales d'environ dix centimètres chacune, poursuivit Ali en se plaçant devant Emma.

Elle indiqua la mesure à l'aide de ses doigts, distrayant ainsi leur patiente tandis que Jake intervenait au niveau du dos d'Emma.

— Plus spécifiquement, une incision abdominale et une au niveau de votre paroi utérine, poursuivit Ali. Mais on va installer un champ opératoire stérile pour que vous et Aaron ne voyiez rien de tout cela… Il vaut mieux garder de beaux souvenirs !

Emma fut de nouveau placée en position couchée, et tout fut mis en place rapidement pour que son mari et elle soient aussi confortables que possible.

— Aaron, venez par ici avec moi et continuez à tenir la main d'Emma, indiqua Jake. Si vous avez la playlist de votre femme sur votre téléphone, je peux le connecter aux enceintes.

L'air très ému, Aaron approuva d'un signe de tête en sortant son portable.

— Vous avez également le droit de prendre des photos, précisa Ali en souriant. Ce qui n'aurait pas été possible dans le cas d'une opération effectuée en urgence !

— Ah, j'adore cette chanson, commenta Jake lorsque de la musique s'éleva dans la salle quelques instants plus tard.

Et spontanément, il commença à chanter les premières notes. Tout le monde se mit à rire, et la tension que chacun avait pu éprouver jusque-là se dissipa alors comme par miracle.

— Quoi, vous moqueriez-vous de moi ? Vous ne me visualisez pas dans un boys band ? plaisanta-t-il.

Surprise, Ali l'observa, l'imaginant sans peine dans un groupe exclusivement masculin… et séducteur. Jake attirait irrésistiblement l'attention…

Et il avait définitivement capté la sienne avec son sourire de charmeur et ses manières décontractées.

— Tant mieux que vous n'ayez pas choisi la voie du spectacle… En tant que médecins, on est heureux de vous compter parmi nous, ajouta-t-elle, gardant la conversation légère.

Jake ébaucha une moue malicieuse.

— Merci. Cela dit, je suis soulagé que la playlist d'Emma ne comporte pas d'air d'opéra. Pour le coup, j'aurais chanté comme une casserole.

Amusée, Ali le contempla un instant puis, redevenant sérieuse, elle s'empara d'une pince pour saisir un morceau de gaze. Jetant un coup d'œil à Jake, elle lui fit comprendre qu'elle voulait savoir si l'anesthésie avait fait effet. Il acquiesça d'un bref signe de tête. Ali trempa la gaze dans une solution antiseptique froide et passa doucement le fin tissu sur la peau d'Emma. Celle-ci n'eut aucune réaction, mais par prudence Ali vérifia de nouveau.

— Vous ne sentez rien, Emma ?

— Non.

Ali remplaça les pinces par un scalpel.

— Vous éprouverez peut-être un tiraillement quand j'inciserai, mais vous n'aurez pas mal. Si vous ressentez la moindre gêne, dites-le-moi.

Puis elle se concentra et commença l'opération, s'obligeant à ignorer la musique. Heureusement, Jake avait arrêté de chanter. Il avait une belle voix, et l'entendre l'aurait trop distraite !

Elle pratiqua une petite incision et attendit quelques secondes, donnant à Emma l'occasion d'émettre une objection en cas de gêne. Celle-ci garda le silence.

— Savez-vous si les bébés sont des filles ou des garçons ? demanda Jake, discutant avec Emma et Aaron pendant qu'Ali opérait.

— Des filles.

— Vous avez choisi des prénoms ?

— Le premier jumeau s'appellera Jasmine, et le second Poppy.

— Vous avez noté, docteur Edwards ? Ne les mélangez pas ! poursuivit Jake d'un ton taquin.

Levant la tête, Ali capta le regard rieur de Jake. Sous son masque, il devait sourire.

— Je ne les mélangerai sûrement pas ! répondit-elle simplement. Ce sont de très beaux prénoms.

Après quoi, elle se focalisa sur l'intervention. Quelques instants plus tard, elle mit au monde le premier bébé. Une toute petite fille. Elle la maintint derrière le champ opératoire pendant que l'infirmière clampait le cordon puis la présenta à Emma et Aaron.

— Jasmine, voici ta maman et ton papa !

Jasmine poussa un cri ni trop fort ni trop faible, tout à fait satisfaisant pour un prématuré.

Les larmes aux yeux, Emma tendit les mains vers sa fille, mais Ali ne la lui donna pas.

— Nous allons rapidement l'examiner et la nettoyer, expliqua-t-elle gentiment. Ensuite, vous pourrez la prendre dans vos bras. Aaron, vous voulez couper le cordon ?

— Euh... Non, merci.

— Pas de problème.

L'infirmière s'en chargea, puis Ali remit Jasmine à la sage-femme.

— Maintenant, c'est au tour du suivant...

Ali répéta la procédure pour mettre au monde Poppy. Elle le souleva doucement tandis que la sage-femme ramenait Jasmine et la posait sur la poitrine d'Emma.

Poppy s'avéra nettement plus frêle que sa sœur, et son premier cri évoquait le léger miaulement d'un chaton nouveau-né.

Ali remit Poppy à la deuxième sage-femme et s'accorda un instant pour observer Emma et Aaron qui regardaient avec stupéfaction leur première fille allongée contre le sein d'Emma.

— Elle est si minuscule, commenta Aaron d'une voix émue. Et elle a le teint tellement clair !

— Je ne m'y attendais pas, murmura Emma.

— Ce n'est pas inhabituel, assura Ali.

Comme elle-même, Aaron était d'origine autochtone, mais il était courant que les bébés issus de parents mixtes, caucasiens et aborigènes, aient la peau assez claire à la naissance.

— Elle a les yeux foncés de son père et son teint peut changer en grandissant. Je l'ai constaté chez mes propres neveux et nièces.

— Elle est parfaite ! Elles le sont toutes les deux, déclara Aaron avec joie quand la sage-femme amena Poppy et la remit à Aaron.

— Bravo à nous, se réjouit-il en se penchant pour embrasser tendrement sa femme. Je t'aime, ma chérie...

Ali sourit, soulagée et heureuse pour les deux parents. De fait, Jasmine et Poppy étaient magnifiques en dépit de leur petite taille. Des têtes rondes parfaitement formées, dix doigts et dix orteils, des cils pâles, des yeux sombres... Après toutes les épreuves traversées par Emma, c'était un si beau moment à vivre...

Et le début d'un émouvant parcours de vie pour Emma et Aaron en tant que parents, en tant que famille. Ali adorait les bébés - ceux des autres ! - et elle s'était toujours sentie privilégiée de pouvoir partager de tels événements.

Alors qu'elle se détournait, elle croisa de nouveau le regard de Jake. À croire qu'ils étaient parfaitement synchronisés. Pensait-il la même chose qu'elle ? À quel point un accouchement était extraordinaire ? Ou avait-il déjà vécu un tel moment dans sa vie privée ? Au fond, en dépit de ce qu'Ivy présumait, il pouvait très bien être en couple et avoir des enfants. Malgré elle, Ali se surprit alors à espérer que ce ne soit pas le cas...

Jake l'observait toujours et, troublée, elle se rendit compte qu'elle l'avait regardé un peu trop longtemps.

Ressaisis-toi !

Le plus gênant ? Une fois de plus, elle avait l'impression qu'il pouvait lire dans ses pensées.

Irritée contre elle-même, elle s'occupa de la délivrance des placentas, et vérifia ensuite le dosage de l'analgésique avant de l'injecter dans la perfusion d'Emma. De son côté, l'une des sages-femmes prenait quelques photos de famille avec le téléphone d'Aaron, puis elle emmena Jasmine pour évaluer son score d'Apgar et noter ses mensurations. L'autre fit de même avec Poppy.

Quant à Emma, aux anges, elle suivait des yeux chaque soignant pendant qu'ils examinaient les bébés. Jasmine s'avéra légèrement plus grande et plus lourde que Poppy. Le score d'Apgar de Poppy fut un peu plus bas que celui de Jasmine. Son rythme respiratoire était plus rapide que celui de sa sœur, et son taux d'oxygène plus faible. Ali doutait qu'Emma et Aaron aient remarqué la différence, mais elle avait noté les chiffres.

— Maintenant, on va installer Poppy et Jasmine dans notre service de soins intensifs, déclara le pédiatre.

— Les soins intensifs ? Pourquoi ? s'inquiéta Emma.

— C'est la routine pour ce que nous appelons les « prématurés modérés » nés entre trente-deux et trente-quatre semaines, la rassura Paul. Le taux d'oxygène de Poppy étant un peu faible, on va faire ce qu'il faut.

— Mais elle va bien ? s'alarma la jeune mère.

— Oui, elle va bien. Nous allons la surveiller, ne vous inquiétez pas.

Pour sa part, tout en écoutant cet échange, Ali avait délicatement suturé et posé un pansement sur la plaie d'Emma. Les tissus s'étaient rapprochés correctement, la cicatrice serait donc assez discrète.

— Vous allez déjà mieux, annonça-t-elle à Emma, laissant une infirmière s'occuper des soins postopératoires. Votre pression artérielle s'améliore, et l'incision s'est refermée comme il faut. D'ici peu, on va vous placer dans un fauteuil roulant pour que vous puissiez rendre visite à vos filles !

— Merci, docteur, murmura Emma, les larmes aux yeux.

— Oui, mille mercis, renchérit son mari. On vous doit une fière chandelle...

Soulagée, elle aussi, que tout se termine bien, Ali leur sourit, puis elle attendit qu'Emma soit transférée en toute sécurité pour aller se changer.

— Ça s'est déroulé sans problème, non ? commenta Jake alors qu'ils ôtaient leurs blouses.

— Je suis contente, oui, admit Ali.

— Maintenant, vous pouvez vous détendre. Vous avez mis au monde deux bébés en bonne santé. Bravo !

Ali garda le silence, s'efforçant de juguler le sentiment d'inquiétude qui persistait en elle.

— Qu'est-ce qu'il y a ? s'inquiéta Jake.

— J'aurais préféré que Poppy ait un meilleur taux d'oxygène. Rien de vraiment inhabituel pour un petit prématuré, mais Jasmine a un meilleur score.

— Les résultats devraient être identiques ?

— Non, bien sûr, mais j'aurais voulu qu'ils soient bons pour les deux bébés. Je m'inquiète au sujet de la capacité respiratoire de Poppy. Ses poumons... Je me demande si les stéroïdes ont eu le temps d'agir.

Jake hocha la tête d'un air grave.

— Vous avez fait de votre mieux. Il est impossible de tout maîtriser.

— Je sais.

D'ailleurs, souvent, Ali luttait contre une désagréable impression de ne rien contrôler dans sa vie, même si, professionnellement, elle avait déjà atteint un excellent niveau d'expertise.

— Emma a traversé tant d'épreuves... J'aurais souhaité que tout soit vraiment parfait.

— Vous avez fait de votre mieux, répéta Jake.

— Oui... Malgré tout, j'aurais préféré encore retarder l'accouchement.

Jake lui lança un bref coup d'œil.

— Je comprends. Mais le principe de réalité est ce qu'il est. Gardez à l'esprit qu'Emma va bien, et que vous avez mis au monde deux bébés en bonne santé, insista-t-il. Tout le monde est vivant, c'est l'essentiel.

Ali approuva d'un signe de tête, songeuse. Comment oublierait-elle qu'Emma avait de la chance d'avoir survécu ? De même, ses deux enfants, minuscules mais bien portants malgré tout. Toutefois, pour Poppy, elle pressentait que des problèmes surgiraient... Voilà pourquoi elle ne partageait pas l'assurance de Jake.

— Si vous avez besoin de parler, n'hésitez pas à m'appeler. Vous avez mon numéro, ajouta-t-il.

— Merci.

Ali sentait son cœur battre la chamade, mais au moins sa voix lui avait-elle semblé posée et normale.

Au moins pouvait-elle donner l'illusion qu'elle gérait la situation sans s'interroger inutilement.

Jake poussa la porte qui menait au jardin aménagé sur le toit de l'hôpital. Il venait souvent sur cette vaste terrasse arborée à l'heure de sa pause, pour se détendre et profiter du soleil radieux de Sydney. Après des années passées à Melbourne, il appréciait les belles journées d'hiver qui se succédaient dans cette région.

Ce jour-là soufflait une brise légère et, s'avançant, il s'aperçut qu'une autre personne s'était réfugiée dehors comme lui. Une femme.

Ali.

Il se réjouit de la revoir. La veille, il avait été impressionné par ses compétences professionnelles mais, en vérité, il la trouvait aussi de plus en plus attirante. Elle était intelligente, belle et intéressante. Mystérieuse. Hélas, sans doute n'était-elle pas célibataire. Par quel miracle une belle personne comme elle serait-elle seule ?

Je devrais peut-être demander à Ivy de me parler d'Ali ?

Mais Jake chassa vite cette idée de son esprit.

Depuis son divorce, il s'autorisait parfois des aventures mais, en supposant qu'Ali fût libre, il doutait qu'elle soit intéressée par une relation éphémère. Elle lui paraissait si sérieuse, méticuleuse, appliquée... De plus, c'était une collègue. Le mélange de la vie privée et professionnelle ne s'effectuait jamais sans dommages, il le savait. Mieux valait éviter ce genre de situation.

De toute façon, avant de penser à m'accorder du bon temps, j'ai tant à faire, se rappela-t-il à regret.

Dénicher la maison de ses rêves, se concentrer sur la réorganisation de son quotidien de célibataire... Il avait du pain sur la planche.

Il s'avança vers Ali, qui se tenait près du rebord de la toiture, délimité par un grillage décoré de végétation. Absorbée dans ses pensées, elle contemplait la grande ville en contrebas. À cet instant, elle lui sembla bien seule...

Et solitaire.

Mais peut-être se trompait-il. Peut-être était-elle en train de réfléchir à quelque chose de banal, comme des courses, un repas à préparer…

Jake s'approcha doucement. Il constata alors qu'elle semblait vraiment bouleversée. Ne devrait-il pas s'esquiver discrètement ?

L'envie d'aider fut plus forte en lui, et il continua d'avancer vers elle.

— Ali ? Tout va bien ?

Elle se retourna, visiblement surprise. Elle ne l'avait donc pas entendu arriver.

— Non, tout ne va pas bien, avoua-t-elle. Je viens d'apprendre que Poppy – l'une des filles d'Emma Wilson, vous vous souvenez – souffre d'une malformation septale ventriculaire. Il va falloir l'opérer.

— Ah… Mauvaise nouvelle. Mais ici, on possède un excellent plateau technique, souligna Jake. Le bébé sera pris en charge de manière optimale.

— Je sais. Il n'empêche que ça m'affecte, ajouta Ali. Emma et Aaron sont en état de choc.

— Ce qui se comprend.

— Oui, justement… Ça se comprend, et c'est terrible, lâcha-t-elle.

Jake l'observa, et une sensation étrange l'envahit soudain. Il devinait à quel point elle était attristée. Elle culpabilisait également, comme si elle se considérait responsable de cette situation. Comment pouvait-il lui insuffler un regain de confiance et d'optimisme ?

— Vous n'y êtes pour rien, affirma-t-il spontanément.

Ali lui lança un coup d'œil perplexe.

— Facile à dire. Je me remets en question. Je me demande si je n'ai pas laissé passer un détail et, dans ce cas, mon omission aurait pu être fatale et…

— Non. Nous avons été toute une équipe à nous occuper d'Emma. J'ai été son anesthésiste depuis le début de son hospitalisation, et j'ai lu son dossier plusieurs fois. Vous avez fait de votre mieux, Ali. Maintenant, c'est le chirurgien qui va poursuivre le travail.

Une expression découragée se peignit sur le visage d'Ali.

— C'est sûr, je ne peux plus rien, à présent.

— Si, vous requinquer, reprendre des forces… Que faites-vous lorsque vous avez besoin de vous détendre ? Quand vous voulez prendre du recul par rapport à votre profession ?

Ali parut surprise par cette question.

— Je cours. Je lis. Je passe du temps avec mes amis et ma famille.

Il sourit et elle le regarda d'un air incrédule. Même à cet instant, pensive et incertaine, elle était belle.

— Pourquoi ce sourire ? demanda-t-elle.

— Je pense simplement qu'on a tous des façons très différentes de nous ressourcer.

— Qu'est-ce que vous faites, vous, pour vous détendre ?

— Je grimpe.

Elle arqua un sourcil, étonnée.

— Vous grimpez ?

— Des rochers, des falaises, des parois rocheuses à côté de chutes d'eau et cascades... J'aime l'escalade.

— Un sport extrême, dangereux et pas du tout relaxant ! s'exclama-t-elle.

— Je n'ai pas dit que je le pratiquais pour me relaxer. Plutôt pour me réinitialiser, si vous voyez ce que je veux dire... Et me recentrer, précisa Jake, amusé par la réaction d'Ali. Impossible de penser ou de réfléchir lorsque vous vous trouvez à cinquante mètres au-dessus du sol, accroché à une butée du bout des doigts, et contre une paroi grâce à vos orteils. Il faut se concentrer au maximum ! On doit résoudre les problèmes rapidement, poursuivit-il. Toute distraction est interdite. Chaque décision que l'on prend, qu'il s'agisse de la voie à emprunter ou de l'endroit où l'on place sa main, comporte un impact important. La moindre erreur, la plus petite hésitation, le plus petit manque de concentration peuvent créer un accident tragique...

Cette fois, Ali l'écoutait avec attention.

— C'est sûr, j'imagine bien la situation. Si vous ne vous focalisez pas, vous risquez une chute mortelle.

— Exactement. Et vous devriez essayer.

— Pourquoi ? Vous voulez me tuer ?

Jake ne put retenir un éclat de rire.

— Au contraire ! Et je pense que vous appréciez les défis qui vous propulsent dans une vie exaltante.

Ali sourit, l'air intriguée.

— Et qu'est-ce qui vous fait croire ça ?

— On ne devient pas responsable d'un service hospitalier aussi jeune que vous, sauf si on aime les challenges, pas vrai ?

Ali resta de marbre, flattée malgré elle. Quel âge lui donnait-il donc ?

— Tenez, regardez, reprit Jake en posant sa tasse de café et en sortant son téléphone de sa poche.

Il fit défiler des photos, lui tendit l'appareil, puis lui montra quelques clichés de lui dans diverses postures acrobatiques sur des parois rocheuses pour le moins escarpées.

— C'est très impressionnant, mais ça ne me tente pas du tout, répliqua Ali sans détour.

Jake laissa échapper un petit rire.

— Je vous comprends. Mais vous vous doutez qu'on commence à apprendre en salle, dans des conditions parfaitement sécurisées ! Donnez-moi vos mains, continua-t-il en tendant les siennes vers elle.

Perplexe, elle obtempéra. Il enroula ses doigts autour des paumes d'Ali et, aussitôt, le contact de la peau de Jake, de sa paume ferme et chaude, la rassura. Subitement, elle eut la sensation inexplicable d'être ancrée, connectée à la terre...

Et à Jake.

C'était étrange... Et surprenant. Comme si chaque pore de son corps reconnaissait Jake.

Il lui écarta alors les bras.

— Qu'est-ce que vous faites ? s'étonna Ali, de plus en plus troublée.

— Je vérifie votre portée. Elle est bonne.

— Bonne pour quoi ?

— Pour grimper. Vous possédez une musculature adaptée avec de longs membres et une ossature légère.

Un peu gênée, Ali retira ses mains de celles de Jake.

— Je n'ai pas beaucoup de force dans le haut du corps.

— On ne se hisse pas avec les bras, objecta-t-il gentiment. Ce sont les jambes qui font le travail. Vous avez juste besoin de maîtriser vos prises manuelles et de vous focaliser entièrement sur chaque déplacement. Rien que cet effort est puissamment libérateur. Il y a une salle d'escalade pas loin d'ici où je vais m'entraîner, ajouta-t-il. Vous devriez tenter le coup.

— Vous êtes en train de me dire que vous voulez m'enseigner ce sport ? demanda-t-elle en le défiant du regard.

Jake ne détourna pas les yeux.

— Enseigner, non, quand même pas. Je ne suis pas moniteur d'escalade. Mais ça me ferait plaisir de vous montrer quelques trucs et astuces. Justement, ce soir, après le travail, je vais à ma salle et...

Il hocha la tête, puis, d'un ton enthousiaste, ajouta :

— Écoutez, je vous indique l'adresse sur votre téléphone, et si vous n'avez pas de bébés à mettre au monde, et bien sûr, si vous êtes libre, rejoignez-moi !

Ali le dévisagea, hésitante. Elle n'avait évidemment rien prévu pour la soirée, et il était peu probable qu'elle soit en consultation avec une patiente.

Embarrassée, elle déverrouilla l'écran de son smartphone et tendit l'appareil à Jake.

Je vais juste prétendre un rendez-vous de dernière minute à l'hôpital, et comme ça, je serai tranquille...

Puis elle se rappela qu'Ivy lui avait recommandé de sortir de sa zone de confort. Elle songea à ses bonnes amies qui lui répétaient qu'elle aimait les défis, à Yarran et Harper qui avaient retrouvé l'amour, à l'idylle d'Ivy et Lucas... Ne serait-il pas temps qu'elle ose bousculer sa vie ? Alors oui, peut-être essaierait-elle l'escalade... Mais elle n'avait pas forcément besoin d'en faire avec Jake.

4

Ali avait prévu de trouver une autre salle et d'effectuer, si besoin, des recherches sur Internet afin de dénicher le lieu idéal pour éventuellement découvrir l'escalade. Se changer les idées et décompresser, sortir de sa zone de confort, oui, ça lui ferait le plus grand bien !

Mais contre toute attente, quelque neuf heures plus tard après sa conversation avec Jake, elle se retrouva dans le gymnase où ce dernier s'exerçait.

Ali était rentrée chez elle, avait pris son sac de sport et y avait jeté un short, un T-shirt et ses baskets. Plus elle y pensait, plus elle était certaine de ne pas du tout être tentée par cette pratique sportive qu'il lui avait décrite...

Et je ne risque pas de changer d'avis, se dit-elle en avisant les hautes parois murales qui servaient aux entraînements.

Les murs atteignaient facilement plus de dix mètres de haut, à la verticale, tandis que d'autres se trouvaient en surplomb. Franchement, ce n'était pas rassurant. Ali remarqua ensuite la longue liste de règles et recommandations affichée à l'accueil, et quand le jeune homme derrière le guichet lui confia une décharge à signer, ainsi qu'une paire de chaussures spéciales – des chaussons pour grimper –, elle décida de tourner les talons. Non, non, ce n'était pas pour elle. Mais à ce moment-là, une chaleureuse voix masculine l'interpella :

— Ali ! Bravo, vous êtes courageuse !

Et Jake se matérialisa devant elle, magnifique en short et débardeur, un beau sourire aux lèvres.

Elle s'efforça d'ignorer les pulsations de son cœur.

— Courageuse ? Plutôt inconsciente !

En parlant, elle remarqua les longues jambes musclées de Jake, ses larges épaules et ses biceps parfaitement galbés.

Rien que pour pouvoir l'admirer, je suis prête à rester ! songea-t-elle alors dans un élan d'humour ironique.

— Puisque vous êtes ici, ne vous désistez pas. Essayez ! lança-t-il gaiement. Il y a des vestiaires derrière vous. Je vous rejoindrai dans la salle.

— Bon, d'accord.

Il avait raison. Si elle repartait maintenant, ce serait ridicule.

Ali se changea et, s'exhortant à être aussi téméraire que Jake semblait l'imaginer, gagna peu après la vaste salle du gymnase. Jake se trouvait à l'autre bout, en train de parler à un autre homme.

— Ali, je vous présente mon cousin Will, annonça-t-il lorsqu'elle s'approcha d'eux. Will, voici Ali, une de mes collègues.

Will ressemblait un peu à Jake, mais lorsque Ali lui serra la main, elle se rendit aussitôt compte qu'elle n'éprouvait aucune attirance pour lui. Alors qu'en face de Jake elle se troublait comme une adolescente. C'était un signe...

— Je ne veux pas vous déranger, dit-elle.

— Vous ne nous dérangez pas du tout, affirma Will.

— Vous avez pris des chaussons à l'accueil ? interrogea Jake.

Ali lui désigna les chaussures qu'on lui avait prêtées.

— Parfait. Je vais vous aider, rassurez-vous, promit Jake en souriant gentiment. Au fait, on peut peut-être se tutoyer ?

— Bien sûr...

Jake la regarda fixement, une étincelle pétillant au fond des yeux.

— Ne t'inquiète pas, l'escalade n'est pas aussi difficile que ça en a l'air. Fais-moi confiance, affirma-t-il en lui adressant un clin d'œil.

« Fais-moi confiance »...

Il venait de formuler ce qui, pour Ali, paraissait dorénavant impossible. Elle avait même la sensation que plus jamais elle ne ferait confiance à quelqu'un, qu'il s'agisse d'un homme ou d'une femme.

L'estomac noué, elle s'assit pour se chausser, puis se redressa et s'obligea à respirer profondément.

— Et maintenant ?

— Tu auras besoin d'un baudrier, indiqua Jake.

Will en passa un à Jake qui s'avança vers Ali pour l'aider à l'enfiler. Elle voulut protester, lui dire qu'elle pouvait se débrouiller, puis réalisa que ce ne serait pas le cas : elle ne savait pas du tout par où commencer.

Jake étendit le harnais sur le sol.

— Place-toi au milieu, si tu veux bien.

Elle obtempéra et, d'un geste rapide, il fit glisser le harnachement le long des jambes d'Ali, lui effleurant involontairement la peau. Malgré elle, Ali réprima un frisson.

— Arrange bien ton short sous le harnais, conseilla Jake. Il vaut mieux éviter tout frottement.

— C'est sûr, dit-elle en ajustant le tissu.

Elle retint son souffle lorsqu'il passa ses bras autour d'elle pour resserrer et fermer les sangles. Ensuite, il s'agenouilla et attacha un mousqueton au harnais d'Ali, ainsi qu'un petit sac souple empli d'une poudre blanche.

— C'est de la magnésie pour la corde de sécurité, expliqua-t-il. Ça t'aidera à l'agripper si tes mains sont un peu moites. Voilà, tu es prête.

Ali ne put s'empêcher de rire.

— Prête ? Je me sens plutôt ficelée, engoncée, et sur le point de faire quelque chose de super dangereux !

— Ce n'est pas dangereux si tu es aidée... Et je vais t'aider, assura Jake. Pour commencer, Will s'apprête à grimper dans quelques instants, et je vais être son binôme. Observe-nous, et je t'expliquerai ce qu'on fait.

— Entendu.

Silencieuse, Ali les regarda mettre leurs harnais et fixer habilement les cordages.

— Mon rôle consiste à assurer Will, expliqua Jake. S'il tombe, je dois tendre la corde pour contrer la chute. C'est comme ça qu'on peut grimper en toute sécurité. Je suis prêt, poursuivit-il à l'intention de son cousin.

— OK, j'y vais ! lança Will.

Ali le contempla avec étonnement tandis qu'il se déplaçait lentement, et en douceur, à la verticale, effectuant des mouvements réfléchis. De toute évidence, il devait penser à l'endroit exact où placer ses mains et ses pieds.

— C'est plus gracieux que je ne l'imaginais, commenta-t-elle en s'approchant de Jake.

— C'est un peu comme une danse sur un mur, admit-il.

— Mais ça me paraît bien difficile, ajouta-t-elle.

— Will est en train de suivre un parcours de niveau intermédiaire, précisa Jake sans quitter son cousin des yeux. Il y a des codes de couleur en fonction de la difficulté de la voie. Tu commenceras par les prises jaunes sur le mur adjacent : elles sont proches les unes des autres et régulièrement espacées, presque comme les barreaux d'une échelle. C'est pour les débutants. Les prises bleues de ce mur sont classées « faciles ». Tu vois, Will garde les bras tendus pour conserver son énergie, poursuivit-il. Il se propulse le long du mur avec ses jambes tout en maintenant une hanche près de la paroi : ça agit sur le centre de gravité, ça équilibre le poids aux pieds, et ça rapproche ses épaules du mur, ce qui prévient toute chute et facilite la prise en main.

— Je vois... J'emprunterai inévitablement la voie « très facile », insista Ali, de nouveau plus qu'hésitante. Mais ce sera quand même compliqué pour moi, je le pressens.

— Je croyais que tu aimais les défis ?

Will venant d'atteindre le sommet, Jake s'autorisa à regarder Ali. Elle ne détourna pas les yeux et lui sourit.

— Absolument, oui, j'aime les défis !

Elle voulait paraître sûre d'elle. Elle voulait impressionner Jake. Elle voulait qu'il pense qu'elle était déterminée et capable. D'autant plus qu'à cet instant, autour d'eux, toutes sortes de personnes pratiquaient ce sport : des enfants, des adolescents, des gens plus âgés qu'elle... Ne devrait-elle pas se montrer plus enthousiaste ?

— Prêt à descendre, lança alors Will.

— Vas-y ! répondit Jake en tendant une courte corde tandis que Will se laissait glisser le long du mur. Maintenant, à toi, reprit-il à l'intention d'Ali.

Elle s'obligea à respirer calmement. Se désister n'était pas son genre.

— D'accord.

— Parfait. Tu ne le regretteras pas. Viens près de ce mur, proposa Jake.

Il enfila une corde dans le harnais d'Ali.

— Ce cordage est attaché au sommet de la paroi, et tu escalades en étant assurée à quelqu'un. En l'occurrence, moi, conclut-il en souriant d'un air entendu. Expérimente la voie bleue. La première chose à faire est de bien regarder le parcours, et de planifier les dix premières prises, poursuivit-il. On doit se déplacer en douceur pour économiser notre énergie afin de pouvoir atteindre le sommet.

— Je comprends. Je dois donc rester concentrée sur le but : arriver tout en haut.

— Exactement… Et tu y arriveras. Vous, les femmes, êtes généralement de bonnes grimpeuses. Vous utilisez votre intelligence et vous êtes capables de faire deux choses à la fois : grimper et anticiper les prises pour éviter les situations compliquées. Nous autres, nous comptons davantage sur nos muscles. On se persuade souvent que, même si on se retrouve dans le pétrin, notre force nous permettra de nous en sortir !

Ali ne put s'empêcher de rire.

— En somme, l'escalade serait un bon exemple de nos philosophies de vie respectives ?

— En quelque sorte, confirma Jake, une étincelle au fond des yeux. Un dernier conseil : si quelque chose ne va pas, si tu es bloquée parce que tu ne peux attraper aucune prise, lâche tout.

— Mais si je lâche tout, je tombe ! protesta Ali.

Une lueur amusée traversa le regard de Jake.

— Tu ne tomberas pas puisque je contrôlerai la situation. Je pourrai te faire descendre tranquillement… En toute sécurité.

— Oh ! dans ce cas, il n'y aura donc aucun problème ! s'exclama-t-elle, sincère et perplexe tout à la fois.

Pour le coup, Ali éprouvait soudain une réelle impatience à relever ce défi.

S'approchant du mur d'escalade, elle jeta un coup d'œil à Jake par-dessus son épaule.

— Bon, j'y vais...

— N'oublie pas de bien tendre les bras, recommanda-t-il. Tu grimpes ?

— Je grimpe !

Et, le cœur battant, Ali s'élança.

Alors qu'elle gravissait les premiers mètres, elle entendait Jake qui, en dessous d'elle, lui suggérait telle ou telle prise tandis qu'il contrôlait la corde. C'était rassurant... et grisant. Ses mains lui obéissaient, son corps s'adaptait souplement, ses muscles se tendaient... Heureusement qu'en pratiquant la course à pied régulièrement elle entretenait sa forme !

Et elle s'éleva encore lentement.

À un moment, et malgré elle, Ali réalisa que Jake, resté au sol, se retrouvait exactement en dessous d'elle, profitant ainsi d'une vue directe sur ses cuisses, son entrejambe...

Mais elle ne s'attarda pas sur cette pensée absurde. Elle devait se concentrer et continuer de grimper à la verticale, méthodiquement, sans forcément écouter la voix troublante de Jake...

Avisant une prise sur la droite, elle voulut s'en emparer avant de réaliser que la butée se trouvait trop loin, et sur un parcours vert.

Erreur de calcul...

Elle s'efforça de se décaler afin de reprendre la voie qu'elle avait choisie. Mais son pied droit glissa et elle bascula dans le vide. Un cri lui échappa et elle lâcha tout...

Une fraction de seconde plus tard, Jake freinait la chute d'Ali puis, doucement, il la guida sur l'épais tapis au sol, la maintenant par les épaules jusqu'à ce qu'elle tienne debout.

— Ça va ?

Elle s'efforça de sourire, consciente que son cœur battait la chamade.

— Ça va. Plus de peur que de mal.

— Tu veux réessayer ?

Jake l'observait attentivement, guettant sa réponse. Elle n'hésita pas.

— Oui.

Ali était consciente du flux d'adrénaline qui la parcourait. Subitement, oui, elle était prête à tenter l'exercice de nouveau.

Après tout, elle possédait l'esprit de compétition. Ayant grandi avec un frère jumeau et une mère athlète professionnelle, elle avait toujours eu l'impression d'avoir quelque chose à prouver. Hors de question d'abandonner aussi vite !

Ali jeta un coup d'œil à sa gauche où plusieurs adolescents étaient en train d'escalader un mur adjacent.

Très bien, à moi de jouer...

Elle se prouverait qu'une femme de quarante ans pouvait y arriver.

Se tournant vers Jake, elle attendit ses instructions.

— Prête ?

— Prête.

Et Ali s'élança de nouveau en s'assurant, cette fois, de n'utiliser que des prises bleues. Alors, lentement, prudemment, elle parvint au sommet.

— Bravo ! s'écria Jake. Maintenant, il ne te reste plus qu'à descendre.

Elle le regarda par-dessus son épaule. Comme il lui semblait loin, tout en bas !

— Assieds-toi dans le harnais... Comme sur une chaise, en fait, recommanda Jake.

Un frisson envahit Ali, gagnée par un mélange de peur, d'appréhension, d'excitation... Dans quel pétrin s'était-elle fourrée ?

— Je te soutiens, affirma-t-il. Maintenant, tu dois me faire confiance pour la descente !

Faire confiance...

C'était décidément si difficile pour elle.

De nature, elle était méfiante. Et là, elle devait compter sur Jake, un parfait inconnu.

— C'est compliqué pour moi ! avoua-t-elle.

— Je t'ai déjà rattrapée une fois, insista patiemment Jake. Tu es en sécurité avec moi. Allez, assieds-toi. Voilà, c'est bien ! Maintenant, redresse tes jambes, et garde tes pieds au niveau de tes hanches. Rappelle-toi comment Will a fait ! Plie un genou et pousse le mur avec ton pied, redescends et répète ce mouvement de l'autre côté. Je vais lâcher la corde, tu n'auras plus qu'à marcher à reculons le long du mur !

Et ainsi, Jake l'aida à redescendre.

Lorsque Ali toucha le sol, elle souriait, grisée et heureuse.

— J'ai réussi !

Impressionnée, elle leva les yeux vers la paroi.

— Je n'arrive pas à croire que j'ai escaladé cette paroi !

— Eh oui, tu t'es très bien débrouillée. Je t'avais dit que tu serais douée.

Jake souriait, lui aussi, l'air satisfait de l'effort qu'elle avait fourni, et elle sentit son pouls s'accélérer.

— Dis-moi, tu as pensé à ton travail ? demanda-t-il tout à coup.

— Oh non, pas une seule seconde, avoua-t-elle tandis que Jake commençait à lui détacher son harnais, qui tomba à terre.

Elle se pencha pour le ramasser.

— Ça m'a vidé l'esprit, oui... ce qui fait beaucoup de bien. Merci mille fois, Jake.

En vérité, non seulement elle appréciait d'avoir relevé un tel défi avec succès, mais en plus elle appréciait sincèrement la compagnie de Jake. Il était très beau... et très sympathique.

— Donnez-le-moi, je vais aller le ranger, intervint Will en attrapant le harnais d'Ali. On va dîner dans un restaurant chinois, si ça vous dit de vous joindre à nous ? Chris, mon compagnon, nous rejoindra, et plus on est de fous, plus on rit !

Surprise, Ali échangea un coup d'œil avec Jake. Elle aurait bien aimé poursuivre cette soirée, mais ce serait trop pour elle... Trop d'un coup. Elle avait besoin de se doucher, de se détendre, et surtout, de se ressaisir après toutes les émotions qu'elle venait de vivre.

— C'est très gentil de votre part, mais... une autre fois, peut-être ? J'avoue que je suis un peu fatiguée.

Un mensonge. En réalité, elle se sentait en pleine forme.

— Je comprends... On comprend, ajouta Jake en lui souriant. Alors oui, une prochaine fois !

— Merci encore de m'avoir aidée et encouragée, affirma Ali. Grâce à toi, j'ai complètement oublié les difficultés de mon travail, et ça fait du bien.

Elle sourit aux deux hommes.

— Passez une belle soirée, et à bientôt !

Puis sans attendre de réponse, elle se dirigea vers le vestiaire du gymnase. En marchant, elle sentit que Jake et Will la suivaient des yeux. Craignant de croiser le regard intense de Jake, elle ne se retourna pas.

5

Les jours suivants, Ali retrouva sa routine habituelle : travail, jogging, lecture le soir. Elle se sentait bien, plutôt dynamique et heureuse, finalement, de cette soirée sportive en compagnie du séduisant Jake. Elle ne le revit pas, et dans un sens, tant mieux ! Il était si attirant... Elle pensait souvent à lui, malgré elle, s'abandonnant à des fantasmes inavouables. Oui, il était temps qu'elle s'autorise une rencontre amoureuse... et la soirée organisée par Ivy et Lucas tombait vraiment à point nommé. Ivy lui avait envoyé la liste d'invités, et quand Ali avait remarqué que le nom de Jake y figurait, les battements de son cœur s'étaient accélérés.

Ce samedi-là, elle arriva à l'appartement de Lucas en même temps que Phoebe. Dans l'ascenseur qui les menait au dernier étage, elle sentit soudain une étrange appréhension à l'idée de croiser de nouveau Jake dans un contexte non professionnel.

— Contente de venir ? lui demanda Phoebe.

— Oui... Je vais me changer les idées, dit Ali, volontairement évasive.

Et peut-être m'accorder un bon moment en compagnie d'un homme... Jake, qui sait ? Oui, pourquoi pas ?

Comme des miroirs tapissaient la cabine, elle jeta un rapide coup d'œil à son reflet. Elle portait un élégant trench-coat noir - en hiver, les soirées pouvaient s'avérer plus fraîches –, mais en dessous, une robe à paillettes dorées épousait sa fine silhouette. Elle avait coiffé ses cheveux noirs en queue-de-cheval, révélant ainsi ses boucles d'oreilles en or. Le seul autre bijou qu'elle portait était un bracelet de cuir tressé qui avait appartenu à sa grand-mère.

Les portes de l'ascenseur s'ouvrirent et, suivie de Phoebe, Ali pénétra chez Lucas. Un lieu superbe, ainsi qu'elle s'en était doutée. Elle embrassa tout d'un regard : le grand îlot de cuisine en marbre sous une suspension lumineuse, les œuvres d'art originales et la palette de couleurs monochromes. Des canapés de cuir clair invitaient à la détente, et de nombreuses lampes baignaient l'espace d'un éclairage tamisé.

Remarquant l'enfilade de pièces aux généreuses dimensions, Ali ne put s'empêcher de penser que la totalité de son appartement tiendrait dans la cuisine et le salon de Lucas ! Elle avait été satisfaite de l'achat de son trois-pièces, acquis après son divorce. Il était de construction récente, d'une superficie idéale pour elle, et elle l'avait décoré d'un nouveau mobilier associé à des objets dont elle avait hérité et auxquels elle tenait. Elle était fière d'être devenue propriétaire, d'autant plus qu'elle s'était occupée seule de tout : recherche immobilière, négociation avec le vendeur, financement et emménagement. Elle avait eu l'impression d'effectuer un grand pas en avant sur son nouveau chemin... Mais naturellement, son train de vie demeurait modeste.

L'appartement de Lucas avait dû coûter très cher. Rien que le panorama sur Sydney valait des millions ! De grandes portes coulissantes en verre, situées à l'autre bout de la pièce, avaient été ouvertes pour offrir l'accès à un spacieux balcon d'où l'on pouvait admirer le Harbour Bridge, l'Opéra...

— C'est magnifique, murmura Phoebe.

— Superbe, renchérit Ali en regardant de nouveau autour d'elle.

Jake était-il arrivé ?

Un DJ était installé à l'une des extrémités de la salle, là où l'intérieur se confondait quasiment avec l'extérieur, et deux barmans avaient réquisitionné l'îlot de cuisine pour concocter des cocktails et servir du champagne.

Du monde était déjà présent. La majorité des invités semblait constituée de personnes qui travaillaient à l'hôpital, ce qui n'était pas surprenant. Ivy, toujours très sociable, avait dû inviter un maximum de collègues.

Soudain, au milieu de la foule, Ali aperçut Jake. Il parlait à quelqu'un, mais ses yeux étaient rivés sur elle. Un frisson la parcourut.

— Excusez-moi, madame, voulez-vous que j'aille accrocher votre manteau ? lui proposa à ce moment-là un domestique.

— Oui, merci, dit-elle, faisant glisser son trench-coat sur ses épaules.

Lorsqu'elle révéla sa robe pailletée d'or, Jake ébaucha un petit sourire.

Appréciait-il sa tenue ?

Elle réalisa alors qu'elle s'était préparée en souhaitant qu'il la remarque. Une blouse blanche, ou une tenue de sport, c'était banal... Elle avait eu envie qu'il la voie autrement. Après tout, même si elle avait déjà quarante ans, elle était encore désirable, pas vrai ? Du moins, elle l'espérait.

Il souriait toujours lorsqu'il entreprit de traverser la pièce pour la rejoindre. Il vint directement vers elle, sans s'arrêter pour discuter avec d'autres personnes.

Ali resta sur place, le regard rivé à celui de Jake.

En marchant, il saisit deux coupes de champagne sur le plateau d'un serveur, et lui en tendit une lorsqu'il arriva près d'elle.

— Merci, dit-elle, le cœur battant.

— Tu es superbe.

Jake n'avait pas hésité dans le choix des mots, et elle lui sourit, plus confiante, tout à coup.

— C'est gentil de me complimenter.

— Je suis sincère, affirma-t-il. Superbe et séduisante.

Une lueur intense se reflétait dans ses prunelles, et Ali sentit ses joues s'empourprer. Heureusement que la lumière était tamisée !

— Je t'ai vue tout de suite quand tu es arrivée avec Phoebe, reprit-il.

— Ah oui... D'ailleurs où est-elle ? fit Ali en cherchant son amie du regard.

Mais Ivy et Phoebe semblaient s'être volatilisées au milieu des invités.

— Tu n'es pas accompagnée ? s'étonna Jake.

— Eh non. Je n'ai ni mari, ni petit ami, répondit-elle sans détour.

Puis elle sirota son champagne en contemplant Jake. Il portait un jean et un veston noir sur une chemise gris clair au col ouvert, sans cravate. Une tenue qui le faisait paraître encore plus mince et plus grand. Ali avait chaussé des escarpins, mais il la dépassait encore de quelques centimètres.

— Tu sais que l'opération de la petite Poppy a été programmée ? demanda-t-il.

— Oui. Emma est toujours anxieuse, mais elle accepte la situation avec sagesse. Elle a confiance en nous, et ça me soulage, avoua Ali.

— Savoir que nos patients vont bien, ou mieux, peut nous rendre heureux... Mais cela ne suffit pas. On a besoin d'autre chose, n'est-ce pas ?

— C'est certain, répondit-elle, hypnotisée par le regard de velours de Jake.

Il est forcément conscient de son charme dévastateur...

— Tu as remarqué la vue sur Sydney qu'on a depuis cet appartement ? Fabuleux, non ? poursuivit-elle en désignant la baie vitrée ouverte et le paysage qui s'offrait au-delà.

Jake fit signe que oui.

— Impressionnant. Je redécouvre la ville.

— Tu la redécouvres... Parce que tu y as déjà vécu ?

— Oui. Je n'y suis revenu que depuis peu, lui apprit Jake. J'habitais et travaillais à Melbourne.

Ali s'apprêtait à le questionner encore quand Yarran et Harper les rejoignirent.

— Bonsoir à vous... Salut à toi, ma sœur, poursuivit Yarran.

Ali perçut l'étonnement dans le regard de Jake en les contemplant, Yarran et elle.

— Coucou Ali, dit Harper en l'étreignant affectueusement.

— Bonsoir, répondit Ali, essayant d'ignorer le malaise diffus qu'elle ressentait toujours vis-à-vis de Harper.

Réussirait-elle jamais à oublier que leur amitié avait été abîmée ?

— Bonsoir Jake, poursuivit Harper en s'écartant d'Ali et en prenant Yarran par la main. Je ne pense pas que tu connaisses Yarran, mon fiancé, qui est aussi le frère jumeau d'Ali.

— Ah... D'où la ressemblance, commenta Jake en regardant de nouveau Ali et Yarran. C'est surprenant.

— Je suis bien d'accord, renchérit Harper. Yarran est pompier. C'est lui qui a sauvé Emma Wilson, précisa-t-elle.

Ali se réjouit de sentir que sa future belle-sœur, qui dirigeait le service des urgences, était fière de Yarran.

— Il n'y avait pas que moi, commenta Yarran.

Harper le couva alors d'un regard empli d'admiration.

— Mais c'est toi qui l'as portée hors du feu et évacuée, rappela-t-elle.

— Jake est anesthésiste. Il s'est aussi occupé d'Emma Wilson, ajouta Ali.

— Jake Ryan, dit Jake en serrant la main de Yarran. Heureux de vous rencontrer.

Yarran le dévisagea d'un air interrogateur.

— Jake Ryan ? Pourquoi votre nom m'est-il familier ?

— Sans doute parce qu'il est assez courant, répondit Jake.

— Non, je l'ai vu quelque part récemment.

— Probablement parce que Jake organise l'événement sportif à Circular Quay pour récolter des fonds, intervint Harper. Votre caserne participe.

— Le défi de descentes en rappel le long d'une façade d'immeuble ? Un sacré challenge, ajouta Yarran.

Jake et Harper acquiescèrent en même temps.

— Quelle collecte de fonds ? questionna Ali.

— En fait, ce sera un événement pour informer et sensibiliser la population sur les cancers qui touchent les enfants, lui expliqua Jake. Les bénéfices seront reversés à l'association dont je fais partie, pour financer la recherche. J'appartiens au comité d'organisation, et chaque année, on met en place plusieurs actions caritatives. C'est moi qui ai suggéré celle-ci, je suis donc l'un des principaux contacts. L'escalade est mon autre domaine de prédilection, tu le sais...

Ali ne put s'empêcher de sourire.

— Et qu'est-ce que vous allez faire, plus précisément ?

— C'est très simple : on va tenter de battre le record du plus grand nombre de descentes en rappel en douze heures, expliqua Jake.

— Et combien de personnes participeront ? s'enquit Ali, impressionnée.

— Plus de mille trois cents à ce jour.

— Tant que ça ?

— Eh oui…

Jake se mit à rire.

— Le plus fou, c'est que la plupart des participants n'ont encore jamais expérimenté de descente en rappel auparavant. Tous vont oser. On espère même qu'il y aura encore plus d'inscriptions !

— Je vois… Et comment fonctionnera la collecte de fonds ? demanda Ali, intriguée.

— Les gens paient pour s'inscrire et nous leur demandons également de trouver, si possible, un ou deux mécènes.

— Excellente initiative. Tu t'es engagé, j'imagine ? demanda Ali à Yarran.

— Bien sûr ! Tous les membres de la caserne se sont portés volontaires, précisa son frère. Il nous reste à trouver des financements…

— Oh ! le DJ passe notre chanson préférée ! l'interrompit Harper en prenant sa main. Allons danser, mon chéri !

— À bientôt, Jake ! lança Yarran en se laissant entraîner par Harper.

Ali reporta son attention sur Jake, curieuse d'en savoir plus sur cet événement caritatif dont tout le monde semblait avoir entendu parler, sauf elle. Harper aurait quand même pu lui en toucher un mot !

— Comment t'es-tu impliqué dans une telle action ?

— Viens t'asseoir dehors avec moi et je te raconterai, répondit Jake. On pourra profiter de la vue imprenable sur Sydney s'il ne fait pas trop froid !

— Bonne idée, se réjouit Ali.

Elle slaloma au milieu de la foule pour gagner la terrasse, et Jake lui emboîta le pas.

La nuit était claire, et l'air frais, sans brise. Des fauteuils avaient été disposés autour d'une cheminée d'extérieur qui fonctionnait à l'éthanol et diffusait une douce chaleur. Ali s'assit sur un canapé d'où l'on pouvait admirer Harbour Bridge et les lumières de la ville.

— Tu auras assez chaud ? demanda Jake en s'installant à côté d'elle.

Ali hésita. En vérité, bras nus, elle aurait vite froid.

— Je devrais aller chercher mon manteau...

— Prends ma veste.

Elle voulut protester, mais Jake s'était déjà débarrassé de son veston pour le draper autour des épaules d'Ali. Une délicieuse sensation l'envahit aussitôt, rassurante et douce.

— Merci, je me sens plus confortable ainsi, admit-elle. Alors, cet événement ? Tu veux bien m'en dire plus ?

— Évidemment. Pour être franc, j'ai juste eu envie de rendre ce qui m'a été donné, expliqua Jake. C'est quelque chose de très personnel pour moi. J'ai eu un cancer quand j'étais enfant... Donc je sais ce que c'est.

Ali resta sans voix un court instant. Mille et une questions fusaient déjà à son esprit. Quel type de cancer ? Quel en avait été le degré de gravité et, surtout, comment Jake se portait-il maintenant ?

— Quel âge avais-tu ?

— Quatre ans. On m'a diagnostiqué une tumeur de Wilms. Stade deux.

Ali garda de nouveau le silence. Elle savait que les tumeurs de Wilms étaient rares.

— Les médecins m'ont enlevé un rein, poursuivit Jake. Et j'ai suivi une chimiothérapie pendant douze mois. Mais... les enfants sont résistants... Résilients. Par conséquent, tout n'a pas été négatif, affirma-t-il en souriant. J'ai survécu et je suis guéri. De plus, mon expérience m'a motivé dans ma décision de devenir médecin. Cet événement à Circular Quay est donc un moyen, pour moi, de m'impliquer dans quelque chose qui me tient vivement à cœur.

— Je comprends bien, dit Ali, touchée. Et des enfants y participeront ?

— Les plus de seize ans peuvent s'inscrire. Il suffit d'avoir un peu de courage, et les jeunes n'en manquent pas ! C'est en partie grâce à mon vécu que j'ai commencé à pratiquer l'escalade, précisa Jake. On avait conseillé à mes parents de m'éloigner des sports de contact lorsque j'étais petit. Des sports comme le rugby, le basket ou le foot étaient jugés trop risqués pour moi qui ne possédais plus qu'un seul rein. Alors j'ai opté pour la natation, le tennis… Et j'ai fini par m'initier à l'escalade.

— Et maintenant, tu vas bien ? s'inquiéta Ali.

— Pour l'instant, oui, répondit Jake avec un petit sourire. Le taux de survie est bon, mais plus tard, j'aurai peut-être des problèmes de santé.

Il haussa les épaules.

— La vie est courte. On m'a donné une deuxième chance, autant en profiter au maximum.

— C'est sûr, murmura Ali, émue. Et tu as voulu devenir médecin… Tu n'en avais pas assez des hôpitaux ?

— Les soignants et les hôpitaux m'ont sauvé la vie. J'étais doué pour les sciences, alors j'ai souhaité sauver des vies à mon tour.

— Je suppose que ton choix de l'anesthésiologie n'est pas anodin…

— Certes pas, admit Jake. Je me suis dit qu'il n'y avait pas de meilleur moyen de sauver la vie de quelqu'un que d'en être responsable ! Tenir littéralement la vie de quelqu'un entre mes mains, l'anesthésier et m'assurer que la personne se réveillera sans problème une fois l'opération finie… Je n'ai réalisé que plus tard que les médecins ne font pas que sauver des humains. Ils peuvent contribuer à créer la vie, à la réparer… Je participe à tout ça. C'est une grande responsabilité mais il y a peut-être un peu d'égoïsme !

— De l'égoïsme ? répéta Ali, surprise.

— Oui, parce que je me fais du bien en aidant les autres. Mais assez parlé de moi… D'après ce que j'ai vu, Ivy et toi êtes de bonnes amies ?

— Oui, on s'est rencontrées à l'université. On a poursuivi nos études ensemble, Ivy, Harper, Phoebe et moi.

— Toutes les quatre ?

Ali acquiesça.

— Et j'imagine que c'est par ton intermédiaire que Harper et ton frère se sont connus ?

— Exactement.

— Mais entre Harper et toi, c'est un peu tendu, non ? questionna Jake.

— Comment t'en es-tu rendu compte ?

— Je l'ai vu.

— Ah bon ?

— Eh oui, je remarque beaucoup de choses chez toi.

Comme Jake l'observait attentivement, Ali sentit son cœur battre plus vite. Étant assise assez près de lui, elle perçut de fines paillettes dans ses yeux... Des éclats dorés qui scintillaient à la lueur du feu. Soudain, elle eut envie de se rapprocher davantage de lui. Elle avait conscience de la présence d'autres personnes sur le balcon, mais elle ne s'intéressait qu'à Jake. Il l'aimantait...

C'était magnétique.

Mais tout à coup, malgré elle, Ali se remémora Adam, son ex-mari. Intelligent, riche et séduisant. Elle avait succombé à son charme, à ses flatteries. Il lui avait donné l'impression d'être la plus belle, la plus intelligente...

Sauf qu'elle aurait dû être plus prudente.

Elle avait été trop spontanée, trop confiante.

Apprends de tes erreurs passées...

Elle s'écarta discrètement de Jake.

— L'histoire de Yarran et Harper est longue et compliquée, dit-elle. En deux mots, j'ai présenté Harper à Yarran et elle lui a brisé le cœur.

— Pourtant ils ont l'air plutôt heureux.

— Maintenant, oui. Ils ont résolu leurs problèmes et sont de nouveau ensemble. Mais personnellement, je reste gênée et mal à l'aise vis-à-vis de Harper.

— Pourquoi ?

— Elle était comme une sœur pour moi. Quand elle s'est séparée de Yarran, elle ne m'en avait pas parlé avant, rien, pas un mot. Et elle ne m'a même pas dit au revoir. Elle est partie... Ou plutôt, elle s'est enfuie. J'ai eu l'impression qu'elle m'avait laissée tomber moi aussi, comme si notre amitié ne signifiait rien.

Jake hocha la tête.

— Je comprends pourquoi tu ne fais pas confiance facilement.

— Il n'y a pas que Harper qui m'a rendue plus méfiante. Mon expérience désastreuse avec mon ex-mari y est aussi pour beaucoup. Quoi qu'il en soit, j'ai finalement pardonné à Harper parce que je vois à quel point Yarran est heureux, poursuivit Ali. Mais Harper et moi ne sommes plus aussi proches qu'avant.

Tout à coup, elle ne put réprimer un frisson. La température baissait et, malgré la veste de Jake, elle commençait à ressentir la fraîcheur ambiante.

— Tu veux qu'on retourne à l'intérieur ? proposa Jake.

— Pas vraiment. Je me sens bien ici.

Mais jetant un coup d'œil à sa montre, Ali constata qu'il était plus tard qu'elle ne le pensait. Ils étaient restés assis sur la terrasse pendant un bon moment, ignorant tous les autres participants à la fête, et elle s'était laissée aller. Elle s'était confiée.

— En fait, je devrais rentrer chez moi ! J'ai eu une semaine mouvementée, et je suis un peu fatiguée...

— Tu veux que je te dépose ?

— Tu es venu en voiture ?

— Oui, et comme je ne bois pas d'alcool, ou très peu, je peux conduire en toute sécurité, affirma Jake.

Elle lui sourit. Elle non plus ne buvait pas beaucoup. Des années passées à être appelée à toute heure de la nuit pour mettre au monde des bébés lui avaient fait prendre l'habitude d'être prudente.

— Tant mieux. Alors je veux bien que tu me raccompagnes, ajouta-t-elle en lui rendant son veston. Je vais chercher mon manteau et dire au revoir à Ivy. On se retrouve devant l'ascenseur ?

Elle ne souhaitait pas qu'on les voie partir ensemble. Les ragots de l'hôpital iraient bon train

— Entendu. À tout de suite.

Jake l'attendait, le sourire aux lèvres, et Ali ressentit une étrange excitation quand un son de clochette annonça l'arrivée de la cabine.

Il tendit le bras, s'assurant que les portes restaient ouvertes, laissant Ali entrer la première. Elle s'avança en gardant son trench-coat sur un bras, et appuya sur le bouton du rez-de-chaussée tandis que Jake entrait à son tour. Soudain troublée, Ali voulut enfiler son manteau mais quelque chose lui tira sur les cheveux.

— Ton bracelet s'est emmêlé avec ta boucle d'oreille, dit Jake. Attends, je vais t'aider.

Il s'approcha et dégagea doucement le bijou de la mèche. Puis il demeura tout près d'Ali tandis que l'ascenseur poursuivait sa descente.

Il l'observait, le regard sombre, intense. Sans un mot, il lui posait une question.

Alors, cédant à une pulsion incontrôlable, Ali se blottit contre lui.

Il souleva la main qu'elle lui avait posée sur le torse, et lui embrassa les doigts, l'un après l'autre, très lentement. Ali frissonna. Son visage se trouvait tout proche de celui de Jake. Il la contemplait encore, comme s'il voulait lire en elle, puis il inclina la tête et ses lèvres effleurèrent celles d'Ali…

Ce fut un baiser si doux qu'Ali crut rêver. Mais Jake l'embrassa de nouveau, plus fermement, et elle mélangea son souffle au sien. La bouche de Jake avait gardé le goût du champagne, de bulles légères, et elle s'entendit gémir lorsque la langue de Jake s'enroula autour de la sienne…

Alors le monde extérieur n'exista plus.

Yeux fermés, Ali s'abandonna à ce baiser. Quand la main de Jake se posa sur son bras nu, elle eut la sensation que sa peau s'enflammait. Lorsqu'il caressa son dos, nu entre les bretelles de sa robe, elle sentit la pointe de ses seins durcir sous l'effet de la morsure du désir.

Enlaçant les épaules de Jake, elle l'embrassa encore plus passionnément…

Puis se rappela brusquement qu'ils se trouvaient dans un ascenseur public.

S'écartant de Jake, elle le regarda et s'efforça de se ressaisir.

— On pourrait nous voir…

— Ne t'inquiète pas, on est seuls, murmura-t-il. Mais je n'aurais pas dû…

— Si. J'en avais envie. Ça fait une semaine que j'en ai envie, ajouta-t-elle d'une voix sourde.

Jake soutint son regard et, alors qu'ils sortaient de l'ascenseur, il lui prit la main et la garda dans la sienne jusqu'à ce qu'ils parviennent à sa voiture. Il lui ouvrit la portière et Ali lui indiqua la direction pour se rendre chez elle, le guidant, une fois sur place, vers un parking réservé aux visiteurs à l'extérieur de l'immeuble.

— Tu veux monter ?

— Tu es sûre ? demanda-t-il.

— J'ai quarante ans. Je suis divorcée, sans enfants, et assez expérimentée pour savoir ce que je fais.

— J'ai presque quarante ans, je suis divorcé, je n'ai pas d'enfants non plus…

Il sourit.

— Et si tu le veux bien, je te suis.

Le cœur battant, Ali le contempla. En elle, la sonnette d'alarme aurait dû retentir. Jake ne correspondait pas au genre d'homme qu'elle avait imaginé rencontrer pour une simple passade. Il était trop séduisant, trop jeune, trop intelligent, trop sympa, trop…

Irrésistible.

Mais pourquoi lutter contre le désir qu'il lui inspirait ?

6

Ali sentait un feu impérieux palpiter en elle - en eux –, et ils ne cessèrent d'échanger des baisers passionnés tandis qu'ils gagnaient son appartement.

Elle déverrouilla la porte. Jake se tenait juste derrière elle, si près qu'elle percevait la chaleur qu'il dégageait. Elle se tourna vers lui et il s'empara de ses lèvres, l'embrassant rapidement et profondément en la prenant dans ses bras. Il lui caressa les hanches, le creux des reins...

Entrelaçant ses doigts à ceux de Jake, elle le mena directement à sa chambre. Elle ne lui offrit pas à boire, ne lui proposa pas de visiter les lieux, consciente qu'ils n'éprouvaient qu'une seule et même envie : se fondre, se mêler l'un à l'autre.

Le cœur battant, elle enleva le veston de Jake, lui passa les paumes sous sa chemise, lui effleura la peau de ses ongles. Il laissa échapper un gémissement. S'enhardissant, elle déboutonna la chemise qu'il portait, révélant le ventre plat et tonique de Jake. Quand il voulut défaire lui-même sa ceinture, elle l'en empêcha d'un geste. Puis, sans un mot, elle lui défit chaque bouton de son jean. Il ôta ses chaussures sans prendre la peine d'en dénouer les lacets. Bientôt, il ne porta plus que son caleçon. Se redressant, il la regarda et sourit. Il était superbe et le savait.

Comme enivrée, Ali le poussa doucement pour qu'il s'assoie sur le lit. Puis elle s'écarta de quelques pas, saisit la fermeture Éclair sur le côté de sa robe et l'ouvrit lentement. Elle fit glisser une bretelle de son épaule, puis l'autre, et laissa la robe tomber sur le sol. Elle ne portait pas de soutien-gorge, juste une fine culotte de dentelle noire et des bas couleur chair.

Un soupir admiratif s'échappa des lèvres de Jake, qui ne la quittait pas des yeux, une étincelle ardente au fond du regard.

Ali leva les mains pour retirer ses boucles d'oreilles, mais Jake secoua la tête.

— Garde-les, murmura-t-il d'une voix emplie de désir. Tu es sublime comme ça.

Ali s'avança alors vers lui. Bien que presque nue, elle ne se sentait pas exposée. Au contraire, elle avait la sensation d'être... puissante.

Jake se leva, la prit dans ses bras et, l'incitant à pivoter sur elle-même, l'invita à s'allonger sur le dos. Contre elle, il fit d'abord courir la pulpe de son pouce le long des courbes d'Ali. Torse, seins, ventre, hanches, entrecuisse... Un long effleurement qui déclencha un jaillissement de plaisir au plus profond d'elle-même. Ensuite la langue de Jake suivit le même chemin, et il lui déposa une myriade de baisers brûlants sur tout le corps. Il lui caressa la poitrine, en lécha savoureusement les pointes durcies jusqu'à ce qu'elle se cambre de désir.

— Je te veux en moi, murmura-t-elle.

— Déjà ?

— Oh oui...

Ali se retourna vers Jake, le fit basculer sur le dos et se lova sur lui. En même temps, elle chercha un préservatif dans le tiroir de sa table de chevet. Jake se redressa, l'aida à le lui mettre, puis il lui embrassa de nouveau les seins. Elle ferma les yeux, s'abandonnant aux sensations qui l'envahissaient. *Que c'est bon...* Grisée, elle chercha la bouche de Jake et leurs souffles se mêlèrent en même temps que leurs corps s'unissaient. Alors ils entamèrent une longue et lente danse sensuelle...

Lorsque Jake plongea en elle, Ali fut vite happée par la jouissance. Elle lâcha un petit cri... et Jake l'accompagna dans un crescendo où plus rien ne comptait que le plaisir fou qu'ils partageaient.

Puis le silence revint... Le calme.

Ali enlaça Jake et il la serra fort, très fort contre lui. Ils restèrent ainsi un long moment, immobiles, leurs corps encore brûlants et vibrants de sensations exquises. Paupières closes, Ali se laissa peu à peu gagner par une délicieuse torpeur. Elle percevait leurs cœurs battant à l'unisson, et quand Jake l'embrassa tendrement sur le front, elle eut les larmes aux yeux.

— Bonjour...

Ouvrant les paupières, Ali découvrit Jake en train de l'observer. La veille au soir, ils n'avaient pas pris le temps de fermer les persiennes, et le soleil entrait à flots par les fenêtres. La lumière caressait les épaules nues de Jake, les enrobant d'une lueur dorée.

Elle sourit, attendrie et émue. Combien de fois avaient-ils fait l'amour durant la nuit ? Leurs étreintes s'étaient succédé, toutes plus voluptueuses les unes que les autres...

— Bonjour...

— Tu as bien dormi ?

— Très bien, dit-elle en s'étirant.

Le drap glissa sur ses seins, et Jake se pencha pour les embrasser avant de lui déposer un doux baiser sur les lèvres. Aussitôt, le désir s'embrasa en elle. Il lui sourit, révélant l'envie qu'il avait d'elle, lui aussi.

— J'aurais tant voulu qu'on recommence... Seulement je ne peux pas m'attarder, dit-il à regret. Mais je t'invite à déjeuner plus tard ?

— Ce serait avec joie, mais j'ai promis à ma sœur Marli de garder ses enfants. Marli est enceinte de son troisième et elle doit accoucher dans quelques semaines, c'est donc leur dernière chance d'avoir un peu de temps libre avant l'arrivée du bébé. On pourrait peut-être se retrouver plus tôt pour un brunch ?

Jake secoua la tête.

— Impossible... Will et moi avons rendez-vous avec un agent immobilier pour une visite, et je veux d'abord rentrer chez moi pour prendre une douche et me changer.

— Will cherche une maison ?

— Non, c'est moi. J'habite chez Will depuis que j'ai quitté Melbourne il y a trois mois et je pense qu'il est temps que je le laisse tranquille ! En d'autres termes, il faut que je trouve mon nouveau logement.

— Tu ne préfères pas louer quelque chose ? demanda Ali.

— Je reviens à Sydney définitivement, donc je vais plutôt acheter.

— Tu n'as pas aimé Melbourne ?

— J'ai surtout eu besoin d'un sérieux changement après mon divorce. Mon nouveau poste à l'hôpital m'a donné une raison de revenir.

— Je comprends. Le travail est comme une ancre ! Et ton ex-femme est toujours à Melbourne ?

— Non. Elle est américaine, et elle est retournée aux États-Unis.

— Vous avez été mariés longtemps ? s'enquit Ali, étonnée de constater qu'elle en savait si peu sur l'homme avec lequel elle venait de passer la nuit.

Et devait-elle vraiment le connaître davantage ? Que lui importait l'histoire personnelle de Jake puisque, entre eux, il ne s'agissait que d'une aventure sans lendemain ? Ne valait-il pas mieux éviter de trop en apprendre sur lui ? Mais, une fois de plus, sa curiosité avait été plus forte que sa raison.

— Dix ans, répondit-il.

— C'est long.

— Oui. Très long, d'autant plus qu'on s'est mariés pour de mauvaises raisons.

— C'est-à-dire ?

— Le visa de Chrissie arrivait à expiration, on n'avait pas envie de se séparer et je ne pouvais pas partir vivre aux États-Unis parce que j'étais encore étudiant. Alors on a décidé de se marier. À l'époque, je pensais que c'était la meilleure solution à deux problèmes : Chrissie pouvait rester en Australie et j'échappais au regard trop vigilant de mes parents ! expliqua Jake. Ma mère, en particulier, craignait toujours qu'il m'arrive quelque chose à cause de la maladie que j'avais contractée dans mon enfance. J'avais besoin de m'éloigner...

Il hocha la tête et poursuivit :

— Aujourd'hui, je sais que j'ai commis une erreur, et Chrissie en a souffert. Quel est le dicton déjà ? Agir avec précipitation, puis se repentir à loisir ? Bref, on s'est éloignés l'un de l'autre, mais en vérité je crois qu'on n'avait pas suffisamment de points communs au départ... J'ai fini par me détourner de Chrissie. Lorsqu'elle a eu besoin de moi, je n'étais plus là pour elle. Après notre divorce, j'ai voulu prendre un nouveau départ et mes parents vieillissent... Je suis fils unique. Il est temps que je leur sois plus dévoué, ou du moins que j'essaie d'être plus présent auprès d'eux.

Jake marqua une courte pause.

— Pour être franc, je repars totalement de zéro d'un point de vue personnel. L'achat d'une maison est un pas de plus sur le long chemin de ma reconstruction... Au fait, pourquoi ne viendrais-tu pas avec moi faire cette visite ? Ensuite, on pourrait aller boire un café et manger quelque chose avant que tu retrouves ta sœur ?

Ali se sentait tentée. Elle serait bien restée davantage avec lui... Mais avant qu'elle ait pu lui répondre, leurs deux téléphones se mirent à biper à cause des notifications qu'ils venaient de recevoir. Elle s'empara de son appareil tandis que Jake fouillait dans ses vêtements éparpillés par terre, à la recherche du sien.

Un mail urgent capta aussitôt l'attention d'Ali.

Tu as vu les gros titres d'aujourd'hui ? La direction est furieuse.

Incrédule, elle montra le message à Jake.

— J'ai reçu le même, dit-il.

Ali ouvrit l'application qui publiait des nouvelles locales et écarquilla les yeux en découvrant l'article à la une :

Les bébés d'Emma et Aaron Wilson gravement malades.

On y évoquait Jasmine et Poppy qui, d'après une source non citée, se retrouvaient dans un état critique et avaient besoin d'une intervention chirurgicale urgente, faute de quoi leur vie serait en danger. Aaron ou Emma n'avaient pas été interviewés. D'ailleurs avaient-ils déjà fait publier un communiqué annonçant la naissance de leurs jumeaux ?

— C'est honteux de raconter des choses pareilles, murmura Ali, s'efforçant de maîtriser son indignation.

Le personnel de l'hôpital avait comme consigne, très stricte, de ne jamais parler à la presse. Qui, parmi leurs collègues, n'avait pas respecté la confidentialité d'usage ?

Dans un autre mail, Ali lut qu'une enquête serait mise en place au sein de l'établissement hospitalier pour découvrir l'identité de la personne ayant ignoré le règlement concernant le respect de la vie privée des usagers.

— Mauvaise nouvelle, lâcha Jake.

— Oui, mais pour moi, l'essentiel est qu'Emma et ses bébés se portent bien. Je vais aller les voir, ajouta Ali en sautant du lit. Si tu veux bien m'envoyer par SMS l'adresse de la maison que tu vas visiter, je verrai si je peux te rejoindre.

— D'accord. J'espère que tu viendras, mais dans le cas contraire, je comprendrai, ne t'inquiète pas, assura Jake.

Il s'approcha d'Ali et l'embrassa tendrement au coin des lèvres.

— J'ai passé une excellente soirée, et une excellente nuit, lui chuchota-t-il dans le creux de l'oreille. Merci...

Surprise et étrangement émue, Ali lui sourit.

— Merci aussi à toi... On était deux pour ce bon moment. Maintenant, tu veux du café ou du thé ?

— Du café. Mais je m'en occupe pendant que tu te prépares, ajouta Jake en lui adressant un clin d'œil. À moins qu'on prenne une douche ensemble ?

Ali éclata de rire.

— Excellente idée...

Augmentant le volume de la chanson diffusée à la radio, Ali fredonna gaiement tout en empruntant l'itinéraire qui menait à Glebe Point Road. Elle avait pu se libérer pour aller retrouver Jake... Tant mieux ! Pendant qu'elle s'était entretenue avec Emma et Aaron à l'hôpital, elle avait régulièrement pensé à Jake... Trop souvent. L'envie de le revoir au plus vite la tenaillait déjà.

Elle mit son clignotant, s'engagea dans une avenue puis tourna dans une rue familière. L'étonnement l'envahit alors de nouveau.

Lorsque Jake lui avait envoyé l'adresse par SMS, elle l'avait lue... et relue. Par quel incroyable hasard la maison qui intéressait Jake s'avérait-ell être celle de la grand-mère d'Ali ? C'était stupéfiant.

Devant l'habitation, sur la clôture, elle aperçut un panneau publicitaire avec un petit drapeau portant l'inscription « visite en cours ».

Comme c'est incroyable, se répéta-t-elle.

Elle trouva une place de parking, et se hâta de se rendre sur place.

De l'extérieur, la bâtisse était la même que la dernière fois qu'elle l'avait vue, dix ans auparavant, lorsque sa grand-mère avait déménagé après la mort de son mari.

C'était une construction mitoyenne de deux étages avec un portail de fer forgé et une jolie véranda. Émue, Ali s'engagea et franchit la porte d'entrée, demeurée ouverte. L'intérieur avait-il été rénové ? Non... Mais une décoration sommaire avait été mise en place. La première pièce avait été aménagée comme un salon : bibliothèque garnie de quelques livres reliés, tapis, fauteuils, petit bureau, lampadaire... L'agence avait vraiment tout fait pour rendre les lieux plus vivants.

Ali ignora les escaliers menant aux chambres et à la salle de bains du premier étage, et gagna directement l'arrière.

Dans cette partie, les murs avaient été repeints, et les parquets cirés. Mais dans la cuisine meublée d'un buffet et d'une table entourée de chaises, et la salle à manger attenante, Ali constata que rien n'avait changé depuis que ses grands-parents avaient tout redécoré une trentaine d'années plus tôt.

Plusieurs visiteurs se trouvaient déjà sur place. Les maisons situées au cœur de Sydney suscitaient toujours beaucoup d'intérêt, et nul doute qu'un acheteur serait rapidement preneur...

Par la fenêtre, Ali aperçut Jake et Will au fond du jardin, en train de discuter sous le néflier du Japon. Revoir ce vieil arbre la bouleversa plus qu'elle ne l'aurait imaginé. Heureusement qu'on ne l'avait pas coupé ! Elle en aurait été très attristée.

Se dirigeant dehors, elle se sentit soudain embarrassée. Embrasserait-elle Jake devant Will ? Mais avant qu'elle ait pu se décider, Jake lui prit la main et lui déposa un tendre baiser sur la joue, ce qui ne parut pas surprendre Will.

— Alors, comment va Emma ? Et ses petites jumelles ?

— Bien. Quel soulagement, d'ailleurs... Ce sont évidemment de fausses informations qui ont été ébruitées par on ne sait qui !

Ali haussa les épaules.

— Un démenti sera publié dans la journée, et Aaron va faire une déclaration. Ce qui nous importe, c'est la vérité : l'état de Poppy est stable, et Emma envisage l'opération de son bébé avec confiance. Alors, que penses-tu de cette maison ? enchaîna-t-elle, curieuse de connaître l'avis de Jake.

— Elle me plaît beaucoup. J'y ressens de bonnes énergies, précisa Jake en souriant. Figure-toi que c'est la troisième fois que je la visite ! Cet endroit possède un vrai potentiel, mais je ne le crierai pas sur tous les toits, sinon le prix final s'en ressentira, ajouta-t-il d'un air entendu.

— Tu as raison. L'agence ne négociera pas facilement si ta motivation saute aux yeux...

Tout en parlant, Ali songea que Jake arrêtait son choix sur une habitation spacieuse, comportant trois chambres. Ce n'était pas anodin.

— Tu sais qu'il y a longtemps on pouvait apercevoir le port de Sydney en grimpant en haut du néflier ?

— De même si on est sur le petit balcon de la chambre du haut, à l'arrière. Je n'ai pas encore testé les branches de ce bel arbre... pour le moment, du moins, poursuivit Jake, l'air amusé et intrigué. Dis donc, comment es-tu au courant de ces détails ?

Ali lâcha un petit rire.

— Parce que je connais parfaitement cette maison... Mes grands-parents y habitaient. Plus précisément, les parents de mon père, expliqua-t-elle, encore étonnée de cette coïncidence.

Les yeux de Jake pétillèrent.

— Quel drôle de hasard... Tu savais qu'elle avait été mise en vente ?

— Non, avoua Ali.

— Et tu n'aurais pas envie de l'acheter ?

— Je n'en aurais pas les moyens. Je viens d'acquérir un appartement.

— Tu pourrais le vendre.

— Non. Je tiens à mon chez-moi. Je m'y sens en sécurité, il est facile à entretenir, proche de l'hôpital et bien équipé. Cette maison est beaucoup trop grande pour moi.

— Tu aurais toujours la possibilité de prendre un ou une locataire !

Ali réprima un éclat de rire.

— Je suis trop âgée pour ce genre d'arrangement, et je n'ai aucune envie d'une cohabitation. De plus, cette habitation est idéale pour une famille nombreuse !

Alors qu'elle prononçait ces mots, une sonnette d'alarme retentit à son esprit. Jake s'apprêtait à choisir une demeure familiale... Probablement parce qu'il envisageait d'avoir des enfants. Il ne faudrait donc pas qu'il s'imagine qu'elle souhaitait poursuivre une relation avec lui. Surtout pas.

À ce moment-là, accompagnée de Will, la responsable de l'agence immobilière s'approcha de Jake, sourire aux lèvres.

— Alors, désirez-vous qu'on discute ? Ou qu'on programme une autre visite, peut-être ?

Jake croisa brièvement le regard d'Ali, puis celui de son cousin avant de répondre.

— Discutons vite et bien. Je suis tout à fait intéressé.

— Je vais vous laisser, décida Ali. Ma sœur m'attend.

— Je comprends. Merci d'être venue... Connaissant maintenant les antécédents de cette habitation, je suis encore plus motivé, ajouta Jake, une lueur chaleureuse au fond des yeux. On se revoit bientôt ?

— Oui, bientôt. Bonne journée.

Et sans plus s'attarder, Ali quitta les lieux.

En marchant vers sa voiture, elle sentit sa gorge se nouer. Décidément, Jake n'était pas du tout le genre d'homme qu'elle pouvait s'autoriser à fréquenter. Il faudrait qu'elle garde ses distances, faute de quoi elle le regretterait.

Durant les jours suivants, en dépit de ses résolutions, Ali ne cessa de vérifier ses messages. Elle n'avait pas revu Jake depuis la visite de la maison, ne l'avait pas croisé au travail et, hormis un bref texto qu'il lui avait adressé dimanche soir, n'avait pas eu de nouvelles.

Mardi, alors qu'elle finissait ses consultations de la matinée, elle éprouva soudain une bouffée de nostalgie. Elle sortit son téléphone et relut ce que Jake lui avait envoyé, même si elle connaissait chaque mot par cœur.

Merci pour ce magnifique week-end, on se voit bientôt ?

Spontanément, oubliant ce qu'elle s'était promis, elle lui avait répondu avec enthousiasme :

Bien sûr. Fais-moi signe quand tu es disponible.

Depuis, Jake était resté silencieux.

C'était probablement mieux ainsi.

Il n'est pas fait pour moi... Absolument pas ! Il est trop beau, trop jeune, trop plein d'envies qu'il ne pourra certainement pas combler avec moi !

Mais cette sage réflexion ne lui prouvait qu'une seule chose : elle se sentait terriblement attirée par Jake.

Peut-être pourrait-elle simplement rencontrer un autre homme ? Ce serait un bon moyen de ne plus être obnubilée par Jake ?

Comme si c'était aussi simple...

Son téléphone vibra au moment où elle le glissait dans sa poche. Impatiente, elle s'en empara de nouveau.

Qui est libre pour un déjeuner au Perc Up ?

Ali mit quelques instants pour surmonter sa déception en découvrant ce message qu'Ivy venait d'envoyer à Harper, Phoebe et elle-même. Elle aurait tant voulu que Jake se manifeste...

Mais visiblement, il l'avait déjà oubliée.

Bon, c'est mieux ainsi... De toute façon, moi aussi, je vais l'oublier !

Elle répondit par l'affirmative à l'invitation d'Ivy, puis gagna son bureau pour se changer.

— Alors, vous avez passé une bonne soirée, samedi ? demanda Ivy alors qu'Ali et Phoebe s'installaient à leur place habituelle. Soyez franches.

Harper n'était pas encore arrivée.

— Excellente. Et l'appartement de Lucas est vraiment magnifique, ajouta Phoebe.

— C'est vrai. Mais je me suis inquiétée parce que, vous deux, vous êtes parties très tôt, souligna Iva.

— J'étais fatiguée, avoua Phoebe.

Ali réalisa que leur amie paraissait toujours fatiguée ces derniers temps. Que se passait-il ? Rencontrait-elle des problèmes particuliers ? Elle s'apprêtait à l'interroger quand Ivy reprit :

— Et toi, Ali ? Raconte ! Samedi, tu n'as fait que parler avec

Jake... En plus, j'ai remarqué qu'il était parti à peu près en même temps que toi.

— Il m'a proposé de me déposer chez moi, expliqua Ali.

— Tu es partie avec Jake ? s'exclama Phoebe au moment où Harper les rejoignait.

— Eh oui.

Ali sentit les regards se braquer sur elle.

— Et... tu l'as invité ?

— Je l'ai invité.

Un irrésistible sourire se dessina sur le visage d'Ali. Même si elle n'avait pas prévu de poursuivre son aventure avec Jake, cela ne gommait pas la vérité : elle avait bel et bien passé une merveilleuse soirée - et une nuit fabuleuse ! - avec lui.

— Il a dormi chez moi, précisa-t-elle.

— Oh ! toi au moins, tu n'as pas perdu de temps, commenta Ivy, les yeux pétillants.

— On en avait envie tous les deux, répliqua Ali.

— Tant mieux ! Aucun jugement de ma part, affirma Ivy. Faire l'amour dès le premier rendez-vous n'est pas tabou.

— Techniquement, ce n'était pas un premier rendez-vous, avoua Ali. On s'était déjà retrouvés avant.

— Quoi ? Quand et comment ? lança Ivy d'un ton faussement choqué. Dire que j'ai invité Jake samedi soir pour que vous puissiez vous rencontrer dans un autre contexte que celui de l'hôpital...

— Merci, tu es adorable. Mais on a fait de l'escalade ensemble, lui et moi. Avant ta soirée.

— De l'escalade ? répéta Ivy, stupéfaite.

— Eh oui. J'avais promis de sortir de ma zone de confort, pas vrai ? dit Ali en riant. Case cochée !

— Toi, quand tu veux... tu peux ! s'exclama Phoebe. Bravo.

— Oui, bravo, renchérit Ivy, admirative. Et il pratique l'escalade ? Je l'ignorais...

— Aaron, le mari d'Emma, a parlé de Jake dans l'interview d'hier soir, intervint alors Harper. Jake est à l'initiative de l'événement sportif qui permettra de collecter des fonds, et de sensibiliser le public à une cause qui nous est chère : la lutte contre les cancers chez les enfants.

— C'est certain. Mais de quelle interview il s'agit ? s'enquit Ivy.

— Aaron était l'invité d'une émission d'information et d'actualité hier soir. Vous ne l'avez pas vue ?

— Non, répondit Ali en même temps qu'Ivy et Phoebe.

Harper sortit son téléphone, chercha le réseau social d'Aaron, et enclencha la diffusion d'un enregistrement vidéo. Ali se pencha pour écouter avec attention.

« Certains d'entre vous savent peut-être que ma femme, Emma, a été gravement blessée dans un incendie il y a quelques mois. Elle se rétablit mais reste à l'hôpital, et la semaine dernière, elle a donné naissance à deux petites filles, des jumelles, que nous avons nommées Jasmine et Poppy. Elles sont nées prématurément et, malheureusement, Poppy doit subir une opération du cœur. Nous avons la chance, en Australie, d'avoir accès à des soins médicaux de grande qualité, le plus souvent gratuits, et croyez-moi, je remercie chaque jour le personnel de l'Hôpital central de Sydney d'avoir si bien soigné ma famille. Encore merci à toute l'équipe ! »

Aaron marqua une pause avant de poursuivre :

« Aujourd'hui, Poppy ne va pas bien, mais son état est stable. Les médecins m'assurent que mes deux filles s'en sortiront. J'ai confiance. Je sais qu'il y a beaucoup d'enfants à l'hôpital qui souffrent de maladies plus graves, notamment des cancers…

D'ailleurs, dans deux semaines, à l'initiative du Dr Jake Ryan, une collecte de fonds sera organisée au profit d'une organisation caritative de lutte contre le cancer chez l'enfant. Les fonds recueillis serviront à financer des programmes tels que *Clown Doctors*, des séjours de repos pour les aidants, et des sorties adaptées aux enfants en rémission.

Les organisateurs ont mis en place un événement sportif hors du commun : la descente en rappel d'une façade d'immeuble, à Sydney, dans le quartier de Circular Quay. Le but ? Battre le record du monde du plus grand nombre de descentes en rappel en douze heures ! Je serai l'un des participants, bien sûr, et j'invite tous les téléspectateurs à en faire autant, s'ils en ont le courage !

Si vous ne pouvez pas participer physiquement, vous pouvez faire un don en fonction de vos moyens. Les détails du site web sont affichés en bas de l'écran et figureront également dans mon fil d'actualité sur différents réseaux sociaux… »

— C'est touchant qu'Aaron ait parlé de cette manière, commenta Phoebe.

— Je suis d'accord. Touchant, oui… Et motivant ! On s'inscrit ? proposa Ivy.

— Yarran et moi l'avons déjà fait, répondit Harper.

— Bonne idée. On devrait, souligna Ivy avec entrain.

— Oui, oui…, renchérit Ali à contrecœur.

Elle n'éprouvait strictement aucune envie de se lancer dans ce nouveau défi, même pour une bonne cause, mais avait-elle le choix ?

— Est-ce que tu en sais plus sur la future opération de Poppy ? demanda Harper à Phoebe.

Ali contempla attentivement Phoebe. Ivy et Harper avaient-elles remarqué que leur amie ne s'était pas engagée à participer à l'événement organisé par Jake ?

— J'ai sollicité le Dr Zach Archer, le chirurgien cardiaque néonatal que j'ai rencontré à la conférence, et j'attends sa réponse, précisa Phoebe d'un ton curieusement évasif.

Mais elle évita de croiser leur regard, comme si elle était embarrassée. Que se passait-il donc ? *Dès que je le peux, je parle avec elle,* se promit Ali. Si elle trouvait le temps, et si Phoebe ne s'avérait pas trop occupée, ou insaisissable.

Elle lui plaisait.

Elle lui plaisait même de plus en plus, et il s'en émerveillait. C'était si inattendu… Si simple !

Ce jeudi-là, en fin de journée, Jake avait appelé Ali et lui avait proposé de dîner avec lui. Elle avait d'abord décliné, puis lui avait suggéré de la retrouver chez elle. Elle commanderait des pizzas, ce serait pratique. Quelle composition préférait-il ? Il lui avait donné carte blanche dans le choix, il aimait tout ! Il lui avait aussi précisé que l'essentiel, pour lui, était de pouvoir partager de nouveau un bon moment avec elle, sans forcément faire l'amour. Il avait envie de mieux la connaître, voilà tout.

À cet instant, allongée sur le canapé, la tête sur les genoux de Jake, Ali se détendait, silencieuse. Et il ne parlait pas non plus, savourant cet instant. Au cours des deux derniers jours, il n'avait pas cessé de penser à elle, mais sa charge de travail avait été si lourde qu'il n'avait pas eu l'occasion de l'appeler ou de passer dans son service.

Lorsqu'elle l'avait accueilli, Ali lui avait semblé un peu réservée. Peut-être regrettait-elle déjà d'avoir consenti à le revoir ce soir, ou, pire encore, d'avoir passé la nuit de samedi avec lui ? Elle avait d'ores et déjà commandé les pizzas accompagnées de salades. Malgré lui, Jake s'était dit qu'elle ne voulait peut-être pas se montrer en public avec lui...

Les questions tourbillonnaient à son esprit tandis qu'il massait doucement le crâne d'Ali, et elle se laissait faire, yeux fermés.

Oui, en dépit de tout ce qu'il devait régler dans sa vie personnelle, il avait beaucoup pensé à elle. D'un côté, il était surpris par ce qu'il éprouvait, cette attirance spontanée, si vive. De l'autre, il s'obligeait à garder les pieds sur terre car tous deux étaient collègues, ce qui représentait un risque. Mêler vie privée et vie professionnelle, ce n'était jamais bon.

Heureusement, on travaille dans des services différents, se dit-il en jetant un coup d'œil circulaire à l'appartement.

— Qu'est-ce que tu regardes ? demanda Ali en rouvrant les paupières au même instant.

Il reporta son attention sur elle et sourit.

— Ton intérieur. Will, qui est architecte, me répète toujours qu'une maison reflète la personne que l'on est.

— Ah... Et que vois-tu alors ?

— Que tu accordes de l'importance à la famille.

— Forcément, j'ai affiché de nombreuses photos de mes neveux et nièces, ainsi que leurs dessins...

— C'est sûr. Ça joue, admit-il.

L'appartement était très féminin, avec des murs aux teintes douces, beaucoup de plantes et des œuvres d'art indigènes.

— Depuis combien de temps vis-tu ici ?

— Presque quatre ans.

— Et tu t'y sens bien.

— Oui. Après mon divorce, j'ai eu besoin de ce genre d'environnement, facile à entretenir. Je voulais habiter près de l'hôpital. Mais j'avoue qu'un jardin me manque… Les plantes d'intérieur ne remplacent pas vraiment la terre. Enfin, je sais que je n'aurais pas le temps de jardiner de toute façon, dit Ali en poussant un soupir. C'est comme ça.

— Tu as un travail très prenant… Mais tu vis donc ici depuis quatre ans ? reprit Jake. Seule ?

— Seule, oui.

Il s'abstint de tout commentaire, mais il s'étonnait de cette situation. Pourtant, pour Ali, la famille comptait, et c'était une belle femme. Il ne l'aurait jamais imaginée célibataire. De nombreux hommes avaient dû essayer de la courtiser…

— La fin de mon mariage a été assez brutale, expliqua-t-elle alors. Mon ex-mari m'a fait beaucoup de mal. Il a trahi ma confiance.

Il se souvenait qu'elle avait brièvement mentionné ce fait lorsqu'ils se trouvaient à la soirée organisée par Ivy et Lucas. Par discrétion, il ne relança pas le sujet, lui laissant l'occasion de lui en dire plus si elle le souhaitait.

— Adam est avocat, poursuivit Ali après un long silence. On était tous les deux focalisés sur notre carrière. Je pensais qu'on avait ça en commun. En tant qu'obstétricienne, j'avais des horaires irréguliers, ce qui a changé quand je suis devenue responsable du service, avec une patientèle bien établie. Lui aussi travaillait de longues heures. Lorsqu'il m'a dit qu'il dormait au bureau parce qu'il se concentrait sur un cas difficile, je l'ai cru. Il avait déjà agi de la même façon auparavant. Mais un jour, en rentrant à la maison, je l'ai trouvé en train de boucler ses valises. Il s'est avéré qu'il avait une liaison avec l'une de ses collègues. Il n'était jamais resté au travail, il s'était plutôt accordé du bon temps avec sa maîtresse…

Elle ébaucha une moue amère.

— J'ai été en état de choc, et j'avoue avoir mis beaucoup de temps à m'en remettre. Il m'a menti éhontément, longtemps... C'est ça, le pire. Heureusement, le divorce a été relativement facile. Bon, je n'ai rien en commun avec lui, aucune raison de le revoir... Et encore moins d'en parler, conclut-elle. Alors dis-moi, combien de personnes se sont inscrites à l'événement de Circular Quay ? poursuivit-elle. L'interview d'Aaron a dû créer de la pub ?

De toute évidence, Ali ne voulait plus aborder le sujet de sa vie privée, et Jake n'insista pas.

— Tu as vu son intervention dans les médias ? demanda-t-il.

— Harper me l'a fait visionner, oui.

— Alors effectivement, l'intervention médiatique d'Aaron a eu un effet positif, confia Jake. Deux cents personnes supplémentaires se sont inscrites aujourd'hui ! Aaron a profité de la mise au point publique qu'il avait prévu d'effectuer pour promouvoir notre programme, en remerciement de ce que l'hôpital a fait pour sa famille.

— C'est chic de sa part. Même Ivy et Harper se sont inscrites, dit Ali.

— Et pas toi ?

Elle se redressa et le regarda, l'air perplexe.

— Pour ce challenge sportif, il s'agit de descendre en rappel la façade d'un bâtiment qui mesure plus de cinquante mètres de haut !

— Je sais. Tout l'intérêt réside dans cette hauteur, justement ! Et l'emplacement de l'hôtel - puisque c'est un hôtel qui accueille l'action –, dans le quartier de Circular Quay. Avec le Harbour Bridge en arrière-plan, ça permettra de réaliser de belles photos, ce qui intéresse les annonceurs, agences publicitaires et autres.

— Je comprends ! Mais personnellement, je ne me sens pas... à la hauteur, avoua Ali avec une pointe d'humour.

— Il suffirait que tu t'exerces avant, souligna Jake. Il y a un week-end d'escalade, un stage tous niveaux, dans les Blue Mountains, près de Katoomba. Si ça te tente, on pourrait y aller, et on dormirait sur place.

Ali l'observa d'un air hésitant.

— On partirait samedi et dimanche ?

— Pourquoi pas ? On pourrait aussi s'y rendre seulement une journée, mais ce serait dommage. Passons au moins le samedi soir sur place ? Sauf si tu as déjà prévù autre chose pour ce week-end, bien sûr…

Elle secoua la tête.

— Je n'ai rien prévu.

— Alors tant mieux ! Je vais organiser notre petite escapade, promit Jake.

C'était la première fois, en plus d'un an, qu'un projet l'enthousiasmait autant…

7

Jake mit son clignotant à la sortie de Katoomba, quitta l'autoroute et s'engagea sur la route bordée de sapins qui menait à leur hôtel, au cœur de la vallée des Blue Mountains.

Ali lui jeta un discret coup d'œil puis reporta son attention sur le ciel gris. Habituellement en cette saison, et bien qu'on soit en hiver, le climat était doux, souvent ensoleillé, mais aujourd'hui il pleuvait des cordes ! En conséquence, le stage d'escalade avait été reporté, et elle avait supposé que Jake annulerait leur « petite escapade », ainsi qu'il l'avait nommée. Mais il avait souligné que leur chambre et le dîner étaient réservés. Pourquoi tout changer ? Elle n'avait pas pu refuser...

Elle n'avait eu aucune envie de refuser.

— C'est ici ? s'étonna-t-elle lorsque Jake se gara sur le parking d'un luxueux hôtel cinq étoiles où elle ne s'était encore jamais rendue.

— Oui, si ça te va.

Elle se mit à rire, enchantée.

— Si ça me va ? C'est magnifique ! J'ai souvent souhaité venir dans cet établissement, au moins pour manger.

— Moi aussi. Mais ce sera la première fois.

Elle lui sourit, soulagée qu'il n'y soit pas allé auparavant. Comme elle-même, Jake n'aurait donc aucun souvenir de ce lieu précis en compagnie de quelqu'un d'autre !

— Ce genre d'endroit est beaucoup plus chic que tout ce que je connais dans le coin, confia-t-elle après leur enregistrement à l'accueil. C'est le pays de ma mère. Lorsque j'étais jeune, on visitait ma famille par ici.

— Je croyais que tu avais grandi sur la côte nord, s'étonna Jake.

— C'est le cas, mais ma mère est originaire de cette région. Ce territoire est ma deuxième maison... Ma maison spirituelle en quelque sorte, précisa-t-elle tandis que Jake posait leurs sacs pour insérer la carte ouvrant la porte de leur chambre.

Ali le précéda à l'intérieur, et une exclamation admirative lui échappa.

Un lit à baldaquin occupait une bonne partie de la pièce, et de grandes baies vitrées offraient une vue superbe sur les arbres et la vallée de Jamison. Se dirigeant vers la salle de bains, elle découvrit une baignoire spacieuse placée devant une fenêtre, permettant ainsi de profiter du même panorama.

— C'est somptueux, murmura-t-elle en se retournant pour faire face à Jake.

— Je suis contente que ça te plaise.

— J'adore ! affirma-t-elle joyeusement. Tu as eu raison de ne pas annuler notre séjour !

Elle se dirigea vers la fenêtre et Jake la rejoignit. Debout derrière elle, il lui passa tendrement les bras autour de la taille et l'enlaça.

— Qu'est-ce que tu veux faire d'abord ? demanda-t-elle en lui jetant un coup d'œil, le cœur battant. Le lit me paraît extrêmement tentant...

— Oui... Mais regarde, la pluie s'est arrêtée ! Et si on allait se promener ? Ensuite, on aura hâte de revenir dans notre chambre, j'en suis certain.

Ali sourit, appréciant la réponse de Jake. Des nuages bas planaient encore sur la vallée, l'accalmie serait donc probablement de courte durée. Autant en profiter.

— Ça te dirait de découvrir les Trois Sœurs ? proposa-t-elle.

Les Trois Sœurs - d'énormes rochers de grès qui se détachaient d'une falaise - formaient l'un des sites les plus populaires de la région, mais avec un peu de chance, le temps maussade éloignerait les touristes.

— Excellente idée, approuva Jake. Allons-y !

Il prit la main d'Ali, et ils quittèrent l'hôtel.

Gardant sa paume dans celle de Jake, Ali se surprit à sourire rêveusement tandis qu'ils marchaient jusqu'au belvédère qu'elle connaissait. Depuis ce promontoire, on pouvait admirer tout le paysage, y compris la célèbre formation rocheuse. L'air embaumait l'eucalyptus, et elle expliqua à Jake que c'était l'huile des feuilles qui baignait les montagnes d'une brume bleue et leur donnait leur nom.

Ensuite, elle mena Jake sur le pont baptisé « Honeymoon » qui reliait la falaise aux blocs de roches sculptées par le temps.

— Tu as entendu parler de l'histoire des trois sœurs ? demanda-t-elle alors qu'ils se tenaient sous le premier rocher.

— Pas du tout. Tu me la racontes ?

Ali dévisagea Jake, étonnée de se sentir soudain si proche de lui. Proche physiquement et mentalement.

— Bien sûr. Elles s'appelaient Meehni, Wimlah et Gunnedo. Il existe deux versions sur la façon dont elles sont arrivées ici, mais comme elles appartiennent au peuple gundungurra - c'est la tribu de ma mère –, c'est la version gundungurra que je peux partager avec toi.

— Je comprends... et t'écoute.

Ali sourit et commença son récit :

— La légende évoque trois sœurs qui vivaient dans la vallée de Jamison. Jeunes filles, elles sont tombées amoureuses de trois frères d'un clan voisin. Ces garçons voulaient les épouser, mais le mariage entre tribus était interdit par la loi. Déterminés, les jeunes gens ont kidnappé les filles, et cet enlèvement a provoqué une guerre tribale. Kuradjuri, un sorcier gundungurra, a voulu protéger les trois sœurs : il leur a jeté un sort qui les a transformées en pierre.

— Dur !

Ali hocha la tête.

— D'autant plus que Kuradjuri a été tué lors d'une bataille et personne n'a jamais pu briser le sortilège. Voilà pourquoi trois sœurs sont figées ici, veillant pour l'éternité sur la vallée de Jamison.

— Triste fin...

— Eh oui. Avec mes deux sœurs, on aimait beaucoup cette légende, confia Ali. On appelait ces trois sœurs Alinta, Kirra et Marli - nos prénoms ! –, et on incitait nos deux frères et nos cousins à livrer de prétendues batailles jusqu'à ce qu'on en ait assez d'être des blocs de pierre... Alors on se joignait à eux et on se bagarrait également !

Jake ébaucha un sourire amusé.

— Donc vous êtes cinq frères et sœurs ? Tous à Sydney ?

— Oui. Mes parents, mes frères et sœurs, leurs conjoints, dix nièces et neveux sans compter le bébé que Marli attend, ma grand-mère, et encore d'autres oncles et tantes !

— Quelle famille nombreuse ! J'ai la chance d'avoir Will et sa sœur. Ils sont ma fratrie, en quelque sorte, mais ce n'est pas tout à fait pareil.

— La famille de cœur est aussi importante que celle qui existe par les liens du sang, fit remarquer Ali, sincère. Chez nous, on s'entend plutôt très bien, ce qui est une chance. Mais parfois, on se dispute... Ce n'est pas toujours facile ! Dans tous les cas, je suis heureuse de ne pas avoir été fille unique.

— Je te comprends. On ne choisit pas réellement... Et on s'adapte, pas vrai ? Personnellement, je ne sais pas comment j'aurais survécu sans Will, poursuivit Jake. Comme j'ai eu un cancer, mes parents sont devenus surprotecteurs, et ils ont fait de leur mieux. Mais je pense que Will m'a aidé à garder une sorte d'ouverture dans notre petit clan... Passer du temps avec lui m'a permis de mener une vie normale et, paradoxalement, ça m'a éloigné de mes parents.

— C'est-à-dire ?

— Avoir été trop couvé m'a rendu rebelle. Dès que j'ai eu l'âge d'agir plus librement, j'ai commencé à repousser mes limites, ce qui a terrifié ma mère et entraîné de nombreux conflits ! confia Jake. Je crois que c'est pour échapper à tout ça que je me suis marié, que j'ai déménagé à Melbourne pour finalement divorcer. Avec le recul, je sais que je n'aurais pas dû utiliser le mariage comme échappatoire, mais on apprend de la vie...

Il ébaucha une moue attristée.

— J'ai déçu mes parents, et mon divorce n'a certainement pas aidé à resserrer nos liens.

— Pourquoi ? Ils ne t'ont pas soutenu ? s'étonna Ali.

— Pas totalement. Ils sont croyants et, selon eux, le mariage doit durer pour toujours. Ils m'ont reproché de ne pas avoir déployé suffisamment d'efforts pour arranger la situation… Sauf que Chrissie, mon ex-femme, n'était pas heureuse et, malgré moi, je ne faisais qu'empirer les choses. J'espère qu'il n'est pas trop tard pour bâtir une nouvelle entente avec mes parents, ajouta Jake. Je n'ai qu'une seule famille.

— Je suis sûre qu'avec le temps tout ira mieux, dit Ali, compatissante.

— Merci.

Il lui prit la main et ils retraversèrent le pont. Les nuages s'étaient assombris et une fine bruine se remit à tomber, rendant la route glissante.

— Ah, je crois que le mauvais temps sonne le glas de notre petite sortie, observa Jake en levant les yeux vers le ciel. Rentrons ! Tu as envie de dîner ou…

Ali lui lança un coup d'œil et, aussitôt, comprit ce qu'il désirait le plus. Tout comme elle.

Gardant ses doigts entremêlés à ceux de Jake, elle se blottit contre lui et l'embrassa doucement.

— On peut peut-être s'accorder un moment de détente sur le beau lit qui nous attend ?

En guise de réponse, Jake s'empara de ses lèvres avec passion.

— Tu es délicieuse, murmura-t-il à l'oreille d'Ali. C'est de toi que j'ai faim…

— Ça ne t'ennuie pas que je consulte le message que je viens de recevoir ? demanda Ali. Il m'a été envoyé dans mon groupe de conversation familiale, et comme Marly est sur le point d'accoucher, je m'inquiète toujours…

Ils s'étaient attablés près d'une des baies vitrées du restaurant gastronomique de leur hôtel, et dégustaient une savoureuse cassolette de saumon accompagné de petits légumes rissolés.

— Je t'en prie. Je comprends, dit Jake en l'observant avec tendresse.

En croisant son regard, elle sentit son pouls s'accélérer. Cet homme avait décidément un charme à couper le souffle. Et quel amant ! Ils avaient fait l'amour longuement, intensément, et Ali avait éprouvé un plaisir fou, inégalé. Se sentant presque rougir en se remémorant leurs étreintes torrides, elle reporta son attention sur le texto qu'on lui avait adressé.

— Tout va bien ?

— Oui, heureusement. Kirra veut s'assurer que je serai bien présente demain à notre réunion dominicale habituelle. Elle est mère de quatre enfants. Mon frère Yarran en a un, Luka trois et Marli va bientôt accoucher de son troisième.

Jake hocha la tête, visiblement impressionné.

— Et toi ?

— Moi ? Je n'en ai pas, et je n'en veux pas, déclara posément Ali.

— Tu n'en veux pas ? répéta Jake, surpris.

— Eh non, affirma-t-elle, la gorge soudain nouée.

Son choix étonnerait donc toujours tout le monde. Amies, camarades, collègues, famille... et amants.

— Je suis obstétricienne, j'accompagne la grossesse de nombreuses femmes, je suis présente pendant leur accouchement... Mais moi, je fais partie des exceptions. Est-ce un problème pour toi ? ajouta-t-elle comme il restait silencieux.

Jake secoua la tête, l'air imperturbable.

— C'est ton choix. Pourquoi ce serait un problème pour moi ?

— Tant mieux, alors. Parce que je t'aime bien, avoua Ali.

Elle devait être directe, et s'assurer que Jake comprenait son message.

— C'est réciproque. Tu me plais beaucoup, répondit-il en soutenant le regard d'Ali.

Elle sentit les battements de son cœur s'accélérer.

— Justement, Jake, au cas où, je préfère être claire avec toi.

— J'ai bien compris, Ali. Et rassure-toi, je n'ai pas l'intention d'avoir des enfants. Et je t'aime bien aussi. J'apprécie ta compagnie. Sincèrement.

Ali le dévisagea, à la fois soulagée et perplexe. Bizarrement, pourquoi avait-elle la sensation qu'il ne lui disait pas tout ?

— Tu as pourtant envie d'acheter une maison familiale.

— Et alors ? Personnellement, je la trouve bien située, avec du potentiel, et financièrement accessible pour moi, énuméra Jake. Toi, tu as connu cette bâtisse dans un contexte familial, mais je ne l'envisage pas sous le même angle.

— Tu en es sûr ? insista Ali.

Il poussa un soupir, et une légère contrariété se refléta sur son visage.

— Franchement, Ali, tu as vu qui je suis ? J'ai trente-huit ans et j'habite pour le moment chez mon cousin, dans sa chambre d'amis ! Et puis, même si je voulais des enfants, je ne suis pas le genre d'homme qu'une femme sensée considérerait comme un futur bon père.

— Pourtant, tu es médecin, tu as des responsabilités, tu es beau…

Pris au dépourvu, Jake éclata de rire.

— Merci du compliment.

— Je suis sincère. Je pense aussi que tu pourrais changer d'avis un jour, ajouta Ali, consciente qu'elle le poussait dans ses retranchements.

Jake la contempla fixement, comme s'il s'efforçait de mieux la comprendre.

— Et pourquoi je changerais d'avis ? En réalité, peut-être que, toi, tu pourrais souhaiter fonder une famille et…

— J'en doute fort. Je n'éprouve aucun désir de maternité, et encore moins depuis que mon ex-mari, qui était pourtant d'accord avec moi au départ, m'a quitté pour une femme qui était enceinte de lui, confia Ali. Une double trahison de sa part !

Elle haussa les épaules, refoulant les mauvais souvenirs.

— En tout cas, reprit-elle, avec mes jeunes nièces et neveux, mon instinct maternel est comblé ! Je les aime et ils m'aiment, mais je ne pourrais pas me consacrer corps et âme à un enfant qui serait mien. Or, l'enfant a besoin qu'on se donne totalement à lui, du moins durant les premières années de sa vie.

— C'est sûr. Pour ma part, je n'éprouve pas la motivation nécessaire, avoua Jake. C'est déjà assez difficile de faire fonctionner une relation entre deux personnes. Si, en plus, on a des enfants, c'est encore plus compliqué. Mon propre père ne me contredirait pas, lui qui s'est toujours dit déçu par moi.

— Déçu ? Et pourquoi ? s'étonna Ali.

Une ombre se refléta sur la figure de Jake, puis il ébaucha un sourire.

— Ah, tu pourrais le lui demander toi-même, si tu veux ! Le week-end prochain, samedi, mes parents célèbrent le quarantième anniversaire de leur mariage - leurs noces d'émeraude –, et ils organisent une grande fête. Tu viendrais avec moi ?

— Tu plaisantes ?

— Pas du tout. Honnêtement, si tu acceptais, tu me rendrais un fier service.

Prise au dépourvu, Ali secoua la tête.

— Toi et moi, c'est une aventure, on est bien d'accord ? On adore faire l'amour ensemble, mais de là à me présenter à ton père et à ta mère... Non, merci. Ce ne serait pas raisonnable.

— Mais qui te parle d'être raisonnable ? objecta Jake. On va juste passer une bonne soirée ensemble !

Ali le regarda, hésitante... Et tentée. Au fond, pourquoi refuserait-elle ? Ils s'étaient montrés francs l'un envers l'autre. Ne devrait-elle pas être rassurée, à présent ?

Mais une petite voix intérieure lui soufflait qu'un autre problème se profilait. Les sentiments... Elle commençait à en éprouver pour Jake. Encore un peu, et elle tomberait amoureuse de lui...

Il ne fallait pas. Surtout pas.

Elle paraissait si pensive qu'un court instant Jake songea à tout révéler à Ali.

Il se rappela que Chrissie avait désiré être mère. De son côté, il s'était adapté, s'imaginant devenir père un jour parce que sa femme l'avait souhaité. Mais lorsque Chrissie s'était retrouvée enceinte, il ne s'était pas senti prêt. Il avait ressenti plus d'inquiétude et de stress que de joie. Son propre état de santé lui avait soudain paru plus fragile que jamais. Il vivait avec un seul rein... N'importe quel problème de santé pouvait lui compliquer l'existence, avec des conséquences potentiellement compliquées et douloureuses pour sa toute nouvelle petite famille. C'est pourquoi, quand Chrissie avait fait une fausse couche, il n'avait pas trouvé les mots justes pour la consoler. Elle lui en avait voulu...

Et il s'en était voulu de ne pas être à la hauteur des espérances de Chrissie.

En vérité, jusqu'à présent, Jake avait trouvé beaucoup de raisons de ne pas vouloir d'enfants, et rien ne l'avait fait - ni ne le ferait - changer d'avis.

Observant Ali, il eut de nouveau envie de se confier complètement, mais il n'osa pas. Elle le jugerait sans doute négativement. Et au fond, ils se connaissaient trop peu, même si physiquement, et sensuellement, il avait la sensation qu'Ali lui correspondait à cent pour cent. Jamais il n'avait éprouvé une telle osmose, un tel plaisir avec une femme...

— S'il te plaît, viens avec moi à cette petite fête de famille, insista-t-il. Ça ne t'engagera strictement à rien. Tu es une collègue, une amie...

Et plus encore !

Un léger sourire affleura aux lèvres d'Ali.

— Une amante, résuma-t-elle simplement. Une amante qui aime se lover dans tes bras, sans réserve ni retenue.

— Et tant mieux. J'adore que tu sois ainsi, ajouta Jake avec enthousiasme.

Avisant un serveur en livrée qui se tenait non loin, prêt à venir desservir leur table, il lui fit signe avant de reporter son attention sur Ali.

— Un dessert te tenterait ?

— Oui, mais plus tard. Là, je crois que j'ai juste envie...

Il perçut une étincelle mutine au fond des prunelles d'Ali et une bouffée de désir l'envahit. Un désir partagé, il en avait la certitude.

— On appellera le room service si, par la suite, on a envie de douceurs...

— Absolument, dit Ali en se levant. Tu viens ?

Elle lui tendit la main et, lui enveloppant la paume de ses doigts, Jake s'émerveilla de la complicité qui s'installait soudain entre eux.

8

— Jake, je t'en prie, détends-toi… Sinon, je vais regretter d'être là aujourd'hui ! lança Ali sur le ton de la plaisanterie.

Finalement, elle avait accepté de l'accompagner chez ses parents. Mais depuis qu'il était venu la chercher en voiture, Jake parlait peu, mains crispées sur le volant. De toute évidence, il était nerveux.

— Je fais de mon mieux, pardon, marmonna-t-il sans la regarder, alors qu'il se garait devant une belle demeure dans le quartier de Double Bay.

Lui jetant un coup d'œil, Ali éprouva soudain un mauvais pressentiment. Durant la semaine, elle avait souvent envisagé de trouver un prétexte pour décliner l'invitation malgré tout. Sauf qu'elle s'était engagée auprès de Jake…

— Je suis un peu anxieux, c'est vrai, admit-il en coupant le contact. Trop souvent, mes visites se terminent mal.

— Aujourd'hui, parions que tout ira bien, dit Ali en lui ajustant gentiment le col de sa chemise.

Puis elle l'embrassa sur la bouche avec fougue en espérant lui remonter le moral.

Elle ne savait pas ce que l'avenir leur réservait, mais quoi qu'il se passe, elle avait choisi de soutenir Jake. Elle ne voulait pas qu'il se sente seul, et elle tenait à le lui prouver.

Un sourire ému se dessina sur les lèvres de Jake.

— Tu es adorable. Bon, allons-y…

S'efforçant de réprimer l'appréhension qu'elle-même éprouvait secrètement, Ali descendit du véhicule.

— Je crois que, sans toi, je n'aurais pas eu le courage d'affronter cette soirée, avoua Jake en lui saisissant la main.

À l'entrée de la somptueuse maison des parents de Jake, ils furent accueillis par une hôtesse qui prit leurs manteaux et les invita à la suivre à l'arrière de la grande bâtisse.

Ali regarda autour d'elle, impressionnée par le luxe et, surtout, les dimensions du lieu. *C'est bien trop spacieux pour une famille de trois personnes et certainement trop vaste pour un couple !* songea-t-elle en détaillant rapidement le décor. Mobilier rustique soigneusement ciré, parquet lustré, tapis persans, lustres de cristal... De généreuses compositions florales dans les tons carmin étaient disposées çà et là. Pour symboliser leurs noces d'émeraude, M. et Mme Ryan n'avaient visiblement pas choisi la couleur verte.

— Jake, mon chéri, bonjour !

Une élégante femme brune vêtue de rouge se dirigeait vers eux.

— Bonjour, maman, dit Jake en l'embrassant sur la joue.

Sa mère reporta son attention sur Ali, qui se sentit aussitôt scrutée par le regard bleu perçant de son interlocutrice.

— Vous devez être Alinta...

Elle lui tendit une main aux ongles soigneusement manucurés.

— Enchantée de vous rencontrer. Je m'appelle Lara.

— Et moi, je suis Howard, le père de Jake, déclara un homme qui, malgré sa haute taille, se tenait deux pas derrière Lara. Bienvenue chez les Ryan !

— Merci, répondit Ali, un peu troublée.

À cause de ce que Jake lui avait raconté sur sa relation avec ses parents, elle s'était attendue à ce que ceux-ci soient froids, mais ils s'avéraient plutôt chaleureux et accueillants.

— Félicitations pour votre anniversaire de mariage... Votre maison est superbe, et la décoration magnifique.

— Chris, le compagnon de Will, a tout organisé pour nous, confia Lara. Avez-vous rencontré Will, le cousin de Jake ?

— Oui, je le connais, répondit Ali.

Lara lui sourit.

— Son ami Chris est décorateur d'intérieur. Il a l'œil, croyez-moi ! Et il est vraiment doué. Tous deux ne devraient pas tarder à nous rejoindre.

Ali hocha la tête.

— Tant mieux...

— Alinta, vous travaillez avec Jake ? lui demanda Howard.

— Oui, je suis obstétricienne à l'Hôpital central de Sydney.

— Ali est plus précisément la responsable du service d'obstétrique et de gynécologie, intervint Jake.

— Vraiment ? fit Howard d'un air impressionné, avant de lancer un drôle de regard à son fils.

Ali se souvint alors que Jake lui avait confié avoir déçu ses parents. Son père reprochait-il implicitement à son fils de ne pas être chef de service ?

Lara posa alors une main sur l'avant-bras d'Howard pour l'inciter à se diriger vers d'autres convives.

— Jake, tu ne manqueras pas de saluer nos vieux amis, n'est-ce pas ? ajouta-t-elle à l'intention de son fils. Certains ne t'ont pas vu depuis longtemps.

— Bien sûr, répondit Jake. J'y vais de ce pas...

Et adressant un bref sourire à Ali, il s'éloigna.

Ali se réjouit de revoir Will et de rencontrer Chris. Au moins ne se retrouva-t-elle pas seule pendant que Jake allait à la rencontre des convives de ses parents. Will l'invita même à danser. Acceptant avec plaisir, elle se laissa entraîner sur la piste...

Mais au bout d'une vingtaine de minutes, commençant à avoir mal aux pieds à cause de ses talons hauts, elle s'octroya une pause pour aller boire un verre. Will l'accompagna galamment et Lara les rejoignit alors au bar.

— Tout va bien pour vous ?

— Oui, c'est une belle fête, répondit Ali avec sincérité.

Certes, elle aurait préféré passer plus de temps avec Jake, mais il avait des obligations. Heureusement, la nourriture était délicieuse, les boissons servies généreusement, et la musique des années 1960 et 1970 créait une bonne ambiance.

— Will, je sais que la marraine de Jake aimerait bien échanger quelques mots avec toi à propos de l'événement sportif que Jake organise, reprit Lara en souriant d'un air entendu.

— Pas de souci, je vais la voir tout de suite, dit Will.

— Will est d'une grande aide pour Jake, et tant mieux, ajouta Lara une fois qu'il se fut éloigné. Ces derniers temps, mon fils a consacré beaucoup de son temps à cette cause caritative.

— Il s'investit de tout son cœur, commenta prudemment Ali.

— Pleinement, oui, et depuis longtemps ! J'avoue que ça l'a bien occupé après son divorce, poursuivit Lara. Une période si difficile pour lui... Et pour nous tous. Mais il me paraît enfin de nouveau plus heureux. J'ai l'impression qu'il prend un nouveau départ, ajouta-t-elle en contemplant Ali d'un air interrogateur.

Ali devina qu'elle espérait en savoir plus sur sa relation avec Jake. *Il ne faut pas qu'elle se fasse des idées,* songea-t-elle.

— On collabore parfois, lui et moi, et j'ai senti qu'il s'épanouissait dans son travail, répondit-elle.

— Oh ! je n'en doute pas. Professionnellement, Jake se porte à merveille. Sa vie personnelle, en revanche..., souligna Lara en regardant attentivement Ali.

— Je ne sais pas, dit Ali d'un ton évasif.

Elle se sentait très désagréablement scrutée et analysée.

— Tout à l'heure, Jake a précisé que vous dirigiez le service d'obstétrique et de gynécologie... Vous semblez bien jeune pour avoir de telles responsabilités.

Lara cherchait clairement à en savoir plus sur Ali.

— J'ai quarante ans.

— Oh..., fit la mère de Jake, visiblement surprise. Vous ne les paraissez pas. Et vous êtes célibataire ?

— Divorcée.

— Avez-vous des enfants ?

— Eh bien non, répondit Ali d'un ton bref.

Lara la dévisagea d'un air étonné, puis elle afficha une mine compatissante. Elle devait peut-être supposer qu'Ali avait souffert d'un problème physiologique...

— C'est dommage.

— Vous croyez ? répliqua Ali, soutenant le regard de Lara. En vérité, je ne souhaite pas en avoir.

— Oh... Vraiment ? Pour être franche, poursuivit Lara, j'espérais que Jake rencontrerait une femme qui lui donnerait des enfants... Enfin, vous, mieux que quiconque, savez que la fertilité diminue avec l'âge.

Une légère irritation gagna Ali. Au moins son interlocutrice était-elle directe.

— Effectivement, c'est le cas.

— Jake serait un bon père...

Lara laissa échapper un soupir.

— C'est vraiment regrettable pour Jake et Chrissie, vous savez... Ils auraient dû fournir plus d'efforts pour sauver leur mariage. Ils auraient dû essayer d'avoir un autre bébé !

— Un autre bébé ? répéta Ali, stupéfaite.

— Ma foi, oui. Jake n'est plus le même depuis la fausse couche de Chrissie. Il était si heureux de cette grossesse ! J'ai vraiment espéré qu'ils persévéreraient, mais au contraire ils ont jeté l'éponge et divorcé. Ça nous a beaucoup chagrinés.

« Il était si heureux de cette grossesse »...

Ali eut soudain l'impression que le champagne lui piquait la gorge, et qu'un étau lui broyait le cœur. Figée, elle resta sans voix, et se rendit à peine compte que Howard venait d'inviter Lara à danser.

Incapable d'avaler une autre gorgée, elle posa sa coupe sur la table et se dirigea lentement vers la terrasse. Elle avait besoin d'air...

Elle avait besoin de respirer, de se ressaisir.

Mais au moment où elle s'apprêtait à franchir la porte, Jake se précipita vers elle.

— Tu ne te sens pas bien ? Tu es si pâle...

S'immobilisant, elle le dévisagea, incapable de trouver des mots délicats pour formuler ce qui s'imposait à son esprit.

— Je viens d'apprendre quelque chose qui m'a plutôt surprise, Jake. Pourquoi tu ne m'as pas dit que tu avais voulu un enfant avec ton ex-femme, et qu'elle avait fait une fausse couche ?

Jake fronça les sourcils, hésita, puis il haussa les épaules.

— Pourquoi t'en aurais-je parlé ? Ce n'est pas important.

— Ce n'est pas important ? Comment peux-tu dire ça ?

— Je ne pensais pas qu'il était pertinent de l'évoquer. Beaucoup de couples traversent ce genre d'épreuve.

— Ta mère m'a fait comprendre que ça t'avait fortement affecté, insista Ali d'une voix sourde. Or, tu m'as affirmé que tu ne voulais pas d'enfants... Et tu en as perdu un.

— Ce n'était pas encore un enfant, se défendit Jake. Chrissie ne paraissait même pas enceinte. Je n'ai pas senti le bébé bouger. Je ne me sentais pas père.

— Mais tu étais heureux à l'idée de le devenir...

Il secoua la tête.

— Détrompe-toi, j'étais terrifié. Je me sentais pris au piège. La grossesse n'était pas prévue. C'est à ce moment-là que j'ai su que notre mariage était en train de s'effondrer. Mais comment aurais-je pu quitter Chrissie alors qu'elle était enceinte ? Puis elle a fait une fausse couche, et j'ai redouté que ce soit de ma faute : j'ai imaginé que quelque chose clochait chez moi, peut-être à cause de la chimiothérapie que j'avais suivie dans mon enfance, qui aurait engendré des conséquences inattendues...

La gorge nouée, Ali le dévisagea, aussi incertaine que déçue. Pour elle, une seule et unique chose comptait : Jake ne lui avait pas tout dit.

— Pourquoi tu ne m'en as pas parlé l'autre fois ? demanda-t-elle.

— Parce que j'ai laissé tomber Chrissie. Je ne voulais pas que tu me juges négativement.

— Oui, eh bien, je te juge quand même, rétorqua Ali. En réalité, tu n'as pas été clair avec moi. C'est pire.

Elle pivota sur elle-même et, passant devant Jake, se dirigea vers le hall d'entrée.

Jake lui emboîta le pas.

— Où vas-tu ?

— Chez moi.

— Je te raccompagne.

— Inutile. Désolée, je n'aime pas que tu m'aies caché la vérité alors que, l'autre fois, on a discuté de cette question très franchement...

— Oui, mais je n'avais pas envie d'évoquer mon passé, riposta

Jake. Ça ne change pas ce que je ressens pour toi, et ça ne devrait pas modifier ce que, toi aussi, tu éprouves.

— Ah bon ? Ce que je sens, là, Jake, c'est le besoin de prendre l'air... Il vaut mieux qu'on ne se voie plus en dehors du travail, déclara Ali en gagnant le vestiaire.

Elle récupéra sa veste, son sac, et poursuivit d'un pas rapide vers la sortie. Les parents de Jake la trouveraient bien impolie de ne pas leur dire au revoir, de ne pas les remercier de leur invitation, mais elle s'en moquait. Elle n'aurait pas pu leur faire face...

Là, maintenant, elle ne voulait plus voir personne.

Refoulant ses larmes, Ali prit conscience qu'elle s'enfuyait. Elle se sentait si désarmée, si naïve...

Elle aurait dû s'écouter quand elle avait rencontré Jake pour la première fois. Elle avait su qu'il n'était pas l'homme qu'il lui fallait, mais elle avait préféré suivre ses pulsions, son désir...

Et elle avait été piégée. Non pas par Jake, mais par elle-même, finalement. Elle s'était leurrée en précipitant les choses, en oubliant qu'il n'était qu'un amant de passage. Elle s'était laissé emporter par un tourbillon de sensations, de sentiments confus, trop vite, trop intensément...

Et maintenant elle en payait le prix.

Dimanche soir, alors qu'elle s'efforçait de se détendre sur son canapé, un livre à la main, Ali entendit frapper. Surprise, elle alla jeter un coup d'œil à travers l'œilleton de sa porte. Si c'était Jake, elle ne répondrait pas...

Mais ce n'était pas Jake.

Embarrassée, elle ouvrit et s'efforça de sourire à Harper qui se tenait sur le seuil.

— Que fais-tu ici ?

— Ta mère m'a dit que tu ne te sentais pas bien. Elle t'a préparé de la soupe et j'ai proposé de te la déposer, expliqua Harper.

— C'est gentil, mais je ne suis pas malade, et je n'ai pas besoin de soupe. Où est Yarran ? demanda Ali.

— Il travaille cette nuit. Je suis seule.

Ali contempla la soupière que lui tendait Harper, hésitant à la prendre. Non seulement elle n'éprouvait aucune envie d'inviter sa visiteuse imprévue, mais en plus elle n'était pas du tout d'humeur à discuter.

— Je peux entrer ? insista Harper.

— J'aurais préféré rester seule.

— Si Yarran était là, tu n'hésiterais pas.

— C'est différent.

— Pourquoi ?

— Yarran est mon frère.

— Tu disais que j'étais comme une sœur pour toi.

— C'était avant.

Harper la regarda fixement, l'air attristée.

— Avant, on était les meilleures amies du monde et je vais bientôt être un membre officiel de ta famille, Ali. Désolée, je ne partirai pas tant que je n'aurai pas la certitude que tu vas bien.

— Je ne vais pas bien, lâcha Ali après une courte hésitation. Je suis chamboulée, mais ça va.

— Tu ne veux vraiment pas me raconter ce qui se passe ? Je pourrais peut-être t'aider.

— Je ne vois pas comment. J'ai été naïve, il faut que je l'assume.

— C'est à cause de Jake ?

— Pourquoi tu dis ça ?

— Je reconnais les signes d'un chagrin d'amour.

— Je n'éprouve aucun chagrin, mentit Ali.

Toute la journée, elle avait tenté de se persuader qu'elle ne pouvait pas être aussi déçue par un homme qu'elle ne connaissait que depuis quelques semaines ! Mais qu'elle le veuille ou non, elle ressentait une profonde amertume… Et une grande solitude, tout à coup.

— C'est ma fierté qui a été blessée. J'ai eu confiance en Jake, et je n'aurais pas dû, avoua-t-elle à contrecœur.

— Mais enfin, qu'est-ce qu'il t'a fait ?

Ali regarda celle qui, bientôt, deviendrait sa belle-sœur, et qui avait été l'une de ses meilleures amies.

— Allez, entre…, murmura-t-elle en se détournant.

Harper ferma la porte derrière elles, suivit Ali, posa la soupe sur la table de la cuisine, et fit bouillir de l'eau dans la bouilloire.

Ali ne protesta pas. À quoi bon ? Elles prendraient une tasse de thé et, ensuite, Harper s'en irait.

— Je me croyais forte et expérimentée, mais je me suis trompée sur moi-même. Je lui ai fait confiance et il m'a menti, déclara-t-elle une fois qu'elles se furent assises dans le salon.

— Menti ? À quel sujet ?

— Il m'a affirmé qu'il ne voulait pas d'enfants... Qu'il n'avait pas besoin d'enfants dans sa vie. Pourtant, sa mère m'a confié que l'ex-femme de Jake avait fait une fausse couche. Ils s'apprêtaient à fonder une famille.

— Et que t'a dit Jake ?

— Rien. Mais sa mère m'a précisé qu'il était heureux de devenir père. Peut-être qu'il ne veut pas d'enfants pour l'instant, mais il pourrait changer d'avis, pas vrai ? Ça s'est bien passé ainsi avec mon ex-mari...

Tout en prononçant ces mots, Ali se rendit compte à quel point, en vérité, elle tenait à Jake. Dire qu'elle avait cru être capable de vivre une aventure sans lendemain ! De toute évidence, elle s'était attachée. Elle avait rêvé, fantasmé... Et le retour à la réalité lui était vraiment douloureux.

— En fait, en supposant que notre relation continue, je ne voudrais pas découvrir dans un an ou deux que Jake veut des enfants, et qu'il fréquente une autre femme qui peut lui en donner, ajouta-t-elle. J'ai déjà eu ce genre d'expérience... Alors, non merci.

Les yeux dans le vague, elle secoua la tête.

— Je ne le reverrai plus. On sort ensemble depuis peu de temps, j'ai juste besoin de quelques jours pour tourner la page.

Harper resta silencieuse, visiblement songeuse.

— Mais tu vois, je me trompe facilement sur les gens, reprit Ali. Adam m'a trahie. Tu m'as trahie... Et maintenant, c'est au tour de Jake.

— Tu ne crois pas que tu dramatises ? répliqua Harper.

— Non.

— Bon, alors au risque de détruire notre fragile trêve, je vais te dire quelque chose d'important te concernant. Tu as toujours pris tes décisions rapidement, poursuivit Harper. Et tu juges souvent les autres en fonction de leurs actes sans forcément connaître les circonstances ou le contexte. Ali, tout le monde n'est pas comme toi. Tout le monde ne considère pas les choses en noir et blanc, en bien ou en mal. Le problème, avec toi, c'est qu'il n'existe pas de juste milieu.

Ali l'observa, perplexe.

— Qu'est-ce que tu veux dire ?

— Peut-être que Jake ne voulait pas d'enfants, mais quand sa femme s'est retrouvée enceinte, qu'était-il censé faire ? Il a peut-être changé d'avis… ou peut-être pas. Peut-être que lorsqu'il a été confronté à la réalité de la parentalité, il s'est rendu compte que ça lui plaisait et qu'il en avait envie. Ou peut-être pas, je ne sais pas… En tout cas, depuis, il peut parfaitement avoir changé ses objectifs et désirs.

— Tu as raison, admit Ali. Mais s'il change encore d'avis ?

— Pose-lui directement cette question. Tu ne peux pas y répondre à sa place. J'ai vu la manière dont il te regarde… Tu comptes pour lui, c'est une évidence ! Donc parle-lui sans imaginer que tu connais déjà sa réponse.

Après un court silence, Harper reprit :

— Tu as jugé que j'avais tort quand j'ai quitté Yarran et déménagé à Londres, mais…

— Tu n'as pas bien agi, coupa Ali.

— J'ai fait ce que je devais faire à l'époque, rétorqua Harper. Il y a deux versions à chaque histoire, mais tu as entendu celle de Yarran et tu m'as jugée en conséquence, sans m'écouter, moi.

— Tu ne m'as jamais donné ton point de vue, souligna Ali. Tu ne m'as jamais dit au revoir.

— Parce que je savais que tu prendrais le parti de Yarran, alors à quoi bon ? Pour toi, il aurait forcément raison et j'aurais tort. Je n'avais pas d'autre moyen d'agir à ce moment-là. Yarran l'a compris, je crois… Je me suis exprimée comme j'ai pu. Mais je n'ai pas eu le courage de discuter avec toi…

— Ce n'est pas seulement Yarran que tu as blessé, rappela Ali. Tu étais ma meilleure amie et tu es partie sans un mot.

— Je sais. Je suis désolée, Ali, j'ai paniqué. Yarran est ton frère jumeau, donc je ne m'attendais pas à ce que tu prennes mon parti… Et sincèrement, je n'ai pas pu te confier ce que je ressentais.

Je savais que je brisais le cœur de Yarran et je ne pouvais pas supporter que tu me détestes aussi !

Harper ébaucha un petit sourire triste avant de reprendre :

— Dans ton cercle familial, vous êtes tous tellement unis... Je n'ai pas connu ce genre de liens dans mon enfance, et j'étais très angoissée à l'idée de ne pas être à la hauteur des attentes de ta famille. Je n'avais aucune idée du fonctionnement d'une famille normale. Je ne pensais pas être capable de m'adapter. En même temps, quitter Yarran m'a fait beaucoup souffrir. Je voulais me persuader que j'avais pris la bonne décision, mais je n'ai jamais oublié Yarran. Je n'ai jamais cessé de l'aimer. Il m'a pardonné... Et peut-être que, toi aussi, tu pourrais faire de même, tu ne crois pas ?

Ali resta silencieuse un court instant, envahie de sentiments contradictoires.

— En fait, je vois bien à quel point il est heureux maintenant. Il a connu plus que sa part de tristesse et de malheur - entre toi et Marnie... -, et il mérite d'être heureux. D'un côté, je te pardonne, oui, mais de l'autre, je me souviens à quel point je me suis sentie trahie quand tu es partie sans me prévenir.

Le visage de Harper s'assombrit.

— Pourtant, le passé est le passé. Quand je suis revenue pour le travail, je n'aurais jamais pensé connaître une autre chance avec Yarran, mais c'est le cas. Il est mon double, l'homme de ma vie, mon grand amour... Il représente tout, pour moi. Il me complète, ajouta-t-elle en s'illuminant de nouveau. Quand tu rencontreras celui qui est fait pour toi, tu sauras de quoi je parle ! Personnellement, j'ai perdu des années à fuir parce que je ne pensais pas mériter l'amour. Mais toi, tu peux peut-être vivre quelque chose de magnifique avec Jake ! Je me répète : j'ai vu comment il te regarde. Pourquoi préférerais-tu croire sa mère plutôt que lui ? C'est sûrement lui qui se connaît le mieux. Ne gâche pas tout à cause d'un malentendu. Qu'est-ce que ton cœur te dit ? Seul ton cœur est le vrai messager...

Touchée, Ali réfléchit.

Faire confiance à mon cœur, moi ? Impossible !

— Je t'assure que tu dois apprendre à accepter des compromis, ajouta alors Harper.

— Voilà le véritable problème, affirma Ali. Comment trouves-tu un compromis quand tu veux fonder une famille ? Soit tu veux des enfants, soit tu n'en veux pas ! Le juste milieu, là, n'existe pas...

Jake ne savait pas comment arranger la situation.

À son esprit, les paroles d'Ali ne cessaient de tourbillonner, suscitant en lui autant de perplexité que de regrets.

Heureusement, cette semaine, il faisait partie de l'équipe de nuit. Pendant plusieurs jours, il avait espéré qu'Ali reviendrait sur sa décision. Entre eux, tout avait si bien commencé...

Et tout se terminait déjà si vite.

En même temps, ne devait-il pas admettre qu'il avait commis une sérieuse maladresse ? Il n'avait pas joué cartes sur table. Il n'avait pas été suffisamment explicite. Pour s'être confié à Will, il savait qu'il avait manqué de tact vis-à-vis d'Ali. Involontairement. Croyant bien agir, il s'était trompé et avait éloigné Ali.

Songeur, Jake se dirigea vers l'ascenseur. On l'avait appelé au quatrième étage, en obstétrique, et une fois dans le couloir, il regarda autour de lui, espérant voir Ali. Mais il était presque minuit, et elle ne devait plus être sur place.

Il s'obligea à se concentrer sur les informations qu'on lui avait communiquées sur la patiente qu'il s'apprêtait à rencontrer : une femme sur le point d'accoucher mais qui, après quinze heures de travail sans aucun traitement de la douleur, s'épuisait. Son obstétricienne, le Dr Melissa Merrigan, souhaitait que sa patiente envisage enfin une prise en charge antalgique.

Au bureau du personnel infirmier, Jake consulta le dossier médical. La future mère s'appelait Marli Bowden, et son mari se prénommait Simon.

Marli ? Comme la sœur d'Ali ?

Ali avait évoqué cette grossesse et ses inquiétudes à ce sujet. S'agirait-il de la même personne ?

Après avoir frappé à la porte, Jake entra dans la chambre.

C'est bien elle...

Puis son cœur s'emballa. Ali était là, ainsi qu'un homme – sûrement le mari de Marli – qui paraissait angoissé.

— Bonsoir, Marli… Et bonsoir, Ali, dit-il, espérant un sourire.

Le regard distant, Ali l'interrogea en silence, se doutant évidemment qu'il venait pour une consultation urgente.

— Je vais examiner Marli à la demande de son médecin, expliqua-t-il.

— Très bien.

Ali se tourna vers sa sœur.

— Je patiente dans le couloir.

Puis elle passa devant Jake sans le regarder

Étouffant un soupir, il s'approcha de sa patiente.

— Marli et Simon, je suis Jake Ryan, anesthésiste.

Il s'était exprimé posément, mais au plus profond de lui-même se logeait maintenant une grande tristesse. Ali s'était complètement détournée de lui. Par sa propre faute.

— Ah, c'est vous, Jake ! lança Marli.

Son ton laissait entendre qu'elle savait qu'Ali était fâchée contre lui. Il se demanda alors si toute la famille d'Ali était au courant…

— Elle est vraiment en colère, n'est-ce pas ?

— Oh oui. Vous voulez que je lui parle ? proposa gentiment Marli.

— Non, merci. J'ai commis une erreur, et je dois essayer de la réparer.

Marli l'observa d'un air bienveillant.

— Tant mieux… Je vous y encourage. Mais pour regagner la confiance de ma sœur, vous aurez du pain sur la planche ! En règle générale, elle est ultra-méfiante.

— Je sais.

Et elle a mal interprété ce que je lui ai dit… Ou plutôt ce que je ne lui ai pas dit, songea Jake, la gorge serrée.

Ali avait supposé que, parce qu'il n'avait pas mentionné la fausse couche de Chrissie, cela signifiait qu'il voulait des enfants. Totalement faux. En revanche, il voulait poursuivre sa relation avec elle.

— Il faudrait que je discute avec elle, sauf qu'elle m'évite, et c'est problématique, avoua-t-il. Mais vous, Marli, vous avez d'autres préoccupations pour l'instant : mettre au monde un bel enfant ! Melissa m'a indiqué que, finalement, vous souhaitez une péridurale ?

— C'est ça, oui. Je pensais que le troisième bébé arriverait rapidement, mais visiblement il a une autre idée ! plaisanta Marli.

— Ce doit être une fille, renchérit Simon, une lueur malicieuse au fond des yeux. Génétiquement parlant, les femmes de ta famille, ma chérie, sont très têtues !

— Ce sera certainement une fille, reprit Marli en lui souriant avant de se tourner vers Jake. Nous en avons déjà deux.

Puis elle s'adressa de nouveau à Simon :

— J'espère que tu ne t'attendais pas à ce que ce soit un garçon ?

— Pas du tout. J'adore nos fillettes, et une de plus, quel bonheur !

Jake pouvait percevoir toute la fierté et l'amour paternels que Simon éprouvait. *Comment je réagirais, moi, à sa place ? Serais-je aussi enthousiaste ?*

Puis, chassant ses interrogations, il se concentra sur sa mission de médecin. Ce genre de question ne le concernait vraiment pas puisque, de toute façon, il ne voulait pas d'enfants.

Comme elle l'avait annoncé, Ali attendait dans le couloir, mais elle gardait le dos tourné à la porte de la chambre. De toute évidence, elle avait l'intention d'ignorer Jake.

— Ali, ce serait bien qu'on se parle, dit-il, décidé à ne plus laisser la situation empirer.

— Je n'y tiens pas, répliqua-t-elle sans se retourner.

— On travaille ensemble. Tôt ou tard, on devra dialoguer un minimum…

— Oui, eh bien, ce sera le moment venu, et uniquement parce que ce sera professionnellement justifié. Autrement, c'est inutile.

— Inutile ? Pourquoi ?

— Je n'ai plus confiance en toi, répondit Ali après un court silence.

— Parce que tu as écouté ma mère. Parce que tu as choisi d'accepter sa version de mon histoire, sans discuter avec moi, souligna Jake.

Elle se tourna enfin vers lui, l'air incrédule.

— Ta propre mère m'a dit à quel point tu étais heureux de devenir père. Pourquoi aurait-elle menti à ce sujet ?

— Elle n'a pas menti, Ali, parce qu'à l'époque je lui ai caché la vérité, à savoir que je n'aimais plus suffisamment Chrissie et que sa grossesse ne m'enchantait pas du tout.

Déterminé à convaincre Ali de sa bonne foi, Jake ne cherchait plus à adoucir la vérité.

— J'aurais peut-être dû aussi avouer à ma mère que, lorsque Chrissie a fait une fausse couche, j'ai été soulagé... Et ensuite, je me suis senti coupable d'avoir éprouvé ce soulagement, poursuivit-il. J'étais envahi par toutes sortes d'émotions contradictoires, tout comme Chrissie, mais pour des raisons différentes. Lorsqu'elle a perdu le bébé, je n'ai pas été soutenant... et ça a sonné le glas de notre mariage.

Jake marqua une pause et, croisant le regard d'Ali, il sentit qu'il avait réellement capté son attention.

— Dans ma vie, j'ai vite appris à cacher mes ressentis, reprit-il. J'ai vu à quel point ma mère était bouleversée si je lui parlais de mes peurs ou de mes doutes, tu comprends ? Elle a tellement redouté de me perdre... Donc j'ai voulu la protéger en lui dissimulant mes états d'âme. En fait, je n'ai pas dû partager mes sentiments avec ma mère depuis l'âge de quatre ans... Et je n'ai donc pas pu révéler sincèrement à mes parents ce que j'ai ressenti à ce moment-là avec Chrissie. Comment leur confier que la fausse couche m'avait en quelque sorte libéré ? Comment leur dire que je n'aimais plus Chrissie ? Pour ne rien arranger, je savais ce qu'ils penseraient de moi, et je n'avais pas envie de les décevoir une fois de plus. Mais en agissant ainsi, j'ai induit ma mère en erreur à mon sujet. Elle s'est complètement trompée sur ce que je ressentais. Et à toi, Ali, je n'ai révélé uniquement que ce qui est vrai. Tu dois me croire.

Elle le dévisagea longuement et, le visage impassible, secoua la tête.

— Je comprends mais...

Elle haussa les épaules et ajouta :

— De toute façon, pour le moment, je pense à ma sœur. Elle a besoin de moi.

Et sans rien ajouter, elle retourna dans la chambre de Marli, laissant Jake sans espoir.

— Voici ton oncle Yarran, lança gaiement Ali lorsque son frère entra dans la chambre de Marli. Je te présente Willa, ajouta-t-elle en tendant à Yarran la fille endormie de leur sœur.

Prenant sa nièce dans ses bras, Yarran sourit avec émotion.

— Bonjour, beauté, tu es enfin parmi nous !

Tandis qu'il berçait tendrement Willa, Ali l'observa. Qu'il était doux et détendu avec les bébés… Il était un père formidable pour Jarrah et elle espérait de tout cœur qu'il aurait d'autres enfants avec Harper.

— Félicitations, Marli.

Tout en veillant à porter correctement Willa, Yarran se pencha pour embrasser sa sœur.

— Simon, tu voudrais aller boire un verre ce soir pour célébrer la naissance de ta petite dernière ? demanda-t-il à son beau-frère.

— Je peux garder les filles pour toi, proposa Ali, sachant que, pendant le séjour de Marli à la maternité, Simon était chargé de s'occuper de leurs aînées, Tallulah et Jazz. Je n'ai rien de prévu.

— Tu devrais avoir des projets, la réprimanda doucement Marli. Tu n'as pas réglé la situation avec Jake ?

— Il n'y avait rien à régler.

— Vraiment ? Dans ce cas, pourquoi étais-tu sur les nerfs hier soir ? La tension entre vous était palpable. Tu as disparu dès que Jake est arrivé et tu n'es revenue dans la chambre qu'après son départ.

Ali se remémora sa brève discussion avec Jake dans le couloir de la maternité. Ce qu'il lui avait révélé l'avait touchée mais, depuis, elle ne savait plus où elle en était. Plus du tout.

— Tu n'avais pas besoin que je sois auprès de toi pendant qu'il te posait une péridurale, argumenta-t-elle, espérant paraître convaincante.

Mais Yarran la contemplait attentivement.

— Tu dois lui parler, insista Marli. Il faut que tout soit clair entre toi et lui avant l'événement sportif de samedi.

— Je n'y participerai pas, annonça Ali.

Elle avait pris la décision de se retirer de l'épreuve la veille au soir. Il était hors de question qu'elle revoie Jake en dehors de l'hôpital.

Marli fronça les sourcils.

— Quoi ? Tu ne participeras pas ? Et pourquoi donc ?

— Je suis trop occupée par mon travail, prétexta Ali, fournissant la seule excuse plausible.

— Pourtant, la cadence n'a pas changé depuis quatre jours, objecta Yarran. Harper et Ivy ne sont même pas surchargées. D'ailleurs, elles se sont inscrites à cette épreuve de descente en rappel, tellement importante...

— Tant mieux ! Bon, moi, je participerai financièrement, à défaut d'être sur place physiquement, ajouta Ali, s'efforçant de dissimuler son embarras.

— Là n'est pas la question, rétorqua Yarran. Ton vrai problème, ce n'est pas ton emploi du temps... C'est à cause de Jake que tu te désistes, je me trompe ?

Agacée et gênée, Ali le dévisagea sans rien dire. Harper avait dû raconter à son frère ce qui se passait entre Jake et elle.

J'aurais dû demander à Harper de se taire...

Mais c'était trop tard. Et Yarran n'était pas du genre à lâcher prise.

— Ali, tu ne peux pas te défiler comme ça, affirma-t-il alors. Kirra, Jack, maman et papa emmènent tous les enfants les plus âgés à Circular Quay pour assister à l'événement... Ils s'attendent à te voir, toi, Yarran et Harper, réaliser cette incroyable descente en rappel ! Un acte de courage engagé !

Croisant le regard de Marli, Ali garda le silence, soudain honteuse de paraître aussi lâche. *Mais je ne veux pas revoir Jake, c'est tout...*

— J'en suis désolée...

— Non et non, l'interrompit Yarran d'un ton catégorique. Tu es une Edwards, Ali, et dans notre famille, on se bat, quoi qu'il arrive ! On fait face ! Donc toi aussi, tu es une battante ! Reconnais-le, aie confiance en toi et tu relèveras le défi... Tous les défis !

Baissant les yeux, Ali réprima un soupir. Comment contredire son frère, à présent ? Impossible...

9

C'était une journée d'hiver parfaite, douce et ensoleillée, et les prévisions météo annonçaient environ 20 °C. Une température idéale pour l'événement programmé auquel Ali participerait finalement, à contrecœur...

Parce que Yarran avait insisté, et Marli également.

Parce qu'elle ne manquait pas de courage, au contraire... Mais en se désistant, Ali savait qu'elle donnerait une fausse image d'elle-même.

Donc, aujourd'hui, elle s'apprêtait à relever non pas un mais deux défis. La descente en rappel, et une confrontation avec Jake, inévitable.

Comment réagirait-elle face à lui ? Un mois s'était déjà écoulé depuis qu'elle s'était séparée de lui. Un mois où il s'était passé beaucoup de choses, dont l'opération cruciale de Poppy, le bébé d'Emma. Poppy qui, heureusement, se portait parfaitement, à présent, et ses parents étaient aux anges.

Cependant, malgré toute la charge de travail qui lui incombait, en dépit des problèmes qu'elle avait dû gérer au quotidien à l'hôpital, Ali n'avait pas pu oublier ce qu'elle avait vécu avec Jake. Et il lui manquait. Elle regrettait de ne plus pouvoir parler avec lui... Elle regrettait les délicieux moments qu'ils avaient vécus ensemble, et ceux qu'ils auraient pu partager... Elle craignait de le croiser dans les couloirs de son service, certaine que, sur son visage, il lirait les émotions contradictoires qui l'assaillaient.

Peu à peu, elle s'efforçait d'accepter de s'être trompée autant sur lui que sur elle-même, mais c'était dur. Il fallait qu'elle assume les conséquences de ses actes. Tourner la page, oui...

Une fois cette action caritative terminée.

Si seulement il faisait mauvais...

De la pluie ou trop de vent auraient entraîné une annulation de la journée ! Mais le ciel était bleu, parfaitement dégagé.

Heureusement, comme quelque mille quatre cents personnes rallieraient le challenge, il y aurait suffisamment de monde pour la distraire de sa rencontre avec Jake !

Ali se répéta cette évidence tandis que Yarran, Harper, Ivy et elle-même se dirigeaient vers l'hôtel de Circular Quay où tout se déroulerait. Pour sa part, Phoebe n'avait pas changé d'avis - elle ne participerait pas –, toutefois, elle avait fait un don à l'association organisatrice.

Cherchant des yeux ses parents et le reste de sa famille, venus assister au spectacle, Ali songea qu'ils ne devaient pas être arrivés. Devant l'hôtel, un espace avait été délimité pour séparer la zone d'action du public ou bien des passants se promenant le long des quais. Les journalistes étaient, quant à eux, amassés entre l'immeuble et les barrières de sécurité, afin d'être suffisamment près. Les caméras étaient braquées sur la façade de la bâtisse : les premiers participants avaient déjà commencé l'épreuve.

Et bientôt, ce sera à moi !

Emplie d'appréhension, Ali regarda la dizaine de personnes qui descendaient en rappel le long de la paroi. Quand deux d'entre elles atteignirent le sol, des reporters, suivis de leur équipe de tournage, se précipitèrent pour les interviewer. Combien de temps les médias resteraient-ils sur place ? L'événement était prévu pour durer douze heures, ce qui représentait une très longue journée...

Les sportifs volontaires portaient un T-shirt jaune vif avec, au dos, inscrit en grandes lettres, le nom de l'institution qui avait organisé l'action de bienfaisance. Ils se rassemblaient méthodiquement à des endroits spécifiques, guidés par les organisateurs qui, quant à eux, avaient revêtu le même modèle de T-shirt mais en noir.

Non loin, Ali reconnut Will qui ôtait le harnais d'un homme venant de participer, et tous deux se serraient la main avec enthousiasme. Elle lui fit signe et, dès qu'il put se libérer, il vint la rejoindre.

— Bonjour ! Je suis content que tu n'aies pas changé d'avis ! déclara-t-il d'un ton chaleureux.

Ali sourit puis leva les yeux vers le sommet de l'immeuble.

— Je n'ai pas changé d'avis mais... c'est haut, quand même. J'avoue que je suis un peu nerveuse.

— Je comprends, mais tout ira bien, promit Will. Je vais t'assurer. Choisis la place n° 8 au moment du départ, et je serai là pour toi.

— Merci ! Alors à plus tard.

Normalement, c'est Jake qui aurait dû être présent pour moi...

La boule au ventre, Ali se dépêcha de rattraper Yarran, Harper et Ivy qui, après s'être enregistrés à un guichet, se dirigeaient vers la zone de rassemblement.

Ils furent conduits à l'intérieur de l'hôtel et filmés rapidement, après quoi on leur communiqua des informations relatives à leur sécurité. Ils rangèrent leurs affaires dans des casiers, se répartirent en groupes de dix, puis ils furent escortés jusqu'au dernier étage de l'hôtel. Ensuite, ils empruntèrent des escaliers menant jusqu'à une vaste terrasse de toit.

Ali s'avança sous le soleil matinal. Autour d'elle se tenaient de nombreuses personnes vêtues de T-shirts jaunes ou noirs, mais son regard fut immédiatement attiré par un homme grand et mince à l'autre extrémité. Jake. Même s'il lui tournait le dos, elle le reconnut immédiatement.

Son cœur se serra. Comment ignorer la vérité ? L'attirance qu'elle éprouvait pour lui demeurait si vive !

Il va falloir du temps pour que je l'oublie...

Mais elle y parviendrait. Après tout, cela ne faisait qu'un mois qu'elle avait rompu. Pourquoi ne serait-elle pas capable de tourner la page ? De rencontrer quelqu'un d'autre ?

Sauf que le doute l'assaillait si souvent...

Connaîtrait-elle jamais cet amour que Harper et Yarran, ses frères et sœurs, ses parents, Ivy et Lucas avaient trouvé sur le chemin de leur vie ?

Et pourquoi suis-je tombée amoureuse d'un homme qui n'est pas fait pour moi ?

Malgré elle, Ali s'immobilisa, frappée par cette évidence. Ivy, qui l'avait suivie, la bouscula involontairement.

— Ça va ? s'inquiéta-t-elle.

— Non.

— Allons, courage, je suis sûre qu'il n'y a aucun danger ! Tout se passera bien, tu verras.

Ali s'efforça de sourire. Son amie ne se doutait pas que ce qui venait de la freiner aussi brutalement, ce n'était pas la peur du vide...

Mais celle d'aimer Jake.

La peur de devoir vivre sans lui.

Oui, elle était amoureuse de Jake.

Elle se répétait cette vérité, se demandant comment elle allait y faire face, quand Jake se tourna vers elle. Lorsqu'il lui sourit, elle faillit fondre en larmes. En vérité, il incarnait l'homme de ses rêves, celui qu'elle avait toujours espéré rencontrer un jour... Mais jamais, compte tenu de ce qu'il voulait et cherchait dans son existence, elle ne pourrait le rendre heureux.

C'était sans issue.

— Viens, c'est à notre tour, dit Ivy, interrompant les pensées d'Ali.

Son amie lui prit la main et l'entraîna.

Un groupe de participants était prêt à se lancer, puis ce serait effectivement à elles de prendre place.

Ali sentit son cœur battre trop fort quand un organisateur lui étala son harnais sur le sol, afin qu'elle se positionne et soit harnachée. Heureusement, ce ne serait pas Jake qui s'occuperait d'elle. *S'il me touchait, là, maintenant, je m'effondrerais...*

Elle se sentait si vulnérable ! Fragile... Et submergée par ses émotions.

Ressaisis-toi !

Elle s'efforça de se remémorer les consignes de sécurité, ainsi que le processus de descente en rappel. Les gestes et réflexes...

Cela ne lui fut d'aucune aide.

Forcément, le peu de savoir-faire qu'elle possédait, c'était grâce à Jake. Elle n'avait pratiqué l'escalade qu'une seule fois, avec lui. C'était bien peu...

Mais ces souvenirs n'en étaient pas moins intenses.

Concentre-toi sur cette matinée, et ensuite, tu géreras la situation !

Ali se répéta cette affirmation en boucle, comme un mantra, et tendit machinalement les bras tandis qu'un second harnais était glissé autour de ses épaules. Elle perçut le cliquetis des sangles attachées et des fermetures métalliques vérifiées. La gorge serrée, elle contempla le groupe qui venait d'entamer sa descente, disparaissant peu à peu au-delà du rebord de la toiture...

— C'est bon, vous pouvez vous diriger vers l'aire de départ pour une dernière vérification, lui indiqua-t-on.

Ali inspira profondément. Elle ne pouvait plus reculer.

De grands carrés numérotés avaient été peints le long du toit, sur plusieurs mètres. Un câble solide, sur lequel étaient accrochés des panneaux avertissant de ne pas trop s'approcher, longeait la bordure extérieure. Des cadres métalliques étaient vissés à des points de fixation suffisamment robustes pour supporter une plate-forme ainsi que deux hommes, notamment les laveurs de vitres de l'immeuble, leur avait-on expliqué préalablement afin de les rassurer.

Curieusement, en observant cet environnement qui surplombait la ville, Ali ne ressentit plus d'inquiétude particulière. À ses yeux, c'était autre chose qui risquait de rompre : son harnais...

Et son courage.

Elle suivit Ivy, Yarran et Harper jusqu'à l'extrémité du toit, en marchant prudemment le long d'une ligne jaune peinte, ainsi qu'on le leur avait indiqué.

Yarran et Harper choisirent les places 9 et 10, en restant à l'intérieur d'un ruban rouge de sécurité qui délimitait le périmètre. Ali devança Ivy pour se positionner au niveau de l'emplacement 8, afin que Will puisse l'assurer, comme promis. Elle avait compris qu'il était l'un des chefs de file dont le rôle était de sécuriser la descente de chaque personne.

Jetant un coup d'œil à sa gauche, Ali sentit son cœur faire un bond.

Jake venait vers elle d'un pas décidé.

Figée, elle le contempla. Son T-shirt noir épousait la forme de son torse, soulignait son ventre plat et sa musculature. Il portait des lunettes de soleil, si bien qu'elle ne percevait pas l'expression de son regard. Lui, en revanche, pourrait lire en elle. Il devinerait tout ce qu'elle ne parviendrait pas à cacher : la nostalgie, la solitude, les regrets...

Et ses sentiments.

Consciente des battements frénétiques de son cœur, elle s'obligea à rester bien droite, prête.

— Bonjour, Ali, dit-il en se plaçant face à elle.

Et il entama les ultimes vérifications. Il posa les mains sur la taille d'Ali puis sur ses épaules tandis qu'il tirait sur les sangles et vérifiait les mousquetons.

Malgré son trouble, Ali réussit à respirer calmement, mais son pouls s'était emballé.

Ce contact avec Jake lui semblait si intime...

Tandis qu'il contrôlait les cordages fixés à son harnachement, elle ne prononça pas un mot, évitant de le regarder.

— En fait, tu portes deux harnais, avec deux points d'attache, dit-il en déplaçant ses mains autour du corps d'Ali pour achever sa vérification. Le harnais d'épaules est un secours, tu es donc bien sécurisée. Tu peux y aller.

— Merci, murmura Ali en croisant brièvement le regard de Jake.

Une lueur intense brillait au fond de ses prunelles, indéchiffrable.

La gorge sèche, elle s'engagea sur l'emplacement 8, entre Ivy au numéro 7, et Yarran au numéro 9. Suivant les repères au sol, elle se plaça de dos, au bord du toit.

Jetant un coup d'œil par-dessus son épaule, elle sentit son souffle se bloquer. Cette descente s'annonçait si longue et si éprouvante ! Jusqu'à cet instant, elle s'était surtout inquiétée de la présence de Jake, de ce qu'elle ressentirait face à lui, mais avisant à présent le vide sous elle, une appréhension vertigineuse l'envahit.

L'adrénaline se répandit peu à peu dans ses veines. Pour ne rien arranger, Jake n'avait pas bougé, et elle aurait juste pu tendre la main pour toucher la sienne...

Là, il était en train de communiquer par radio avec son équipe.

— Assurage ! lança-t-il.

— En place ! répondit son coéquipier en bas.

— Eh bien, à vous de jouer... Bonne descente ! cria Jake, s'adressant à tout le monde.

Ali regarda Ivy à sa gauche, puis Yarran à sa droite, attendant de voir lequel d'entre eux s'élancerait le premier. Le sourire de Yarran s'épanouissait déjà. Levant le pouce d'un air victorieux, il se glissa de l'autre côté de la toiture. Il n'éprouvait visiblement aucune crainte, d'autant moins qu'il avait déjà effectué cette manœuvre à de nombreuses reprises dans le cadre de ses fonctions de pompier.

Après que Yarran se fut élancé, Ali jeta un coup d'œil à Harper qui lui adressa un sourire nerveux.

— J'ai le trac...

— Et moi donc ! répondit Ali.

— Vous êtes prêtes ? leur demanda Jake.

Son regard s'attarda sur Ali.

Le cœur battant, elle fit signe que oui et recula d'un pas, un court instant après Ivy mais avant Harper.

Dis-toi que c'est comme dans une salle d'escalade... Imagine que c'est juste une descente de dix mètres et qu'un tapis moelleux t'attend au sol...

Mais le sang pulsait à ses tempes, et sa gorge restait nouée.

Yarran, lui, se trouvait déjà en contrebas. Les pieds posés sur le mur, assis dans son harnais, la mine détendue, il les attendait ainsi !

Poussant un soupir résigné, Ali effleura son harnais.

C'est bon, tout a été vérifié...

Mains crispées sur sa corde, plaquée contre la façade, elle se laissa chuter d'une soixantaine de centimètres en même temps que Harper, en s'efforçant de garder les pieds alignés dans l'axe des hanches. Puis elle bougea de nouveau un peu, juste un peu, s'immobilisa et risqua un autre coup d'œil vers son frère.

Yarran s'était remis en mouvement avec un évident plaisir. Il se propulsait, se balançait dans le vide, puis il revenait, pieds écartés et genoux fléchis pour absorber l'impact, avant de prendre de nouveau appui sur le mur... en souriant. On avait l'impression qu'il avait fait ça toute sa vie.

— Allez, à vous ! les encouragea-t-il.

Ali osa une petite poussée, certes pas aussi puissante que celle de Yarran mais suffisante pour lui permettre de se décoller de la paroi et d'y revenir. Elle recommença avec un peu plus de force et, cette fois, glissa le long de plusieurs mètres.

— Bravo ! lui lança Yarran.

À droite, Harper suivit l'exemple d'Ali.

Pour le moment, tout allait bien et, un peu plus rassurée, Ali osa regarder plus franchement autour d'elle. Son frère, ses amies, les autres participants... Derrière, au loin, le Harbour Bridge, le soleil se reflétant sur l'eau, les ferries qui sillonnaient la baie... Elle percevait le vrombissement de la circulation le long de la route en bas, et le bruit des piétons et des musiciens sur Circular Quay. Dire qu'elle était suspendue au-dessus de tout ça !

Elle en oubliait Jake...

Enfin, presque.

Prenant une inspiration, elle décida de se propulser de nouveau et de se laisser aller plus librement le long de la paroi. Le béton lui semblait étrangement frais et rassurant. Alors, très bizarrement, elle n'éprouva soudain plus aucune crainte. Agrippant la corde, elle fila vers le bas, encore et encore...

Lorsqu'elle leva les yeux, Ali constata qu'elle avait parcouru l'équivalent de six ou sept étages ! Tout en haut, Jake surveillait leur progression par-dessus le rebord. Ça la rassura de savoir qu'il était là, même si, concrètement, c'était Will qui assurait la descente d'Ali.

Ça la rassura également de se rendre compte qu'à cet instant elle n'éprouvait plus rien de déstabilisant par rapport à Jake. Elle était trop concentrée. Ne lui avait-il pas dit qu'en escalade on devait impérativement focaliser toutes ses pensées, et toute son énergie, sur les mouvements à entreprendre ? À défaut, on risquait un accident potentiellement très grave...

De fait, c'était ce qui se passait pour elle à cet instant précis. Impossible de laisser ses préoccupations prendre le dessus.

Ali poursuivit en prenant appui sur la façade pour dynamiser sa descente.

Au fond, c'était grisant...

Et elle continua ainsi pendant plusieurs minutes.

Ça va, je descends...

Puis, tout à coup, sa jambe droite se décala malgré ses efforts pour garder l'axe. Simultanément, Ali sentit que la partie droite de son corps tiraillait vers le bas. Que se passait-il ? Aussitôt, Will tendit la corde d'assurage pour l'aider à retrouver une position équilibrée.

Ça ne fonctionna pas.

Ali sentait que ses hanches n'étaient plus au même niveau.

Son harnais semblait de travers.

Puis, subitement, elle comprit : l'un de ses mousquetons s'était rompu !

Son sang se glaça dans ses veines.

Je ne tombe pas... Non, je ne tombe pas parce que Will me retient ! Mais... et si je chutais quand même ?

Une bouffée de panique l'envahit. Sa respiration s'accéléra, son cœur s'emballa... Elle voulut crier, mais aucun son ne sortit de sa bouche. Et de toute façon, qui l'entendrait ? Yarran, Ivy et Harper étaient largement en dessous d'elle maintenant... Que pourraient-ils faire ? Seul Yarran possédait une solide expérience, mais remonter la façade ne lui serait certainement pas possible !

S'efforçant de se maîtriser, Ali se rappela les instructions de sécurité. Il lui suffisait de donner un signal précis, avec le bras. Sauf qu'elle s'accrochait à la corde de ses deux mains, terrifiée à l'idée de la lâcher...

Fermant les yeux, elle visualisa tant bien que mal le signe à effectuer en cas d'urgence. Un bras tendu avec le coude plié à quatre-vingt-dix degrés indiquait « stop ». Par conséquent, un bras tendu sur le côté devait signifier que ça n'allait pas...

Ali rouvrit les paupières.

Oppressée, elle respirait mal.

Débrouille-toi pour qu'ils sachent que ça ne va pas...

Resserrant sa prise de sa main gauche, elle compta mentalement à rebours à partir de trois et voulut lâcher la corde de sa main droite. Mais elle n'y parvint pas.

Elle commença alors à trembler, incapable de se contrôler.

— Ali ? Ali !

Du plus profond de sa détresse, elle reconnut la voix de Jake. Levant les yeux, elle le vit former un « O » en pressant le bout de son index et de son pouce. Le code pour « OK »... ou non.

Elle secoua la tête.

— Un mousqueton s'est cassé ! cria-t-elle, retrouvant un semblant de voix.

Il fit signe qu'il avait compris, parla dans son talkie-walkie, puis disparut de son champ de vision. Une nouvelle bouffée de panique faillit submerger Ali, mais un court instant plus tard, elle le repéra de dos, au bord du toit. Il jeta un bref coup d'œil par-dessus son épaule.

— Assurage ! lança-t-il.

Du coin de l'œil, Ali vit que le coéquipier de Jake, au sol, tendait la corde, et Jake se laissa glisser. Gagnée par un vertige, elle s'obligea à regarder droit devant elle, vers la façade. Malgré ses efforts, une peur paralysante l'envahissait.

Je ne veux pas mourir... Pas en étant filmée... Pas devant ma famille... Pas sans avoir avoué à Jake ce que je ressens...

Elle crut rêver quand ce dernier surgit soudain à côté d'elle, et se maintint ainsi, stabilisé par son binôme à terre.

— Empêche-moi de tomber, dit-elle, les larmes aux yeux.

Il lui agrippa le harnais d'une main tout en lui enroulant son autre bras autour du dos.

— Ne t'inquiète pas, je te tiens !

Il vérifia rapidement l'équipement d'Ali et approuva d'un signe de tête.

— Ça va, tu n'es pas en danger. On a donné à tout le monde plus de mousquetons et de cordes que nécessaire, pour la sécurité.

— Peut-être, mais j'ai quand même une sacrée trouille...

Jake soutint le regard d'Ali.

— Je suis là, et je veille sur toi. Fais-moi confiance.

Puis il prit un mousqueton de rechange sur son propre harnais, le fixa à celui d'Ali, et fit passer une sangle qu'il attacha fermement de manière à être lui-même harnaché avec Ali.

— Maintenant, on peut y aller. Tu es prête ?

— Non.

— Pourtant, on doit descendre ! Lentement mais sûrement. Tu as confiance en moi, oui ou non ?

Confuse, le cœur battant à se rompre, Ali le dévisagea.

Ai-je confiance en lui ?

Oui...

Elle esquissa un bref signe affirmatif.

— Alors on y va. Le pied droit d'abord. Rappelle-toi ce que je t'ai appris, insista Jake. Décolle ton pied, déplace-le en dessous, doucement, et ne pense à rien d'autre…

Concentrée comme jamais, Ali s'exécuta.

Et ainsi, Jake lui fit parcourir la façade jusqu'au sol. Quand ils parvinrent enfin en bas, il la prit dans ses bras et la serra vigoureusement contre lui.

— Tu as réussi… Bravo ! Comment te sens-tu, maintenant ?

— Secouée, avoua-t-elle.

Elle tremblait de nouveau, mais de soulagement, cette fois.

Elle aurait voulu se blottir contre Jake… Ne jamais le laisser partir…

— Il faut que je te parle, dit-elle.

— Là, tout de suite, ce ne sera pas possible. Je suis trop occupé par notre événement, ajouta Jake en ébauchant un sourire désolé.

Ce sourire qui la faisait tant craquer…

— Je comprends, bien sûr. Mais quand tu auras fini, tu veux bien passer chez moi ? insista Ali.

— Avec plaisir.

L'air ému, il la regarda dans les yeux, puis entreprit de lui détacher son harnais. Au même instant, des journalistes, certains munis de caméras, s'approchèrent.

— Oh ! non… Je ne veux pas parler aux médias, protesta Ali.

La seule personne avec laquelle elle souhaitait s'entretenir, c'était Jake.

— Tu n'y es pas obligée. C'est moi qui vais faire une déclaration. De toute façon, Aaron est dans le groupe suivant, et ils seront vite plus intéressés par sa prestation ! poursuivit Jake. J'expliquerai qu'il y a eu un incident mineur, et que les mesures de sécurité ont été efficaces. Je voudrais éviter de déclencher un mouvement de panique, précisa-t-il alors que Yarran, Harper et Ivy les rejoignaient à la hâte.

— Mon Dieu, Ali, tu vas bien ? s'exclama Ivy.

Ali acquiesça en silence, encore sous le choc.

— Elle a dû faire face à un problème, mais rien de grave, tout a été géré, affirma Jake à sa place. Vous voulez bien rester auprès d'elle ? Je dois retourner en haut de l'immeuble, on m'attend pour la suite. Je viendrai, mais peut-être tardivement dans la soirée, ajouta-t-il à l'attention d'Ali.

— Passe quand tu peux, dit Ali.

Tout ce qu'elle voulait à présent, c'était être avec lui. Peu lui importait où et quand.

Jake se sentait à cran. Il avait eu du mal à se concentrer pendant le reste de l'événement. Difficile d'empêcher son esprit de vagabonder, de penser à Ali… De plus, le stress lié à l'incident qu'elle avait rencontré l'avait épuisé.

Heureusement, elle allait bien. Plus de peur que de mal.

Il était également soulagé que les protocoles de sécurité aient été efficaces.

Mais tant de questions tourbillonnaient à son esprit ! Comment se portait Ali, à présent ? Lui reprocherait-elle de s'être retrouvée dans cette situation délicate ? Après tout, c'était lui qui avait effectué la dernière vérification du harnachement qu'elle portait…

D'après Will, Jake n'était pas responsable de ce qui s'était passé. Le matériel d'Ali avait été contrôlé avant son utilisation, puis vérifié de nouveau une fois enfilé. Aucune négligence n'était à déplorer.

Malgré tout, Jake se sentait fautif… et angoissé rétrospectivement.

Une fraction de seconde, il avait imaginé le pire. Les conséquences auraient pu être bien plus graves, il le savait.

Il éprouvait aussi une autre certitude : il ne pouvait plus se passer d'Ali.

Dès que l'événement serait terminé, il la rejoindrait.

Contenant son impatience, Jake gagna le bar de l'hôtel où une dernière réunion était organisée. Il devrait rester - au moins un peu - pour boire un verre avec l'équipe de l'association caritative, les bénévoles qui avaient contribué au succès de cette action… Mais il n'éprouvait qu'une hâte : retrouver Ali.

Alors qu'il se dirigeait vers le bar, son regard fut capté par l'écran accroché au mur. Le journal télévisé local passait un extrait des exploits de la journée. Une interview d'Aaron fut diffusée, puis, tout à coup, apparut une photo de Jake en train d'enlacer Ali alors qu'ils venaient de toucher le sol. Incroyable... Le journaliste avait filmé exactement ce moment ! Dans les bras de Jake, Ali semblait si fragile... Et tous deux se regardaient comme s'ils étaient seuls au monde, avec tendresse, soulagement... et amour.

Sur cette image, n'importe qui pouvait remarquer ce qu'ils ressentaient l'un pour l'autre !

Jake éprouva alors un véritable espoir.

Il fallait qu'il voie Ali. Maintenant.

Déterminé, il se dirigea vers Will.

— Tu as des nouvelles de Chris ? demanda-t-il d'emblée.

Pour reconquérir Ali, il avait fait appel à la complicité de son cousin et du compagnon de ce dernier. Ensemble, ils avaient mis en place, secrètement, une surprise qui, en principe, ferait comprendre à Ali à quel point il tenait à elle.

— Je vais l'appeler, dit Will en prenant son portable.

L'appel fut bref.

— Tout est prêt, affirma-t-il.

— Merci, fit Jake en serrant Will dans ses bras. Je te serai éternellement reconnaissant.

— Il faut toujours tenter le tout pour le tout pour trouver ou retrouver son âme sœur. Va vite la rejoindre...

10

Ali ouvrit sa porte et, sans un mot, se lova tendrement contre Jake. Il lui embrassa le front et, lorsqu'elle leva le visage, il lui déposa un doux baiser sur la bouche. Elle frissonna de plaisir au contact de ses lèvres tièdes et sensuelles. En une fraction de seconde, un profond sentiment de bien-être l'envahit de nouveau…

Enfin.

— Comment vas-tu ? lui demanda-t-il alors qu'elle lui prenait la main et l'entraînait vers le salon.

— Bien mieux. Je suis gênée d'avoir réagi de façon excessive tout à l'heure, avoua Ali.

— Mais non…

— Si. J'ai eu la peur de ma vie. C'est grâce à toi que je m'en suis bien sortie !

Jake la dévisagea d'un air soulagé.

— Tu n'es donc pas fâchée contre moi ?

— Contre toi ? Pas du tout ! Pourquoi serais-je fâchée ?

— J'ai vérifié ton équipement, j'aurais dû m'apercevoir qu'un des mousquetons risquait d'être dysfonctionnel.

Ali garda le silence un moment.

— Tu n'étais pas le seul responsable. Et, comme tu me l'as dit, il était impossible que je tombe. À moins que tout mon harnais ne lâche ! Bon, j'ai eu une belle frousse, mais c'est fini et j'ai remis les pieds sur terre, conclut-elle avec une pointe d'humour.

C'était étrange d'essayer de rassurer Jake, et en même temps, une empathie très forte la gagnait : elle ne pouvait pas s'empêcher d'imaginer ce que lui ressentait.

— Quoi qu'il en soit, Jake, cet incident m'a fait prendre conscience de certaines choses essentielles, ajouta-t-elle, le cœur battant.

— Lesquelles ?

Elle noua les bras autour des épaules de Jake et l'embrassa au coin des lèvres avec douceur.

— Premièrement, je pense que, pour moi, la descente en rappel, c'est terminé pour toujours ! Je ne risque pas de tenter l'expérience une nouvelle fois.

— Je te comprends, admit-il en souriant.

— Et deuxièmement, j'ai quelque chose d'important à te révéler.

— Moi aussi. Mais d'abord, je veux t'emmener quelque part. On parlera là-bas, tu veux bien ?

— Là-bas ? Où ? demanda-t-elle, prise de court.

Elle s'était préparée à lui avouer ce qu'elle éprouvait pour lui tout de suite, de crainte de ne plus en avoir le courage ensuite...

— Je ne sais pas, murmura-t-elle, sur le point de refuser.

Mais elle regarda Jake, et sa curiosité fut plus forte.

— Tu ne veux vraiment pas me dire où on va ? insista-t-elle, intriguée, lorsque Jake déverrouilla la portière de sa voiture pour l'inviter à prendre place.

— C'est une surprise. Une bonne surprise, j'espère.

Puis il ne prononça plus un mot pendant tout le trajet. Ali s'efforça de se distraire en contemplant le ciel étoilé, mais quand il se gara une quinzaine de minutes plus tard, elle avait la gorge nouée par une étrange appréhension.

C'est alors qu'elle reconnut le lieu.

Ils se trouvaient devant l'ancienne maison de sa grand-mère ! Une affiche « Vendue » avait été collée sur le panneau de l'agence immobilière.

— Elle a déjà été achetée ? s'étonna-t-elle.

Elle percevait la déception dans sa propre voix, sans trop savoir pourquoi elle ressentait cela. D'autant qu'elle n'avait jamais eu l'intention d'acheter cette ancienne propriété familiale.

— Eh oui, déjà...

Jake ouvrit la boîte à gants et en sortit une clé.

— Par moi.

— Oh…

Ali l'observa avec un mélange de stupeur et de tristesse. Ces mots, elle n'aurait jamais voulu qu'il les prononce. Heureusement qu'elle ne lui avait pas confié ses sentiments… De toute évidence, il se destinait à un avenir avec femme et enfants !

Le cœur serré, elle descendit de voiture, et il fit de même.

— Dis-moi, pourquoi cette maison en particulier ? ne put-elle s'empêcher de demander.

Jake hocha la tête et sourit.

— Et pourquoi pas ? C'est un bon investissement, et son prix est à ma portée. Viens…

Il lui tendit la main.

— Je voudrais ton avis.

Ali hésita avant de glisser ses doigts dans la paume de Jake. L'accompagner n'était pas une bonne idée… Pas du tout. Elle serait la proie d'encore plus de regrets.

Mais une fois de plus, sa curiosité l'emporta.

Un peu crispée, elle le laissa la guider jusqu'à la porte d'entrée, déjà éclairée sous le porche. Jake glissa la clé dans la serrure, poussa la battant et l'invita à franchir le seuil.

Ali s'avança. La maison était totalement vide : l'agencement décoratif installé pour les précédentes visites avait été enlevé.

Leurs pas résonnèrent sur le parquet du long couloir. Jake alluma les lumières et ils traversèrent la salle principale pour gagner la cuisine. La pièce ne comportait aucun meuble sauf un banc sur lequel était posé un grand rouleau de papier. Supposant qu'il s'agissait de documents relatifs à la vente, Ali n'y prêta pas attention. Mais Jake s'en empara et le déroula, révélant des plans d'architecte.

— Je voulais te les montrer… Ce sont mes idées pour la rénovation de la maison. Will et moi avons travaillé sur un projet qui tient compte du potentiel et du cachet déjà existant. Tu accepterais de me donner ton avis ?

— Pourquoi ?

— Ton opinion compte pour moi, dit-il en posant la feuille à plat. Alors voilà : j'aimerais agrandir la cuisine en abattant la cloison qui la sépare de la salle à manger, et installer des panneaux coulissants entre les deux pièces. Le salon à l'avant deviendra un bureau, je ferai bâtir un cabinet de toilette sous l'escalier et j'améliorerai la salle de bains du premier étage. Je transformerai la plus petite des trois chambres en dressing pour la chambre principale, et l'autre chambre sera un bureau où l'on pourra aussi accueillir des amis.

Ali l'écoutait en luttant contre un étrange sentiment d'irréalité. Elle lui emboîta le pas lorsqu'il lui fit signe de le suivre vers la pièce à l'arrière de la maison qui se prolongeait par la véranda.

— Et dehors, je prévoirais bien une nouvelle terrasse, poursuivit Jake en prenant une télécommande. Si ça te dit, bien sûr…

Il appuya sur un interrupteur et le jardin s'illumina d'un coup. Des guirlandes d'un bleu translucide, suspendues dans les branches du néflier, étincelèrent comme des diamants… Puis des dizaines de décorations lumineuses scintillèrent à leur tour, dans les autres arbres, autour des plantes et le long de la haie.

— Que c'est beau ! murmura Ali, stupéfaite. Féerique !

— Oui, féerique… C'est ce que je voulais. Remercions Chris qui a créé cette belle installation.

— C'est sûr. Quand s'en est-il occupé ? demanda Ali, de plus en plus étonnée par la manière dont Jake lui décrivait tout, comme si elle était concernée directement.

— Cet après-midi, pendant que Will et moi étions en pleine action sportive à Circular Quay. Les décors, le design, c'est son univers.

— J'adore, dit Ali en continuant d'admirer le jardin ainsi mis en valeur.

Jake l'enlaça avec une évidente tendresse.

— Tant mieux. Moi aussi, j'adore. Tu aimerais qu'on garde ces lumières pour les fêtes, par exemple ? Ou au quotidien ?

— Moi ?

Perplexe, Ali le regarda, et Jake lui sourit d'un air un peu ému.

— Oui, toi, Ali. J'avais besoin de trouver un endroit où vivre et cette maison me paraissait idéale, ajouta-t-il en la regardant dans les yeux. Parce qu'elle est bien située, parce qu'elle a du potentiel et, surtout, parce qu'elle est liée à toi. Ça m'a paru très important, tu comprends ? En fait, j'ai acheté cette maison pour nous.

— Pour nous ? répéta-t-elle.

Jake acquiesça.

— Je veux que tu emménages avec moi.

— Mais cette maison est idéale pour une famille !

— Ce sera une maison familiale. Nous la ferons vivre avec ta grande famille et ma petite famille. Ce sera déjà beaucoup.

Ali resta silencieuse, assaillie par un tourbillon d'émotions où joie, stupeur et incrédulité se mêlaient.

— Mais... tu ne veux pas d'enfants ?

Il secoua la tête.

— Non, je ne veux pas d'enfants. Ali, j'ai acheté cette maison pour toi. Pour nous. Je veux qu'on y vive ensemble... Ici... Juste nous deux, mais en accueillant toutes celles et tous ceux que nous aimons.

— Mais tu seras heureux ainsi ? Est-ce que je te suffirai ?

Pouvait-elle croire ce qu'elle entendait ? Ali le désirait ô combien, mais comment ne pas douter malgré tout ?

— Vivre avec toi, rien qu'avec toi, me comblera, affirma Jake en lui prenant les mains dans les siennes. En même temps, nous ne sommes pas seuls au monde, dans nos vies respectives, n'est-ce pas ? Ta famille, Will, Chris, nos amis... Il y a de nombreuses personnes avec lesquelles partager notre amour ! Mais je ne veux donner mon cœur et mon attention qu'à toi.

— Tu en es sûr ?

— Totalement. Absolument... Et définitivement. Pour être tout à fait honnête, je suppose que, oui, j'ai imaginé être père un jour, mais ce n'était pas un besoin viscéral, ajouta Jake. Pour moi, en général, la paternité n'est pas un impératif absolu. Bien sûr, je suppose que mes problèmes de santé pendant mon enfance ont influencé ma philosophie de la vie... Mais c'est ainsi. J'ai décidé ce que je voulais. Aujourd'hui, si je devais choisir entre avoir des enfants ou vivre avec toi, je déciderais de faire ma vie avec toi. Maintenant, demain, pour toujours. Je t'aime, Ali.

— Tu m'aimes ?

— Oui, je t'aime... Et je n'ai jamais éprouvé ce sentiment avant.

— Même pas quand tu t'es marié ?

— Non. Sincèrement, j'ai ressenti bien d'autres émotions à l'époque. De la déception, de la culpabilité, des regrets... Et j'ai appris de mes erreurs. Ma relation avec Chrissie n'était pas assez forte au départ, pas suffisamment solide pour résister aux défis auxquels nous avons été confrontés.

Il hocha la tête, songeur, la mine grave.

— J'aurais pu avoir un autre bébé avec Chrissie si j'avais voulu lui faire plaisir, mais ce n'était pas la solution. On ne peut pas mettre au monde un enfant pour sauver son mariage. C'est une lourde erreur que d'imaginer le contraire... Et à ce moment-là, j'ai réalisé qu'on en était là, Chrissie et moi : notre couple était en péril. Comment un bébé aurait-il pu nous aider à nous rendre plus heureux ? Mieux valait affronter la réalité sans se voiler la face ! J'ai donc demandé le divorce. Finalement, ce bout de chemin m'a mené jusqu'à toi, tu vois ? conclut Jake. Tu es la femme que je devais rencontrer et aimer pour toujours...

— Tu es sûr de toi ? demanda Ali, à la fois transportée de bonheur mais toujours aussi incrédule.

— On a déjà une certaine expérience de la vie, toi et moi, pas vrai ? Je sens, et je sais, que je peux et veux m'engager avec toi, déclara-t-il sans la moindre hésitation. Je n'ai pas besoin d'enfants, mais j'ai besoin de toi. On formera une famille, toi et moi. J'ai acheté cette maison pour l'avenir, notre avenir, celui que j'espère construire avec toi. Et un jour, si tu veux te remarier, je te demanderai en mariage sous cet arbre, là...

Il lui désigna le néflier illuminé dans le jardin.

— J'ai besoin de toi dans ma vie, Ali. Je refuse de vivre sans toi... Je t'aime.

Bouleversée, Ali se blottit contre Jake quelques instants, puis elle leva la tête vers lui pour l'embrasser sur la bouche.

— Je t'aime aussi. En fait, je pense que je t'aime depuis des semaines ! Mais je ne l'ai réalisé que tout à l'heure, quand je me suis retrouvée suspendue devant la façade de cet immeuble. J'étais terrifiée à l'idée de tomber, de mourir, et là, j'ai su qu'il fallait que je te le dise... J'ai compris que je t'aimais.

— Tu m'aimes ?

— Oui…

Jake l'enlaça avec passion, et Ali ferma brièvement les yeux, émerveillée par cet extraordinaire revirement de situation.

— Mais tu ne serais pas tombée, lui assura-t-il dans le creux de l'oreille. Tout avait été organisé pour que la sécurité soit maximale.

Ali s'écarta d'un pas pour le regarder. Il semblait si ému, lui aussi ! Elle sourit, se remémorant ce qu'elle avait ressenti durant ces instants éprouvants.

— Tu sais, je ne pouvais pas me raisonner à ce moment-là. Ce qui a compté pour moi durant ces longues minutes, c'est de savoir que je pourrais partager mes sentiments avec toi. Le reste n'avait plus d'importance. Parfois, j'ai l'impression que je t'aimais avant même de te rencontrer ! Comme si tu avais toujours fait partie de moi…

Jake la dévisagea quelques instants en silence, les yeux brillants.

— Alors c'est un oui ? Tu emménageras avec moi ?

Ali acquiesça.

— Oui.

— Surtout, ne change pas d'idée…

Jake l'embrassa sur le bout du nez, puis il lâcha Ali, se détourna et retourna vers la cuisine. Il en revint quelques secondes plus tard avec une bouteille de champagne ainsi que deux coupes miraculeusement surgies de nulle part.

— Ah, tu n'avais pas remarqué le seau à glace dans l'évier, précisa-t-il, les yeux malicieux.

— J'avoue que non, dit-elle en riant. Chris et toi avez peut-être encore préparé d'autres surprises ?

— Comme son compagnon Will, Chris a envie qu'on vive heureux, toi et moi, et pour toujours…

Il fit sauter le bouchon du champagne, remplit les flûtes et en tendit une à Ali.

— À nous et à notre avenir ensemble.

— À nous, dit-elle en entrechoquant délicatement son verre contre le sien. Je t'aime…

Épilogue

— Heureuse ? murmura Jake en embrassant tendrement Ali.

Cette dernière le regarda et sourit, emplie d'émotions. Ils se tenaient sous le doux ombrage créé par le néflier du jardin.

— Très heureuse. C'est encore plus beau que tout ce que j'aurais pu imaginer.

— Et la maison te plaît ?

— Si elle me plaît ?

Elle noua les bras autour du cou de Jake, se blottit contre lui quelques secondes, puis elle le regarda dans les yeux.

— Je l'adore ! Tu as accompli un miracle, et pas seulement pour ces vieux murs rénovés… Je suis comblée, Jake, à tous points de vue.

La bâtisse avait été restaurée, et les travaux étant terminés, Jake et elle organisaient leur premier barbecue familial du dimanche en invitant toute la famille Edwards. La propriété – leur propriété –, avec l'extérieur abondamment fleuri en cette saison, était animée comme jamais.

— C'est merveilleux de pouvoir accueillir tout le monde chez moi, confia Ali en posant sa tête contre l'épaule de Jake.

Après avoir passé des années à se rendre chez ses parents ou ses frères et sœurs pour leurs réunions dominicales, elle savourait pleinement le plaisir de pouvoir enfin les inviter à son tour.

— Je t'ai promis qu'il y aurait beaucoup d'amour et d'affection chez nous.

— Oui… Quel bonheur. Comme je t'aime !

— Et moi donc.

Ali leva le visage pour lui tendre ses lèvres et, au même instant,

Jake se pencha pour lui déposer un baiser sur la bouche. Ils se mirent à rire de leur parfaite synchronicité.

— On a mérité ce bonheur, renchérit Jake.

Puis il adressa un signe amical à Yarran qui, devant le barbecue, le hélait.

— Je reviens tout de suite, ma chérie.

— Ah oui, je crois que mon frère a besoin de toi...

Émue et attendrie, Ali suivit Jake du regard tandis qu'il traversait le jardin.

Tout ça est vraiment miraculeux...

Depuis qu'ils s'étaient déclaré leur amour, les événements s'étaient succédé sans rencontrer le moindre obstacle. Elle avait le sentiment d'avoir attendu Jake depuis toujours et, maintenant, elle vivait exactement ce qu'elle avait rêvé !

À ce moment-là, tirant Ali de ses réflexions, Lara, la mère de Jake, se dirigea vers elle. Elle portait affectueusement Willa, la plus jeune des filles de Marli, âgée de huit mois à présent.

— Comment allez-vous, Lara ? demanda Ali en allant aussi à leur rencontre. Bonjour, petit cœur, ajouta-t-elle à l'adresse de Willa.

La fillette, radieuse, tendit les bras à sa tante, et Lara laissa Ali la prendre contre elle.

— Elle vous aime bien, c'est sûr, commenta-t-elle tandis qu'Ali calait le bébé sur sa hanche.

— Et c'est réciproque. J'adore ma nièce, dit Ali en espérant que Lara n'aborderait pas le sujet des petits-enfants.

Depuis la fameuse soirée qu'Ali avait précipitamment quittée, Lara ne lui avait plus jamais fait de réflexion. Sans doute était-elle devenue discrète suite à des instructions précises de Jake... Malgré tout, toujours sur ses gardes, Ali espérait que Lara ne relancerait pas le débat maintenant que Jake et elle vivaient ensemble.

— Câliner l'enfant d'une autre mère et en concevoir un, puis l'élever et l'éduquer, c'est tout à fait différent...

— Je sais. Ne vous inquiétez pas, je respecte votre décision, et je comprends celle de Jake, assura Lara. Il m'a peut-être fallu un certain temps pour m'adapter, mais c'était à cause de ma propre expérience et de mes rêves personnels.

Ali garda le silence, l'invitant à poursuivre.

— Howard et moi avons essayé d'avoir d'autres enfants après la naissance de Jake, en vain. Alors je me suis entièrement concentrée sur Jake. J'ai transféré toute mon affection, tout mon amour maternel sur lui... Et lorsqu'on lui a diagnostiqué une tumeur de Wilms, j'ai eu tellement peur de le perdre... C'était affreux. Je m'en suis voulu de ne pas avoir pu donner un frère ou une sœur à Jake. J'aurais préféré qu'il ait une grande famille, avec une fratrie... Et peu à peu, je me suis dit que lui, plus tard, devrait fonder une famille. J'ai projeté mes propres désirs sur lui... Et ce n'était pas juste.

Lara ébaucha un sourire bienveillant.

— Aujourd'hui, tout ce que je veux, c'est que Jake soit heureux, et je vois bien qu'il l'est. Il a maintenant une famille, votre famille, et je voulais vous remercier de nous avoir permis, à Howard et à moi, d'en faire partie. Je me réjouis d'être une grand-mère en quelque sorte... indirecte ? De substitution ? Enfin, une autre grand-mère pour vos nièces et neveux.

— Vous n'éprouvez pas de frustration ? demanda Ali, poussant Lara dans ses retranchements.

— Aucune. Le bonheur de Jake et mon entente avec lui sont plus importants pour moi que d'avoir des petits-enfants. Le fait que nous ayons renoué une relation me rend heureuse... Et je pense, Ali, que je dois vous remercier pour cela aussi.

— Merci à vous également... En fait, vous et moi désirons la même chose, dit Ali tandis que Jake les rejoignait. Nous voulons que Jake soit heureux.

Jake s'immobilisa devant elles et sourit à Ali d'un air complice.

— Maintenant, j'ai une annonce à faire. Maman, si tu veux bien retourner parmi nos invités...

Surprise, Ali tendit Willa à Lara, et celle-ci porta la fillette jusqu'à Marli.

— J'ai besoin de l'attention de tout le monde pendant quelques minutes ! lança Jake.

Le silence s'établit, et tous les regards se tournèrent vers Ali et lui, restés sous le néflier.

— Merci à toutes et tous d'être venus ce dimanche pour célébrer le résultat final de nos efforts afin de restaurer cette belle maison. Ali et moi souhaitons que ce lieu familial accueille le plus grand nombre d'entre vous, aussi souvent que vous en aurez envie. C'est une maison destinée à vivre au présent et au futur, avec toutes les générations. C'est une maison faite pour l'affection et l'amour...

Après une pause, il reprit :

— À ce propos, je pense que vous savez tous ce que je ressens pour cette femme magnifique qu'est Ali... Je me sens si chanceux qu'elle ait choisi de poursuivre sa vie avec moi ! Emménager ici, dans cette belle maison, est un événement important pour nous, mais j'aimerais marquer notre engagement l'un envers l'autre d'une manière différente, particulière et unique...

Il se tourna vers Ali, les yeux brillants.

— Ali, je t'aime et je promets de t'aimer pour le reste de ma vie. Aujourd'hui, face à nos familles et nos amis comme témoins...

Il posa un genou à terre.

— ... Je voudrais te demander d'être ma femme. Veux-tu m'épouser ?

Stupéfaite, Ali contempla Jake. Pas une seule seconde elle n'aurait pu imaginer qu'il la demanderait en mariage... Le sourire radieux qu'il affichait, tandis qu'il restait agenouillé devant elle, resterait gravé dans son esprit à tout jamais !

Une profonde émotion l'envahit. Percevant le silence de leurs invités, suspendus à la réponse qu'elle s'apprêtait à donner, elle pivota vers eux. Elle contempla ses parents, ses frères et sœurs, les parents de Jake, Harper, Ivy et Phoebe... Tout le monde souriait.

Bouleversée, elle se retourna alors vers Jake, qui patientait, toujours dans la même posture, et prit la parole :

— Mon amour, je pensais être comblée depuis qu'on est ensemble. Je croyais que je ne pouvais plus rien désirer de plus, mais il s'avère que, si, je nourrissais encore un rêve... Je t'aime, Jake, et oui, je vais t'épouser !

Ali n'entendit pas les acclamations de leurs invités. Elle oublia que toute sa famille et ses amis - leur famille et leurs amis ! - la regardaient... Elle n'avait d'yeux que pour Jake qui se redressa, la prit dans ses bras et scella leur promesse d'un long baiser.

— Je t'aime, lui chuchota-t-il à l'oreille.

— Moi aussi, je t'aime... Pour la vie ! murmura-t-elle.

Puis Ali se serra contre Jake et savoura le bonheur absolu de ce moment qui, elle le savait, serait suivi de tant d'autres...

JC HARROWAY

Phoebe et le chirurgien

Traduction française de
MARIE CHÉNÉ

BLANCHE

HARLEQUIN

Titre original :
PHOEBE'S BABY BOMBSHELL

Prologue

Le Dr Phoebe Mason resta imperturbable tandis que Zachary Archer, un collègue chirurgien néonatal de renommée internationale, prenait la parole et répondait à la question du public en contredisant poliment ce qu'elle venait de dire.

Comme il s'excusait d'un sourire, Phoebe frissonna, et sa main se crispa légèrement autour du micro. Elle était à la fois flattée de ce petit jeu de séduction et piquée qu'il ne suive pas ses préconisations face à la persistance du canal artériel, ou PCA.

Elle était évidemment de taille à relever le petit défi professionnel qu'il lui lançait. En tant que cheffe du service de chirurgie néonatale de l'Hôpital central de Sydney, elle était généralement considérée comme l'experte des conférences annuelles sur les innovations en chirurgie néonatale, qui se tenaient cette année à Brisbane. Mais le Dr Archer était connu pour son ambition, son assurance sans faille, et une confiance en ses intuitions que certains qualifiaient d'arrogance ; le panel de spécialistes avait rarement débattu de chaque question avec une telle intensité.

— ... et même si la procédure recommandée pour les nourrissons prématurés de cet âge et de ce poids est la chirurgie à cœur ouvert, dit Zachary Archer en pointant de nouveau son index vers Phoebe, ce qui suscita une petite vague de rires dans l'auditorium, j'ai procédé avec succès à des cathétérisations cardiaques sur des patients pesant à peine 700 grammes.

Il y avait dans le gris métallique de son regard une invitation à l'affrontement qui n'échappa pas à Phoebe. Elle détourna les yeux pour ne pas répondre de manière... provocatrice. Ils s'étaient déjà trouvés ensemble à des conférences sans s'être jamais vraiment rencontrés. Pourtant, quelque chose chez Zachary avait toujours parlé à la femme en elle, la femme qui n'avait pas de temps et encore moins de penchant pour les exigences de la vie privée. Mais il la regarda, amusé, en tordant la bouche, et l'intérêt qu'elle lut dans ses yeux lui fit reprendre le micro pour s'adresser une dernière fois au public.

— S'il faut reconnaître le caractère peu invasif d'une fermeture du PCA par trans-cathéter et ses bénéfices en termes de réduction des risques opératoires et du temps de convalescence, il faut aussi souligner que, à l'exception de mon distingué collègue le Dr Archer, pour un chirurgien plus... prudent, la chirurgie à cœur ouvert reste la norme pour les patients en très grand sous-poids.

— Question suivante, dit le modérateur de la conférence en tendant le micro à un participant qui venait de lever la main.

Phoebe avait le cœur qui battait à tout rompre. Consciente de son excitation, elle évita le regard de Zachary et dompta son sourire. Mais elle sentait l'attention qu'il lui accordait, c'était comme une caresse de soie sur son visage. S'ils avaient été en tête à tête plutôt qu'en public sur une estrade, ils auraient flirté, c'était évident.

Qu'est-ce qui lui prenait ? Elle n'était pas du genre à flirter.

Peut-être était-ce à cause de ses quarante ans, qui tombaient le jour même ? Ou du séminaire, dont c'était le dernier jour ? Le lendemain, elle rentrait à Sydney, retrouver son emploi du temps surchargé de travail. Ses amies comptaient bien lui organiser une soirée de célébration en ville pour marquer le coup, mais trouver une date qui convienne à tout le monde relevait de l'impossible. On aurait dit que sa féminité, lassée d'être négligée, s'était révoltée et avait recruté une armée d'hormones pour partir à l'assaut de l'homme le plus célibataire de l'assistance. Zach Archer, outre qu'il était connu pour son refus de s'engager sentimentalement, était marié à son travail. Il apparaissait régulièrement dans la presse à propos de ses activités bénévoles pour Nurture, une œuvre caritative internationale consacrée à la santé néonatale.

Phoebe prit de profondes inspirations pour éloigner la brûlure inattendue du désir. Elle n'avait pas accordé d'attention au cap des quarante ans. Sa carrière lui donnait toute satisfaction, et sa vie sociale était plus que comblée par ses relations avec sa mère et ses merveilleuses amies Ali, Harper et Ivy, ses collègues à l'Hôpital central de Sydney. Elle venait même de se mettre au yoga.

Elle aimait sa vie.

La discussion portait désormais sur le traitement de la tétralogie de Fallot, et Phoebe passa le micro à la femme assise à sa gauche.

Une nouvelle fois, les débats soulignèrent la différence d'approche entre le Dr Archer et elle, et elle se demanda si les étincelles dues à leurs opinions professionnelles divergentes étaient un indice sur ce qui se passerait entre eux dans une chambre à coucher...

Plus tard dans la soirée, le séminaire se conclut de manière informelle au bar de l'hôtel. Les lieux, chics et sophistiqués, baignaient dans une lumière tamisée. Phoebe opta pour la spécialité du barman, le Hanky Panky, un cocktail assez chargé en alcool. De hautes portes coulissantes laissaient entrer l'air tiède du dehors, et l'atmosphère trépidante de la ville.

La conversation avec un professeur de l'hôpital universitaire de Sydney languissait, et Phoebe se prit à chercher Zachary Archer du regard. Un petit flirt avec quelqu'un de son âge, doté de sourcils moins ahurissants et comme elle célibataire avec l'intention de le rester aurait peut-être été la meilleure façon de fêter son anniversaire.

Elle prit une nouvelle gorgée de son cocktail. Son collègue si sexy avait sans doute quitté Brisbane. Il avait grandi à Sydney mais y passait peu de temps. Il préférait courir le monde pour superviser des opérations délicates et effectuer des opérations à donner des sueurs froides à ses pairs. Le découragement la gagna. Elle allait finir son verre et rentrer se coucher.

— Docteur Mason.

Venue de derrière elle, la voix profonde la fit frissonner.

Elle connaissait ce timbre, elle avait passé l'après-midi à essayer de l'oublier, depuis qu'ils avaient croisé le fer lors de la conférence. Elle se retourna et rendit à Zachary son sourire plein d'aplomb.

— Docteur Archer, répondit-elle d'une voix égale alors qu'elle avait l'impression de manquer d'air.

Son jean noir et sa chemise jaune paille ajustée faisaient ressortir les paillettes d'or de ses yeux et son torse puissant.

— Vous pouvez m'appeler Zach, dit-il en lui tendant la main.

— Phoebe, répondit-elle après une poignée de main ferme et chaude.

Pourquoi cette combinaison de confiance en soi, d'intuition et de travail acharné était-elle à ce point irrésistible pour elle ? Ou alors, c'était le fait qu'il se présente lui-même comme un bourreau de travail célibataire qui en faisait un complice idéal pour une soirée d'innocent badinage sans conséquences.

« Tu n'as pas besoin d'un homme, ma chérie. »

Le mantra de sa mère lui revint alors qu'elle essayait de calmer son rythme cardiaque affolé. C'était vrai, elle n'avait besoin de personne, mais il lui arrivait d'avoir envie d'un homme, de temps en temps, particulièrement lorsqu'il était aussi attirant que Zach.

— Alors comme ça, vous n'approuvez pas mes méthodes ? demanda-t-il de sa manière directe, replongeant sans transition dans le débat de l'après-midi.

Il avait de nouveau ce regard intense, et ne dissimulait ni son envie de jouer, ni son intérêt.

— Pas les prises de risques, non.

Phoebe aimait notamment son métier parce qu'il faisait appel à l'instinct protecteur qu'elle avait développé pendant son enfance en tête à tête avec sa mère, après que son père les eut abandonnées.

— Cela vous a blessé ? Vous vous en remettrez ? demanda-t-elle, tout sourire.

Malgré ses talons hauts, elle devait lever la tête vers lui et battit des cils de manière totalement exagérée. Le gin de son cocktail lui faisait de l'effet.

Le sourire de Zach s'étira.

— Ce n'est pas une sympathique passe d'armes professionnelle qui me mettra à terre, je peux vous l'assurer.

— Parfait, dit-elle en sirotant une nouvelle gorgée de sa traîtresse boisson. Vous imaginez, si votre réputation était à la merci d'une saine émulation.

Elle s'aperçut qu'elle venait de basculer en mode drague effrontée, et résolut d'abandonner ce ton haletant la prochaine fois qu'elle ouvrirait la bouche. S'il avait envie d'elle, il allait devoir retrousser ses manches.

— Je ne sais pas à laquelle de mes réputations vous faites allusion, répliqua-t-il sur un ton de conspirateur en inclinant la tête vers elle, mais je n'ai rien contre un peu de compétition amicale. Vous pouvez demander à mes trois frères et sœur.

Il souriait largement et ses yeux gris étaient joueurs.

Elle rit de nouveau, elle s'amusait.

— Quel intérêt ? demanda-t-elle alors qu'une force inconnue la poussait à se rapprocher dangereusement de lui.

Elle avait à ce point pénétré dans sa sphère personnelle qu'elle percevait la chaleur de son corps. Elle qui baissait si rarement la garde, qui se satisfaisait généralement de ses succès professionnels, elle redécouvrait qu'elle était une femme de chair et de sang qui méritait de fêter son anniversaire. Entre battre le fer avec lui ou aller faire son sac et se coucher tôt, il n'y avait pas photo.

— L'intérêt est d'être le meilleur, rétorqua-t-il en levant son verre et en s'approchant plus près encore.

Ils trinquèrent et, quand elle reprit une gorgée pour masquer son désir, il suivit ses lèvres du regard.

Quelle arrogance ! Il n'avait pas besoin d'être encouragé. Rien n'aurait arrêté son appétit et sa détermination. Il savait ce qu'il voulait et comment l'obtenir.

La désirait-il ?

— N'en faites pas trop, Zach, on pourrait croire que vous surcompensez, dit-elle d'une voix saccadée.

Comme pour répondre à sa question silencieuse, il lui lança un regard brûlant et lui murmura à l'oreille :

— Croyez-moi, je suis le meilleur dans tous les domaines.

Elle en avait la tête qui tournait.

Il se redressa, soutint son regard pendant quelques secondes, puis but nonchalamment une gorgée de son verre.

Tout doute quant à ses intentions était levé. Phoebe déglutit.

— Eh bien, mes félicitations, dit-elle d'une voix chevrotante.

— Vous voulez autre chose ? demanda-t-il en constatant que son verre était vide.

— Peut-être, répondit-elle alors qu'un seul cocktail lui faisait déjà tourner la tête. Après tout, c'est mon anniversaire, aujourd'hui. Je passe la barre des quarante.

— Ça alors, eh bien joyeux anniversaire, Phoebe, répliqua-t-il, haussant les sourcils sous l'effet de la surprise.

Il avait prononcé son nom de sa voix sourde et si séduisante, en la détaillant du regard pour finir sur sa bouche.

C'était perturbant. Elle n'avait qu'une chose en tête, imaginer ses baisers. Était-elle vraiment en train d'envisager de passer à l'étape suivante ?

Ils se dévisageaient, laissant désormais la communication non verbale faire tout le travail. Les clients du bar disparurent, ils auraient pu être seuls au monde.

— Alors vous quittez Brisbane demain ?

La question était incongrue, mais si Zach n'était pas, comme elle, uniquement intéressé par une nuit sans lendemain, elle ferait marche arrière.

Il hocha la tête.

— Je pars pour l'Angleterre. J'ai un poste de trois mois comme chirurgien invité au London Children's Hospital.

Un type qui transportait quatre boissons faillit percuter Phoebe, et Zach l'attira à lui.

L'odeur enivrante de son après-rasage manqua la faire chavirer, aussi se raccrocha-t-elle à l'impressionnante nouvelle. Qu'il quitte l'Australie le lendemain la conforta dans son raisonnement. Leurs départs respectifs dans la matinée mettraient fin de manière nette à une nuit qui s'annonçait parfaite. Elle pouvait se faire ce cadeau.

— Eh bien, dit-elle en finissant les dernières gouttes de son cocktail, je vais décliner votre proposition, merci. Ces cocktails sont traîtres et vous devriez probablement vous reposer avant votre long trajet en avion. Ce voyage est épuisant.

Il saisit immédiatement le sous-entendu.

— Vous avez sans doute raison, fit-il.

Elle lui tendit la main et, le cœur battant, soutint son regard.

— Je me réjouis que nous ayons enfin eu l'occasion de nous rencontrer. Le débat a été très… stimulant.

— Je suis heureux d'avoir pu y prendre part, et j'attends notre prochaine discussion avec impatience.

Cette fois, il retint sa main plus longtemps.

Un observateur extérieur aurait vu deux collègues échangeant une poignée de main. Leur attirance sexuelle était invisible pour autrui. Mais Phoebe était si excitée par son regard de braise qu'elle aurait voulu quitter le bar avant que leur jeu soit évident pour tous.

— Il arrive que les actions en disent plus que les mots..., murmura-t-elle.

Elle libéra à contrecœur sa main, attrapa la clé magnétique de sa chambre d'hôtel dans son sac, et la pressa dans sa paume. C'était fait, elle avait clairement exprimé ses intentions.

Il écarquilla les yeux et contracta les mâchoires, comme pour contenir son désir. Il attrapa la clé et sa main dans un même geste, la retenant quelques instants captive.

— Tu es sûre ? demanda-t-il d'une voix assourdie.

Elle acquiesça d'un signe de tête, l'excitation bouillonnant en elle. Cela montait en eux depuis le matin, ils voulaient clairement la même chose.

— Absolument. Chambre 639. Une nuit, rien de plus.

— Ça me va, répondit-il.

Ils avaient des approches professionnelles différentes, et du fait de son esprit de compétition, s'entendre avec cet homme aurait été très compliqué, mais pour ce qui était du plaisir, ils semblaient sur la même longueur d'onde.

Phoebe quitta le bar les jambes chancelantes, mais sans le moindre doute : après un laps de temps raisonnable, il allait la rejoindre.

Dans l'ascenseur, en se souriant dans le miroir, elle se chuchota :

— Joyeux anniversaire...

1

Trois mois plus tard...

Phoebe arriva au Perc Up, le café le plus proche de l'Hôpital central de Sydney, avec la nausée. À la grande surprise d'Ali, qui l'accompagnait, elle lui glissa dans la main de l'argent pour un thé à la menthe et s'éloigna aussitôt de l'insupportable odeur d'arabica.

C'était la seule manière de ne pas vomir son petit déjeuner ! Elle rejoignit Ivy et Harper pour leur traditionnel café matinal. Ses amies avaient trouvé une table libre près de la baie vitrée, sous les plantes en pots suspendues aux poutrelles métalliques de cette usine reconvertie.

Phoebe s'installa sans que ses amies, en pleine discussion à propos de leurs respectives et récentes fiançailles, ne remarquent son teint brouillé.

Qui elles inviteraient à leurs mariages n'était pas sa principale préoccupation. Pour la millionième fois, elle repensa à sa situation. Trois mois auparavant, en couchant avec Zach, elle pensait s'offrir une nuit de passion sans lendemain, comme un cadeau qu'elle se serait fait pour marquer un anniversaire important. Elle n'avait pas imaginé que le préservatif puisse être défectueux, ni se retrouver enceinte à quarante ans. Elle ne s'était pas remise de la découverte, qui remontait à quelques semaines. Humiliations supplémentaires, sa grossesse serait médicalement qualifiée de gériatrique, et les nausées matinales qu'elle tentait de cacher à ses amis ne lui laissaient aucun répit.

Quand Ali rejoignit leur table, Phoebe plaqua un sourire sur son visage et prétendit suivre les échanges d'Ivy et de Harper. Depuis qu'Ivy était fiancée à son amoureux, Lucas Matthews, un chirurgien fort sexy, elle n'avait qu'un sujet de conversation, son mariage, prévu deux mois plus tard.

— Le bouquet de la mariée est une question d'importance, mes amies, disait Ivy, leur reprochant implicitement leur désinvolture. J'ai besoin de vos conseils. Lys ou gardénias ?

— Lys, surtout les gloriosa, j'adore, répondit Phoebe, se jetant dans la bataille dans l'espoir de repousser une nouvelle nausée.

Elle n'aurait pas dû accepter de venir avant sa journée de travail, mais elle avait eu peur d'attirer les soupçons. Quand le serveur lui apporta sa commande, Ivy et Harper froncèrent les sourcils. L'addiction de Phoebe à la caféine était de notoriété publique.

— J'ai un peu mal à la tête et j'opère toute la journée, dit-elle avec mauvaise conscience.

Elle détestait avoir des secrets pour ses amies.

Comme pour venir à son secours, Ali lança :

— Gardénias, évidemment !

Le débat s'enflamma car Harper argumentait en faveur du muguet.

Phoebe répondit avec gratitude au regard plein d'empathie d'Ali. En tant que cheffe du service d'obstétrique et gynécologie de l'Hôpital central de Sydney, Ali était la seule autre personne au courant de la grossesse. Phoebe avait toujours eu des cycles irréguliers, elle ne s'était donc pas inquiétée des conséquences de sa seule nuit de passion avec Zach avant de commencer à avoir des nausées, et les seins douloureux. Alors, consciente des risques d'une grossesse tardive mais réticente à se confier, elle avait pris conseil auprès d'Ali, dans un premier temps sous le prétexte d'aider « une amie ».

Mais Ali l'avait rapidement percée à jour, et Phoebe s'était ouverte à elle quelques jours auparavant.

Elle aurait voulu en faire autant avec Ivy et Harper, mais même sa mère ignorait encore tout. Phoebe s'était juré de n'en parler à personne d'autre tant que Zach ne serait pas au courant.

À la pensée de Zach, son estomac se retourna. Elle allait le revoir pour la première fois depuis cette nuit incroyable mais fatidique.

Il y avait tout juste trois mois, elle s'était réveillée seule dans sa chambre d'hôtel. Zach était parti, laissant un message d'adieu parfait. De son écriture pleine de panache, il avait écrit sur le papier à lettres de l'hôtel :

> *Ravi d'avoir pu t'aider à fêter ton anniversaire,*
> *prends soin de toi,*
> *Z.*

De retour de Brisbane, elle avait réussi à mettre ces souvenirs magnifiques de côté pour se concentrer sur son travail, ce qui, pour elle comme pour Ali, Harper et Ivy, avait notamment signifié suivre le cas d'Emma Wilson. La femme d'Aaron Wilson, célébrité locale et présentateur du programme *Si vous l'avez construit*, avait été blessée dans l'incendie d'une maison alors qu'elle était enceinte de jumelles. Elle avait d'abord été reçue aux urgences par Harper, puis opérée par Ivy et son fiancé Lucas. Ensuite, il y avait un mois, Ali avait supervisé la naissance prématurée des jumelles, Jasmine et Poppy. Poppy, qui avait une malformation cardiaque congénitale, était désormais prise en charge par Phoebe dans l'unité de soins intensifs néonatals.

Cette dernière ne pouvait plus repousser le moment de revoir Zach.

Salut Zach, tu te souviens de cette nuit fabuleuse à Brisbane ? Eh bien, tu sais quoi ? J'attends un enfant de toi !

— ... et j'ai trouvé la robe parfaite pour vous, mes chères demoiselles d'honneur...

Phoebe se raccrocha à la phrase d'Ivy pour revenir au présent, avec un sourire forcé. Elle entrait dans la quatorzième semaine de grossesse et son tailleur-pantalon préféré commençait à la serrer. Lors du mariage d'Ivy, son ventre de femme enceinte serait visible, c'était certain.

Elle n'allait pas pouvoir garder le secret bien longtemps.

— Alors, c'est le grand jour ? lui demanda Ivy de but en blanc.

Phoebe resta bouche bée. C'était le jour où elle allait annoncer à

Zach qu'il allait devenir papa, elle ne voyait que cela. Heureusement, Ivy précisa.

— Ce n'est pas aujourd'hui que ce type arrive ? demanda-t-elle en fronçant les sourcils. Celui que tu as sollicité pour le cas sur lequel on travaille ?

Elles ne mentionnaient pas son nom en public, mais il s'agissait évidemment de Poppy Wilson.

Phoebe acquiesça d'un signe ; les doutes, le trouble et la culpabilité s'agitaient dans sa tête.

— Oui, Zachary Archer, bredouilla-t-elle. Il arrive dans l'après-midi.

Et à peine aurait-il atterri qu'elle allait l'assommer avec la nouvelle.

Ses amies, manifestement impressionnées, la dévisageaient en attendant qu'elle en dise plus, mais deux pensées monopolisaient son cerveau : Zach était un amant hallucinant, et jamais elle ne l'aurait invité dans son lit si elle avait imaginé que cela se finirait par une grossesse. Elle avait abandonné l'idée de devenir mère des années auparavant et décidé de se consacrer à son travail. C'étaient ses petits patients qui profitaient de son instinct maternel.

— Vous avez déjà travaillé ensemble ? demanda Harper pour la sortir de son état de sidération.

Enfin une question à laquelle répondre de manière simple !

— Non. Mais vu sa réputation, j'ai tout de suite pensé à lui.

Poppy souffrait d'une communication interventriculaire qui ne s'était pas refermée spontanément, comme c'était souvent le cas. Il était rare d'opérer un bébé de ce poids, mais le trou dans son cœur provoquait des effets secondaires qui résistaient aux traitements médicaux. La chirurgie était désormais la seule solution.

Phoebe redoutait la réaction de Zach à la grande nouvelle, et Ali en rajouta en demandant :

— Il est de Sydney, non ? Il était à la fac de médecine avec Jake.

Jake était, évidemment, son nouvel amoureux.

— Oui, je crois, répondit Phoebe d'une voix faible.

Lorsqu'elle s'était confiée à Ali, elle avait gardé pour elle le nom du père de l'enfant. Zach devait être le premier à savoir.

— Mais il y est rarement. Il sillonne la planète, tout le monde réclame son expertise.

Pourquoi n'avait-elle pas opté pour la lâcheté ? Pourquoi ne l'avait-elle pas informé par mail ou au téléphone ? Mais elle lui avait demandé son aide pour cette opération risquée et très médiatisée avant de se douter qu'elle était enceinte. Puis, lorsqu'un test l'avait confirmé, elle avait préféré attendre pour lui annoncer de vive voix. Mais maintenant que le moment approchait, elle aurait voulu courir se cacher et échapper à cette conversation inévitable.

Elle se reprit. Ce n'était pas comme si elle lui avait volontairement fait un enfant dans le dos, ou qu'elle attendait quoi que ce soit de lui une fois qu'il serait informé.

— Tu es toute blanche, Phoebs. Tu es malade ? demanda Harper en avisant la tasse de thé à la menthe à laquelle elle n'avait pas touché.

— C'est juste la fatigue, répondit Phoebe, prenant à contrecœur une première gorgée. Ça a été chargé, cette semaine.

— Au moins, il y a la perspective de mon mariage, dit Ivy en revenant à son sujet de prédilection. On va pouvoir oublier les tenues de bloc et se pomponner. Il y aura peut-être un invité célibataire pour toi, Phoebs, ça te rendra des couleurs.

Harper et Ivy se mirent à rire tandis qu'Ali se cachait derrière son café. C'était le problème avec les vieilles amies, elles se transformaient en marieuses dès qu'elles avaient rencontré l'amour, pour partager le bonheur qu'elles avaient trouvé.

— Vous me connaissez, répondit Phoebe pour rappeler à ses camarades son caractère foncièrement indépendant, je n'ai pas besoin d'un homme.

Ivy et Harper levèrent les yeux au ciel, elles avaient entendu ce mantra tellement souvent. Seule Ali eut un regard inquiet pour Phoebe.

Ali imaginait-elle un happy end pour sa vieille fille de copine, comme si le mystérieux père de l'enfant allait surgir tel un justicier et épouser sa pauvre amie un peu perdue ?

Cela fit frémir Phoebe. Elle ne laisserait pas la maternité changer sa vie, attaquer son indépendance. Elle était persuadée de pouvoir prendre soin de son enfant sans que cela ne perturbe trop son organisation. Elle devait simplement s'y prendre correctement, en commençant par informer Zach au plus tôt.

À son grand soulagement, son téléphone vibra. Elle allait pouvoir abandonner son thé, et les regards scrutateurs de ses amies.

— Désolée, les filles, mon premier patient est bientôt prêt pour le bloc. Bonne journée à toutes !

En traversant la rue en direction de l'hôpital, elle respirait déjà un peu plus librement. Malgré ce qu'Ali pouvait en penser, et ce qu'en penseraient Ivy et Harper quand elles seraient au courant, elle était capable, et heureuse, de faire face seule. Elle expliquerait la situation à Zach, lui préciserait qu'elle n'attendait rien de lui, lui rappellerait qu'ils étaient d'accord pour que cette nuit à Brisbane n'ait pas de suites et que cela n'avait pas changé. Ils allaient opérer Poppy Wilson ensemble, puis Zach reprendrait la route, et elle retrouverait son train-train.

Elle avait tout prévu.

2

Zach, ses mains récurées et désinfectées en l'air devant lui, s'appuya au mur de la salle de préparation chirurgicale. Il était partagé entre anticipation et excitation.

Le souvenir de sa nuit avec Phoebe Mason, pourtant vieux de trois mois, était très vivace en lui. Lorsqu'elle lui avait demandé, par e-mail, d'opérer avec elle sur un cas difficile et très médiatisé, l'idée de la revoir, cette fois dans son cadre de travail, l'avait immédiatement captivé.

Même avant, il avait inconsciemment joué avec la possibilité que leurs chemins se recroisent. Il avait eu beau se répéter que leur nuit avait été parfaite, que ce qui l'avait attiré chez Phoebe était son indépendance, son pragmatisme et ses attentes limitées, il n'avait pu cesser de penser à elle.

Et il était sur le point de la revoir.

Poussant les portes du bloc opératoire numéro trois, Zach scruta la pièce du regard. Phoebe était en tenue, couverte des pieds à la tête, mais il l'aurait reconnue n'importe où. Il se souvenait de ses courbes sexy, de son port de maîtresse d'école à la recherche d'enfants mal élevés.

Elle ne le remarqua pas immédiatement, ce qui lui donna un instant pour se préparer et faire redescendre la montée d'adrénaline. La dernière fois qu'il l'avait vue, elle était allongée sur le ventre, ses cheveux d'un blond profond étalés sur l'oreiller, le drap blanc en tire-bouchon autour de sa taille. Il avait marqué un temps pour s'émerveiller de sa beauté et s'était retenu de caresser les taches de rousseur de ses épaules, le creux de sa colonne vertébrale, de s'emplir les poumons de l'odeur de ses cheveux.

S'arrachant à la contemplation de ses courbes, il mit fin au défilé de souvenirs érotiques et s'éclaircit la gorge.

Phoebe et l'infirmière du bloc se tournèrent aussitôt vers lui.

Phoebe écarquilla ses yeux bleus, et ses hautes pommettes rougirent au-dessus du masque.

— Docteur Archer ? Que faites-vous ici ? Je vous attendais cet après-midi.

À en croire son ton de voix sec et professionnel, elle comptait jouer la carte du détachement pour leurs retrouvailles.

Il s'y attendait. Ils avaient clairement convenu que leur nuit de Brisbane ne se répéterait pas, mais il n'en fut pas moins accablé.

— Bonjour, docteur Mason, ravi de vous revoir, répondit-il en se séchant les mains. Désolé pour la surprise, mon vol a atterri tôt. Au lieu de me tourner les pouces, ce que je ne sais pas très bien faire, je suis venu me familiariser avec les équipements de l'Hôpital central de Sydney avant notre rendez-vous.

Phoebe, plus déconcertée qu'il ne l'aurait cru, le regardait enfiler sa blouse et ses gants. Il ne voulait pas chambouler sa journée ni s'incruster dans son opération ; il ne supportait tout simplement pas de ne rien faire. L'esprit de compétition familial lui avait inculqué de se surpasser en permanence, une habitude dont on ne se débarrassait pas facilement.

— Le responsable du bloc opératoire m'a donné son accord, il ne vous a pas prévenue ?

Phoebe secoua la tête en silence.

Zach noua ses mains gantées devant lui. C'était un tic qu'il avait développé pendant son internat, pour ne rien toucher quand il s'était désinfecté les mains.

— Je peux m'éclipser, si ça pose problème.

Elle le regardait toujours comme s'il avait introduit une éprouvette contenant un virus mortel dans ce cadre de travail stérile.

— Eh bien, j'avais prévu de vous recevoir plus tard dans mon bureau, fit-elle en relevant le menton, mais puisque vous êtes là, vous pouvez rester en observateur.

Cela n'avait pas l'air de la réjouir.

Il sourit intérieurement. Il y avait toujours autant d'étincelles entre eux.

— Bien. Parfait.

Il se plaça à ses côtés pour attendre le patient, et elle se raidit. Intéressant. Soit elle voulait signifier qu'il n'y aurait pas de suites à leur relation physique, soit il lui faisait le même effet qu'à Brisbane. Et cette nuit-là, aussi passionnés l'un que l'autre, ils s'étaient rendu baiser pour baiser, caresse pour caresse.

— Alors, comment vas-tu ? demanda-t-il à voix basse pour ne pas être entendu du personnel médical.

Elle n'aurait pas dû s'inquiéter, il n'avait pas pris sa proposition d'opérer Poppy Wilson avec elle pour une invitation à revenir dans son lit. Il se tiendrait à ses habitudes, en ce qui concernait sa vie sentimentale ; il n'allait pas lui jurer un amour éternel. Vu ce dont il avait été témoin dans son enfance, il n'était même pas certain de l'existence de l'amour. Après quatre enfants ensemble, ses parents avaient soudain décidé qu'ils ne se supportaient plus.

— Bien, merci, répondit-elle sans le regarder.

Mais sa voix étranglée lui rappelait leurs gémissements de passion quand ils s'étaient abandonnés l'un à l'autre.

Et maintenant, elle le battait froid, comme si elle regrettait de l'avoir convié à opérer la communication interventriculaire du nouveau-né d'Aaron et Emma Wilson.

Avait-il fait une erreur en la rejoignant au bloc opératoire ? Mais en sortant de la douche après le long vol depuis Londres, il avait été impatient de la revoir, c'était une sorte de soif qu'il lui fallait étancher.

— Tu es sûre que je peux rester observer ? Ça ne te dérange pas, demanda-t-il comme s'il n'avait pas perçu son attitude glaciale.

— Pas du tout, répondit-elle avec un regard de défi. Nous allons collaborer sur le cas Wilson, alors autant nous habituer à nos styles chirurgicaux respectifs. À en croire la table ronde de Brisbane, ils sont probablement fort différents.

Il rit, soulagé que ce soit elle qui mentionne Brisbane.

— C'est ce que je me disais. Évidemment, à Brisbane, nous avons aussi prouvé que, sur les sujets importants, nous étions capables de trouver des… terrains d'entente.

Il n'avait pu résister au sous-entendu, qui la fit rougir. Il sourit sous son masque et elle lui adressa un regard noir. Il l'agaçait, mais il avait l'intuition que la femme joueuse et passionnée dont il avait fait la connaissance trois mois plus tôt était toujours là, sous l'armure distante et professionnelle qu'elle avait endossée quand il avait poussé la porte du bloc.

Et ses intuitions ne l'avaient encore jamais trahi.

Pour des raisons qui lui appartenaient, elle voulait faire comme s'ils n'avaient pas passé une nuit entière à se donner du plaisir, comme s'il ne savait pas dans les moindres détails à quoi elle ressemblait nue, comme si leur entente sexuelle appartenait au passé. Comme lui, elle aimait maîtriser les situations, avoir les rênes en main, ce qui conduisait à des tensions, à l'image du moment présent, mais cet aspect de sa personnalité lui plaisait néanmoins. Il l'avait mise au pied du mur avec son arrivée précipitée mais, si elle avait souhaité qu'il reparte, elle le lui aurait dit, il en était certain.

Sur ce, le minuscule patient de Phoebe fut amené dans le bloc opératoire et elle poussa un soupir de soulagement.

— Alors, dis-m'en plus sur ce cas, fit-il comme ils reculaient tous les deux pour laisser leurs collègues préparer le bébé pour l'opération.

— Atrésie de l'œsophage classique et sans complication, dit-elle en levant les yeux vers lui, et il la revit se hissant sur la pointe des pieds pour l'embrasser. Le patient est un garçon de trois jours né à terme par voie basse. Pas de quoi mettre à l'épreuve tes légendaires compétences...

— Détrompe-toi, répondit-il, indifférent à ses tentatives pour le faire déguerpir, aucun cas n'est assez banal pour ne pas m'intéresser. C'est ce qui fait de moi le meilleur : l'attention aux détails.

Elle ne se débarrasserait pas de lui si facilement, d'ailleurs plus elle le repoussait, plus elle l'attirait.

— Dans ce cas, dit-elle tandis qu'ils prenaient place l'un face à l'autre avec aisance, comme s'ils faisaient cela depuis des années, j'espère que mon opération de routine justifiera l'enthousiasme que tu as mis à nous rejoindre si tôt.

Ils se défièrent du regard.

— Je n'attends que cela.

Il avait le cœur qui battait la chamade. La tension sexuelle qu'il se croyait seul à éprouver était de retour, non seulement partagée, mais encore plus forte.

Il ne pouvait se retenir de suivre chacun de ses mouvements, il percevait sa respiration, son parfum discret mais ô combien troublant.

Son séjour à Sydney, quoi qui s'y passe, ne s'annonçait pas ennuyeux.

Quelle émotion, d'être face à Zach alors qu'elle était sur le point d'opérer un tout petit bébé, et qu'un autre, le leur, grandissait en elle. Malgré elle, l'assurance de Zach, son regard brûlant et plein de défi déstabilisaient Phoebe. Elle calma sa respiration. Elle ne devait pas laisser transparaître ses émotions. Peu importaient les épaules de Zach, plus larges que dans son souvenir, son charisme, son charme ; en bonne fille de sa mère, elle ne se laissait pas impressionner, elle ne montrait pas ses points faibles. Et cela ne changerait pas sous prétexte qu'il aimait décider des règles du jeu, qu'il arrivait quand cela lui chantait plutôt que quand il y avait été invité. Il repartirait de même, à n'en pas douter.

Parfait. Cela lui convenait, à elle aussi.

Elle l'informerait qu'il allait être père, supporterait son agaçante présence jusqu'à l'opération de Poppy Wilson, et le regarderait disparaître dans le lointain à la première occasion, pour ne plus jamais revenir. Exactement comme son propre père, qui les avait non seulement abandonnées, sa mère et elle, mais avait accusé Rosa Mason de l'avoir contraint au mariage.

— C'est bon pour nous, dit l'anesthésiste lorsque Phoebe l'interrogea du regard.

Oubliant jusqu'à l'existence de Zach, elle tendit la main vers le scalpel sur le plateau des instruments chirurgicaux stérilisés, mais n'attrapa que la main gantée de Zach.

Elle le fusilla du regard et retira précipitamment sa propre main, mais le mal était fait. Le contact de son corps avait réveillé les souvenirs de cette nuit-là, ses caresses, ses compliments, ses commentaires sexy.

— Désolé, dit-il avec un sourire, la force de l'habitude. C'est moi qui suis aux commandes, d'ordinaire.

Pourquoi avait-elle ce sentiment qu'il ne pensait qu'à leur nuit ensemble ? Évidemment, qu'il avait l'habitude de diriger, il le lui avait prouvé au lit, en l'épuisant de plaisir.

— Eh bien, aujourd'hui, vous n'êtes pas au volant, vous allez devoir prendre le siège passager, fit-elle en se saisissant du scalpel.

— Je m'en remets à vous, docteur Mason.

Elle se concentra sur le travail, et son rythme cardiaque redevint normal. Elle pratiqua une incision dans le quatrième espace intercostal droit et se prépara à pénétrer dans le médiastin, une approche chirurgicale à laquelle elle avait procédé à des milliers de reprises. Simplement, cette fois, elle était sous le regard d'un homme qui non seulement l'avait vue nue, mais qui avait également embrassé chaque centimètre carré de sa peau.

À sa grande surprise, Zach ne dit plus un mot, et ils progressèrent lentement et méthodiquement pour atteindre l'œsophage mal formé. Elle aurait presque pu oublier sa présence, mais il brûlait de mettre la main sur les instruments chirurgicaux, elle le sentait. Alors, prenant pitié, elle introduisit un écarteur dans l'incision et le lui fit tenir.

— Quelque chose me dit que la place de simple observateur n'a pas votre préférence, docteur Archer.

— Vous avez raison. J'ai besoin d'un but, de savoir quel rôle jouer, dans n'importe quelle situation. Merci de me mettre à contribution.

C'était une des raisons pour lesquelles il était marié à son métier. Son indisponibilité émotionnelle avait joué en sa faveur, lorsqu'elle l'avait invité dans son lit. Elle savait où elle en était avec lui, à l'époque. Maintenant qu'elle attendait son enfant, elle était réaliste et n'espérait rien de sa part en tant que père.

En fait, elle n'avait besoin de lui pour rien. Elle devait simplement boucler l'affaire et lui révéler son secret.

Qu'il se contente de tenir l'écarteur, un rôle habituellement réservé aux novices, l'obligeait néanmoins à revoir l'arrogance qu'elle lui attribuait.

Elle repéra le cul-de-sac de l'œsophage, qui aurait dû relier la bouche à l'estomac et qui, dans ce cas, ne s'était pas formé correctement, de sorte que le bébé ne pouvait pas s'alimenter. Puis elle créa une ouverture dans le tube pour réunir les deux extrémités de l'œsophage. Elle s'apprêtait à complimenter Zach d'avoir gardé pour lui ses critiques sur sa technique chirurgicale, mais il intervint :

— Vous avez une hémorragie, dit-il en lui passant la sonde diathermique avant qu'elle n'ait le temps de l'attraper.

— Je vois ça, dit-elle, à la fois reconnaissante d'avoir une deuxième paire d'yeux, et irritée par son intrusion.

Elle cautérisa le minuscule vaisseau sanguin, en écartant soigneusement le poumon du bébé pour faire de la place au tube d'aspiration.

Alors l'alarme du moniteur cardiaque retentit et tout le monde se figea.

L'anesthésiste sauta sur ses pieds pour scruter le tracé du moniteur cardiaque, qui surveillait la fréquence et le rythme du cœur.

Phoebe retenait son souffle, son propre cœur battant à tout rompre. Les urgences péri-opératoires étaient le pire cauchemar des chirurgiens, mais jamais autant que lorsque le patient était un minuscule bébé sans défense.

L'alarme retentissait toujours, le rythme cardiaque du bébé était anormalement rapide.

Repoussant la panique instinctive générée par le système d'alerte, Phoebe mit ses émotions sous cloche et tenta de réfléchir. L'alarme pouvait avoir plusieurs causes, la plus dangereuse étant une arythmie cardiaque, qui pouvait résulter de l'anesthésie, de l'opération ou d'un problème non diagnostiqué dans le système de conduction électrique du cœur. Mais quelle que soit la cause, l'opération ne pouvait se poursuivre tant que l'épisode n'avait pas été traité ou ne s'était pas résolu spontanément.

L'adrénaline pulsait en elle. Elle jeta un regard à Zach, aussi préoccupé et interloqué qu'elle. Perdre un patient sur la table d'opération était rare, mais c'était un des risques écrasants du métier. Elle ne s'y était jamais faite, mais maintenant qu'elle attendait un enfant, l'enjeu semblait encore plus élevé.

Les secondes paraissaient des heures, l'alarme assourdissante.

— Il y a une arythmie ? demanda-t-elle à l'anesthésiste.

— Ça ressemble à une tachycardie sinusale, répondit celle-ci.

— On pourrait vérifier qu'il ne s'agit pas d'un pneumothorax, dit Zach avec un regard plein de soutien.

Phoebe opina de la tête et inspecta le champ opératoire tandis que Zach ajustait l'écarteur pour lui faciliter la tâche.

Chaque opération comportait des risques, tous les chirurgiens en avaient conscience. Mais il aurait dû s'agir d'une procédure banale.

Puis, aussi soudainement qu'il s'était déréglé, le rythme cardiaque redevint normal et l'alarme se tut. Un immense sentiment de gratitude envahit Phoebe pour l'attitude calme et le soutien de Zach. Mais elle ne voulait pas en rester là.

— Vérifions une nouvelle fois qu'il n'y a pas de pneumothorax et que je ne passe pas à côté d'une autre hémorragie.

Zach lui prêta assistance tandis que l'anesthésiste surveillait la tension artérielle, la fréquence respiratoire et les autres signes vitaux du bébé, qui restèrent stables, au grand soulagement de tous.

— Tout me semble en ordre, docteur Mason, dit Zach après que Phoebe eut scruté les moindres recoins du champ opératoire, à deux reprises.

Elle hocha la tête et se tourna vers l'anesthésiste :

— Pouvons-nous reprendre ?

Une nouvelle fois, celle-ci lui donna son feu vert.

Le reste de l'opération se déroula sans accroc, mais quand Phoebe fut seule dans le vestiaire des femmes, elle se pencha en avant et, s'appuyant sur ses cuisses, prit de profondes inspirations pour relâcher la tension.

La panique fut remplacée par une prise de conscience.

Le moment de la révélation était venu.

Quand le jeu en valait la chandelle, Zach et elle étaient capables de mettre leurs vies privées de côté pour travailler ensemble, et bien. Cela avait été bénéfique pour leur premier patient, et augurait également de bons résultats pour Poppy Wilson.

À moins que la nouvelle qu'elle allait lui annoncer ne change tout.

3

Zach resserra son nœud de cravate et carra les épaules, puis il frappa à la porte entrouverte qui portait le nom de Phoebe et glissa la tête à l'intérieur.

— Entre, dit-elle en lissant nerveusement ses cheveux rassemblés en une stricte queue-de-cheval.

Elle était pâle. Était-elle sous le choc de l'incident au bloc, ou regrettait-elle encore de l'avoir fait venir à l'Hôpital central de Sydney ?

— Salut, répondit-il en souriant.

En tant qu'adultes d'un certain âge, et en professionnels aguerris, ils n'avaient pas à être embarrassés. Le sexe n'était que du sexe, même si cela avait été pour lui la meilleure nuit de sa vie, et l'opération de l'atrésie de l'œsophage leur avait prouvé que, bien qu'anciens amants, ils pouvaient faire du bon travail ensemble.

Phoebe était une chirurgienne qui ne laissait rien au hasard, son calme devant une situation d'urgence la rendait encore plus séduisante à ses yeux. Tous les chirurgiens redoutaient ces sonneries d'alarme, même si, comme cela avait été le cas, la cause de leur déclenchement restait mystérieuse. Il avait été impressionné que Phoebe vérifie par deux fois n'avoir rien négligé avant de reprendre l'opération, c'était une remarquable preuve d'humilité.

Elle se leva sans le quitter des yeux tandis qu'il entrait dans la pièce, laissant la porte entrouverte. Elle n'était plus en tenue de bloc, son tailleur-pantalon noir charbon marquait sa taille et son chemisier vert sauge faisait ressortir le bleu de ses yeux, mais elle-même était distante. Elle était belle à couper le souffle, mais, malgré leur nuit à Brisbane, elle semblait vouloir établir de claires limites. Toute son attitude physique lui enjoignait de rester de l'autre côté de son bureau en bois blond méticuleusement rangé.

Son cœur sombra.

Les retrouvailles pleines de légèreté qu'il s'était imaginées ne deviendraient pas réalité.

— Assieds-toi, lui dit-elle en indiquant le fauteuil isolé qui lui faisait face.

Lui qui pensait que leurs rapports redeviendraient chaleureux une fois seuls. C'était leur premier tête à tête depuis qu'il s'était obligé à la laisser nue dans la chambre d'hôtel, et on aurait dit un entretien d'embauche.

— Comment te sens-tu ? lui demanda-t-il au lieu de prendre place. Ça n'a pas vraiment été l'opération de routine que tu nous promettais.

Il aurait voulu alléger l'atmosphère avec le sourire effronté que sa mère trouvait irrésistible, dans l'espoir vain que Phoebe baisse la garde.

— Je vais bien, merci, dit-elle, le regard fuyant, en s'asseyant et en se lissant une nouvelle fois les cheveux. Oui, il y a eu un petit moment tendu, juste pour qu'on reste concentrés.

Elle eut brièvement l'air vulnérable, et il entrevit, derrière cette version d'elle collet monté, distante et intouchable, la Phoebe avec laquelle il avait fait l'amour à Brisbane.

Mais pourquoi se cachait-elle ainsi ?

Dans une dernière tentative pour briser la glace, il indiqua la porte ouverte.

— On pourrait discuter devant un café ? J'ai vu un endroit sympa de l'autre côté de la rue ?

Loin de son cadre de travail, ils pourraient peut-être se parler sincèrement, comme deux adultes qui se connaissent intimement, se respectent professionnellement, et vont devoir collaborer.

Elle se mordit la lèvre, et ses baisers, ses soupirs, toutes les choses sexy qu'elle lui avait dites dans l'intimité lui revinrent.

— Je… j'évite le café. Il y a un défi détox en ce moment, dans l'équipe.

Elle rougit et détourna le regard. Il en eut assez. Ils ne se connaissaient pas très bien, mais n'étaient pas non plus des étrangers l'un pour l'autre. C'était elle qui l'avait invité, et elle semblait désormais impatiente qu'il reparte.

Il fallait mettre les choses au clair.

— Bon, dit-il en prenant le siège qui lui avait été offert, je te mets mal à l'aise ? Je t'ai gênée en débarquant au bloc ? Parce que je m'en excuse, tu sais.

— Je ne suis pas gênée, je suis heureuse que tu sois là, répondit-elle, le regard franc pour la première fois. Et je suis bien contente que tu puisses me prêter assistance pour le cas de Poppy Wilson. Tu es très demandé et, vu ce qui s'est passé à Brisbane, tu aurais pu refuser pour raisons personnelles. Mais, comme moi, tu as tourné la page, après tout ça. Et c'est très bien.

« Très bien », ben voyons.

Ce petit discours bien rodé lui fit froncer les sourcils. Il la trouvait courageuse d'aborder le sujet de Brisbane, mais en même temps qui espérait-elle convaincre que leur attirance physique relevait du passé ? Elle ou lui ? Pour sa part, il trouvait difficile de nier une entente physique telle que la leur.

— Par « tout ça », tu veux dire les quatre fois où nous avons fait l'amour ?

C'était un coup bas, mais son désir de la revoir avait été si fort ; il voulait lui rappeler qu'être avec elle avait été fabuleux.

— Oui.

Elle hocha la tête d'un air absent, et déglutit. Dans son décolleté, sa peau vira au rose.

Soulagé qu'elle ne soit pas si indifférente mais agacé qu'elle veuille le mener par le bout du nez, il se renfonça dans le fauteuil.

— Je suis un pro, Phoebe. On s'entend à merveille, sexuellement, mais je ne laisserai pas ça interférer avec le travail.

— Je suis tout à fait d'accord, répondit-elle comme si la question était close. Alors, je te briefe sur le cas Poppy Wilson ?

Tandis qu'elle retraçait l'histoire médicale de Poppy, depuis sa naissance à trente-deux semaines de gestation par une césarienne sans complication, il essayait d'oublier les mouvements sexy de sa bouche, et son désir incessant de l'embrasser. Et l'attirance était partagée, il en était certain. Alors pourquoi se retranchait-elle dans cette forteresse de professionnalisme poli, surtout maintenant qu'ils étaient seuls ? Et, plus embêtant, pourquoi cela l'affectait-il, lui, à ce point ?

Il aurait dû être soulagé qu'elle sache ce qu'elle voulait, comme elle l'avait si clairement exposé à Brisbane. Cela simplifiait les choses, ce qu'il appréciait d'ordinaire.

— Donc, à moins que tu n'aies des objections, dit-elle, le ramenant au domaine médical, pour Poppy je propose une procédure chirurgicale ouverte, classique, par l'approche de l'oreillette droite et un patch synthétique. Tu veux voir l'échocardiogramme ?

— Avec plaisir, répondit-il, se levant pour faire le tour du bureau.

Elle ne l'y avait pas invité mais il verrait mieux l'écran ainsi. Et si elle ne le considérait plus que comme un collègue, cela ne la dérangerait pas.

— Je peux tourner l'écran, fit-elle aussitôt, ouvrant une échographie qui montrait probablement le flux sanguin anormal dû au défaut de la paroi interventriculaire du cœur de Poppy.

— Ça ne me dérange pas, dit-il en regardant par-dessus son épaule. Je réfléchis mieux debout, et ça nous évite de nous tordre le cou.

Mais son stratagème se retourna contre lui car son parfum floral le prit par surprise. C'était l'odeur qui lui avait collé à la peau après qu'il l'ait laissée au lit, à l'hôtel.

Quand il posa la main sur le dossier de son fauteuil et se pencha vers l'écran, elle se raidit, jouant avec sa fine chaîne en or et se touchant la gorge.

Bien sûr, il voulait la faire sortir de sa zone de confort, qu'elle reconnaisse elle aussi qu'il se passait quelque chose entre eux, mais il n'en rajouterait pas. Il avait assez joué avec ses nerfs, et vu ce dont il avait besoin sur l'échographie.

Mais il n'eut pas le temps de regagner son fauteuil. Phoebe blêmit, se prit le front dans une main et agrippa l'accoudoir de son siège de l'autre.

Il revint à la hâte à ses côtés.

— Phoebe, qu'est-ce qui t'arrive ?

Réaction instinctive de médecin, il lui prit le pouls, qu'il trouva régulier mais un peu rapide.

— J'ai juste un étourdissement, marmonna-t-elle. Pas beaucoup mangé ce matin.

Repoussant son fauteuil, elle se mit la tête entre les jambes.

— Je vais bien, dit-elle d'une voix assourdie. On se voit plus tard.

Même avec des vertiges, elle essayait de se débarrasser de lui. Elle n'allait manifestement pas bien et, malgré son indépendance chevillée au corps, il ne pouvait pas la laisser comme ça.

— Je reste tant que tu ne vas pas mieux, répondit-il, inquiet et frustré. Dis-moi ce que je peux faire pour toi. Un verre d'eau ? Aller chercher quelque chose à manger à la cafétéria ?

Il avait besoin d'agir, de la protéger, de résoudre le problème ; il ne supportait pas de se sentir aussi impuissant.

Pourquoi refusait-elle son aide ?

— Je veux bien que tu appelles le Dr Ali Edwards, répondit-elle enfin. Elle travaille ici et c'est une amie.

Décrochant le téléphone fixe, il passa le message au standard. Puis, ayant convaincu Phoebe qu'elle serait mieux allongée, il lui passa un bras autour de la taille et la guida vers le sofa. Enfin, il lui enleva ses chaussures et lui releva les pieds pour rediriger le flux sanguin vers sa tête.

Elle était toujours pâle, et gardait les yeux fermés. Ses longs cils ressortaient sur la blancheur de sa peau. Lui faisait les cent pas, le cœur battant. Était-ce l'incident pendant l'opération qui la mettait dans cet état-là ?

— Je vais mieux, dit-elle en ouvrant un œil pour le regarder. Merci.

Les couleurs lui revenaient aux joues, aussi alla-t-il remplir un verre d'eau au lavabo dans le coin du bureau, puis il l'aida à s'asseoir.

— Il faut toujours petit déjeuner, surtout avant d'opérer.

Il ne voulait pas lui faire la leçon, mais elle lui avait fait peur. Le choc avait surtout été qu'elle s'accroche à lui pour rejoindre le sofa. Phoebe était la femme la plus farouchement indépendante qu'il ait jamais rencontrée. La Phoebe qu'il découvrait depuis ce matin ne s'était appuyée sur lui que par absolue nécessité, il en était certain.

Elle avait à peine pris deux gorgées d'eau qu'une femme

élancée aux cheveux bouclés et aux grands yeux noisette entra dans le bureau.

— Tu vas bien ? demanda-t-elle, légèrement essoufflée, en se précipitant vers Phoebe.

Jetant à peine un regard à Zach, elle prit aussitôt le pouls de Phoebe, exactement comme il l'avait fait.

— Aucun problème, marmonna Phoebe, je me sens juste un peu faible, mais ça va.

Elle regarda Zach comme si elle aurait voulu en dire plus mais pas en sa présence.

Il enfonça les poings dans ses poches, l'anxiété lui nouait l'estomac. Devait-il laisser les deux amies en tête à tête ? Il allait partir, mais pas avant de s'être assuré que Phoebe allait bien.

— Ali, je te présente Zachary Archer, dit Phoebe comme si sa politesse lui revenait. On va opérer Poppy Wilson ensemble. Zach, voici mon amie Ali Edwards, qui dirige notre service d'obstétrique et gynécologie.

Il fut immédiatement rassuré. Elle se sentait assez bien pour parler, et faire savoir à la ronde qu'ils étaient seulement collègues.

Ali salua Zach d'un signe de tête, et reporta son attention sur Phoebe.

— Je vais prendre ta tension. Il y a un tensiomètre dans la salle d'examen à côté.

Il n'en fallut pas plus pour que Zach apprécie Ali. Elle ne s'en laissait pas conter.

À sa grande surprise, Phoebe acquiesça sans négocier mais le regarda avec un air méfiant cette fois teinté de crainte.

Elle avait peur de lui ?

Elle se leva, les épaules comme écrasées par un poids trop lourd.

Il retenait son souffle. Que se passait-il ? Il ne partirait pas avant d'avoir compris.

Phoebe posa la main sur le bras d'Ali.

— Je te rejoins dans une seconde.

Ali hésitait en le regardant, sourcils froncés, exactement comme il devait la regarder, lui.

Sentant son amie réticente à la laisser seule avec lui, Phoebe intervint.

— Je vais bien, Ali. J'ai juste besoin de parler un instant seule avec Zach.

Sa voix avait retrouvé sa force et sa détermination, mais que voulait-elle dire ? Sa déclaration énigmatique le fit frémir d'inquiétude.

4

Phoebe soutint le regard intense et inquisiteur de Zach. Elle se sentait totalement à découvert, son cœur battait à tout rompre.

Surtout, la culpabilité était écrasante.

Le moment était venu sans qu'elle ne le maîtrise, les événements de la matinée s'étaient ligués contre elle ; la déstabilisante apparition de Zach au bloc opératoire, l'urgence pendant l'opération, les hormones de grossesse qui prenaient son corps d'assaut, tout cela la rendait vulnérable.

Ali referma la porte derrière elle.

— Je m'excuse pour tout ça, dit Phoebe en s'éclaircissant la gorge, je... il faut que je te dise quelque chose.

Elle ne pouvait pas lui annoncer qu'il allait être papa devant Ali. Par respect, elle devait lui donner un peu de temps pour digérer la nouvelle, un peu d'intimité. Le choc serait aussi grand pour lui qu'il l'avait été pour elle.

Elle regarda son visage tendu, et regretta de ne pas tout lui avoir dit sur le coup, quand il était entré au bloc opératoire, ou au moins quand il avait poussé la porte de son bureau. Mais il était si beau dans son costume bleu nuit, comme s'il se voyait de nouveau à l'hôtel à Brisbane, ou sur le point de l'embrasser sur la bouche. Elle avait été submergée de désir, et de gratitude pour son aide pendant l'opération, et elle en avait oublié son discours bien préparé.

— D'accord, je t'écoute, répondit-il, sur la défensive, en enfonçant les mains dans ses poches.

Elle avait les paumes moites. Elle compliquait tout alors que dans sa tête son aveu était bref, détaché, l'affaire aurait été réglée si elle en avait gardé le contrôle.

Mais elle était totalement perturbée.

— Euh, c'est à propos de Brisbane, fit-elle en se mordillant les lèvres.

— Je croyais qu'on avait tourné la page Brisbane ? rétorqua-t-il, lui renvoyant l'expression qu'elle avait utilisée.

Il semblait contrarié, comme déçu par leurs retrouvailles. Il ne pouvait pas avoir espéré qu'ils reprennent là où ils s'étaient arrêtés ? Lui aussi avait été catégorique, c'était une histoire d'une nuit.

— Oui, j'ai dit ça, répondit-elle en agrippant le bord du bureau.

Un fou rire totalement déplacé montait en elle. Pensait-il qu'elle voulait reparler du meilleur sexe de sa vie, alors qu'elle avait tout fait pour ne plus y penser ?

Il n'y avait aucun moyen d'atténuer le choc, et plus elle hésitait, plus prononcer les mots serait compliqué. Elle respira un bon coup et se lança.

— J'ai tourné la page, mais le fait est que je suis enceinte.

Elle avait enfin lâché sa bombe, et poussa un long soupir de soulagement. Puis elle attendit, avec empathie. Il semblait sonné. Il fronça plus encore les sourcils, la dévisageant, tentant manifestement de savoir s'il devait la prendre au sérieux.

— On a utilisé des préservatifs.

Elle hocha la tête, repoussant les souvenirs de leur insatiabilité. Jamais elle n'avait éprouvé autant de désir pour un homme, et lui avait répondu avec la même ardeur.

— Je sais. L'un d'entre eux n'a pas fonctionné.

Elle avait tellement de compassion pour ce qu'il ressentait. Elle aussi avait été choquée en découvrant sur le test la petite barre rose qui lui disait tout ce qu'il y avait à savoir. Elle avait eu un mois pour s'habituer à l'idée.

Il était figé, les bras pendant le long du corps ; seules ses paupières clignaient de temps à autre.

Le cœur serré, elle voulut le rassurer :

— Tu sais, il faut que je te dise, je n'attends rien de toi, énonça-t-elle précipitamment.

Ses yeux s'assombrirent, il hésitait entre colère et incompréhension.

— Et il t'a fallu quoi, deux mois pour me le dire ?

Prise sur le fait, elle jouait avec la chaîne autour de son cou.

— Les deux premiers mois, je ne m'en suis pas rendu compte. Mon cycle n'a jamais été régulier. Et quand ça a été confirmé, je... j'ai pensé qu'il valait mieux te le dire en personne.

Comme insensible à la rationalité de cette explication, il se prit la nuque entre les mains et se dirigea vers la porte, puis fit volte-face.

— Attends, tu m'as attiré ici, tu m'as invité à Sydney sous prétexte que tu avais besoin de mon aide pour une opération, juste pour me balancer ça ?

Elle frémit, effondrée.

— Non, c'est une coïncidence, je t'assure, j'ai découvert ma grossesse juste après t'avoir contacté. Je ne voulais pas te prévenir par mail ou au téléphone, et comme tu as accepté de venir, j'ai préféré attendre et te le dire face à face.

Il l'interrompit d'un geste de la main.

— En résumé, juste pour bien comprendre : tu voulais me prévenir que dans six mois je vais être papa, mais que tu n'as pas besoin que je m'implique dans l'histoire, et en fait tu aimerais autant que je ne le fasse pas. C'est bien ça ? Je n'ai rien oublié ?

Dévastée par la nervosité et la culpabilité, épuisée par les émotions de la matinée, Phoebe bredouilla :

— Oui, enfin, je veux que le bébé connaisse son père...

— Eh bien, c'est au moins ça, j'imagine, répondit-il, les lèvres pincées sous l'effet de l'agacement.

Comment avait-elle fait pour le blesser à ce point ? Dans les innombrables versions de cette conversation qu'elle avait repassées dans sa tête, tout était plus simple. Mais c'était peut-être justement le problème. Elle avait eu le temps de s'y préparer, alors que lui était sous le choc, ce qui se comprenait.

— Ce que je veux dire, reprit-elle à la hâte, espérant qu'ils viendraient à bout de cette discussion avant l'opération programmée dans trente minutes, c'est qu'à Brisbane nous savions parfaitement que ni toi ni moi ne voulions d'une histoire, d'un engagement, et cette grossesse... ne change rien.

Zach l'observa poser la main sur son ventre encore plat et

sembla vouloir la contredire. Dans un moment de folie, elle l'imagina mettant genou à terre, sortant une bague de nulle part et l'entraînant vers l'autel.

Elle secoua la tête, c'était ridicule. Il semblait regretter de l'avoir jamais rencontrée, et elle ne risquait pas de confondre le désir et l'amour, pour peu que celui-ci existe seulement. Avoir eu un enfant n'avait certainement pas suffi pour que ses parents restent ensemble ; son père avait même attribué son départ à l'existence de Phoebe, prétendant qu'il se sentait piégé, comme s'il n'était pour rien dans son mariage et dans la naissance de sa fille.

Une demande en mariage ! Elle avait passé trop de temps avec ses amies folles d'amour.

Justement, Ali passa la tête par la porte.

— Euh, je suis prête quand tu veux, Phoebs, dit-elle, son regard curieux passant de Zach à son amie.

Phoebe hocha la tête en soupirant, elle sentait venir la migraine. Ali ne savait pas que Zach était le père, personne ne le savait. Mais sa maligne de copine devait mourir de curiosité.

La situation tournait au cauchemar incontrôlable.

— Eh bien, je vais... attendre un peu alors, fit Ali devant le visage de pierre de Zach, l'attitude défensive de Phoebe, et l'évidente tension dans la pièce.

Phoebe hésitait. Elle voulait vérifier que tout allait bien pour le bébé après son quasi-évanouissement, et Ali avait toujours un échographe fœtal portable sur elle. Mais devait-elle inviter Zach à assister à l'examen ? Elle pensait qu'il allait partir aussitôt après avoir appris la nouvelle.

Au lieu de quoi il se tourna vers Ali et prit le contrôle de la conversation :

— J'aimerais être là. Si cela te va, fit-il en se tournant vers Phoebe.

Déstabilisée par sa détermination, avec deux paires d'yeux qui la dévisageaient, Phoebe ne put qu'acquiescer et suivre Ali dans la salle d'examen, un Zach ombrageux sur les talons.

Zach referma la porte de la salle d'examen sous le regard scrutateur d'Ali. Il était encore sous le choc, l'excitation et l'incrédulité lui coupaient pratiquement le souffle. Il jeta un œil à Phoebe dans l'espoir qu'elle lui indique la marche à suivre. Qu'avait-elle confié à son amie ? Qui savait qu'elle était enceinte ? Elle voulait peut-être cacher qu'il était le père ? Mais il avait des droits, et ne pas maîtriser la situation, ne pas savoir ce qu'on attendait de lui, ne lui convenait pas du tout.

Apercevant un échographe portatif dans un coin de la pièce, il se crispa. C'était tellement perturbant, d'être potentiellement le dernier à avoir été mis au courant. Pourtant, il résista à l'envie d'éclaircir les choses auprès de l'amie de Phoebe.

« Je viens d'apprendre que je suis le père de ce bébé. »

« On a couché ensemble une fois et j'espérais que cela se reproduirait, mais elle m'avait caché ce détail. »

« Non, on n'est pas ensemble, et Phoebe a hâte de se débarrasser de moi parce qu'elle se débrouille très bien toute seule. »

Décidant de laisser Phoebe se charger des explications, il se concentra sur sa respiration. Ses mains tremblaient. Il allait être papa. Comment se portait le bébé ? Les vertiges de Phoebe étaient-ils le symptôme d'un problème ?

— Ali, dit Phoebe en s'installant sur la table d'examen et en agitant vaguement la main vers lui, Zach est… euh… le père.

Ali masqua rapidement sa surprise et afficha un sourire tranquille, le visage qu'elle offrait en consultation, sans doute.

— Oui, renchérit-il en lui tendant la main comme n'importe quel futur papa.

Sauf qu'ils n'étaient pas n'importe quel couple. Ils n'étaient même pas un couple. Et à en croire le comportement de Phoebe depuis le matin, et ses affirmations selon lesquelles elle n'attendait rien de lui, ils ne risquaient pas de le devenir.

— Alors vous saviez que Phoebe était enceinte ? demanda-t-il, de plus en plus déçu.

Il n'était certes pas arrivé avec l'idée de la demander en mariage, mais il comptait manifestement bien peu pour elle s'il n'avait pas été mis au courant alors que son amie l'était. Lui qui réussissait tout ce qu'il entreprenait, qui maîtrisait les moindres détails de sa vie, il était révolté d'être aussi insignifiant aux yeux de Phoebe, de n'avoir prise sur rien. C'était intolérable, et cela lui était totalement étranger.

— Euh... oui, lui répondit Ali avec une mimique d'excuse. J'ai appris récemment la bonne nouvelle. Toutes mes félicitations.

Et, de nouveau tout sourire, elle prit la tension de Phoebe.

Il se calma. Cette femme était une professionnelle, formée pour conseiller et prendre soin de Phoebe et du bébé. D'une certaine manière, c'était une bonne chose qu'elle ait été au courant avant lui.

Phoebe se mit en position allongée.

— Maintenant que les présentations sont faites, est-ce qu'on peut en finir ? Je dois opérer bientôt.

— Alors comme ça, vous vous êtes rencontrés à Brisbane, tous les deux ? demanda cette curieuse d'Ali, ajoutant en passant à Phoebe : Ta pression est normale, au fait.

Ils s'étaient « rencontrés » dans le lit d'une chambre d'hôtel plus qu'à Brisbane, pour être honnête.

— Oui, répondit Phoebe en rougissant, confirmant ainsi à Zach qu'elle n'avait pas parlé de lui à ses amies.

Il n'en valait pas la peine, elle n'aurait même pas repensé à lui sans les conséquences imprévues de leur nuit ensemble. Phoebe était l'indépendance même, elle n'avait que faire de lui, il lui avait simplement procuré par mégarde un peu de sperme.

C'était pour cela qu'il ne faisait pas confiance aux relations humaines, et encore moins aux histoires sentimentales. Les gens ne pensaient qu'à eux, il en avait eu la preuve quand le mariage de ses parents s'était effondré, et qu'un couple aimant ayant quatre enfants s'était transformé en deux individus qui ne se supportaient plus.

— Fabuleux, dit Ali, radieuse, en souriant à Zach comme s'il pouvait être l'homme des rêves de Phoebe.

Il se retint de réagir. Cet homme-là n'existait pas. Phoebe venait de le lui redire, qu'elle ait tant tardé à le prévenir le confirmait.

— Ni Zach ni moi n'avons envie d'être en couple, clarifia Phoebe à la hâte, comme pour ôter à Ali les idées romantiques qui lui faisaient briller les yeux. C'était une histoire d'une nuit.

— En fait, vous avez appris l'existence de mon bébé avant

moi, dit Zach, en rajoutant une couche, puisque je viens à peine d'être mis au courant.

Il serra les mâchoires, car Phoebe avait raison. Il aimait sa vie comme elle était, avec des relations fugaces. Sinon les sentiments s'en mêlaient, et l'amour ne durait pas, même après un engagement vieux de dizaines d'années, et une famille.

Mais cela, c'était avant.

Ses parents ainsi que ses frères et sœur se moquaient de lui et de son célibat depuis toujours, et il n'avait jamais envisagé d'avoir un bébé. Ce qui était pourtant en train d'arriver.

Phoebe darda un regard noir vers lui. Certes, elle avait souhaité l'informer en personne, ce qui avait retardé l'annonce, mais il n'avait pas envie de se montrer raisonnable. Il avait été manipulé, méprisé, on ne lui avait pas laissé le temps de se faire à l'idée que sa vie allait changer pour toujours.

Avec un grand professionnalisme, Ali changea de sujet.

— L'échographe est là, voyons si on peut apercevoir le tout-petit, d'accord ?

Phoebe découvrit son ventre, qu'Ali enduisit de gel.

Zach, le regard fixé sur l'écran, sentait son cœur battre à grands coups dans sa poitrine. À peine venait-il d'être mis au courant qu'il allait voir son enfant pour la première fois. Il en avait la tête qui tournait.

Puis l'écran se figea sur une image du bébé, son bébé à lui et à Phoebe.

Le temps s'étira, Zach restait immobile. Il était émerveillé par le crâne du fœtus, son cœur, ses bras et ses jambes. C'était un miracle, un miracle pour lequel son métier lui avait appris le plus grand respect. Mais il s'agissait désormais de son bébé.

Il allait être père.

L'émotion lui nouait la gorge, et il sut aussitôt qu'il était prêt à tout pour cet enfant, maintenant ou à l'avenir. Ébahi, il se tourna vers Phoebe qui scrutait elle aussi l'écran. Elle ne s'en rendait sans doute pas compte mais elle lui avait agrippé le bras et serrait de toutes ses forces. Comment cela lui avait-il échappé ?

Ali actionna un bouton et l'image se remit à bouger, désormais accompagnée de son. Le battement du cœur.

Un amour protecteur chassa sur-le-champ toute autre pensée en Zach.

Ali imprima deux clichés de l'échographie de leur minuscule bébé et les leur tendit.

— Tout va bien ? demanda Phoebe en lâchant Zach.

— Tout a l'air parfaitement normal, répondit Ali tandis que Phoebe essuyait le gel de son ventre. En tant que médecin, je te recommande de t'alimenter régulièrement. Les nausées matinales compliquent tout, mais il faut éviter les alertes d'évanouissement, évidemment.

— Je vais aller me chercher quelque chose à manger avant l'opération.

Ali eut un nouveau regard plein d'empathie pour Zach. Le plaignait-elle ? Pensait-elle, elle aussi, qu'il ne ferait pas longtemps partie du tableau ?

— Je vous laisse discuter, dit-elle d'un ton posé, et elle quitta la pièce, un grand silence tombant dans son sillage.

Il plaça le cliché dans la poche intérieure de sa veste.

Phoebe portait son bébé. Phoebe n'attendait rien de lui.

Il la regarda, guettant désespérément un indice sur la manière dont il devait se comporter, quoi dire ; pour la première fois de sa vie, lui qui allait toujours de l'avant, qui se concentrait sur son travail, faisait confiance à son instinct et à ses convictions, il était complètement perdu.

5

Zach semblait éberlué, et le cœur de Phoebe se serra de compassion. Elle ne l'avait jamais vu qu'incroyablement sûr de lui, entreprenant, confiant dans ses capacités à imprimer sa marque sur le monde. Son visage perturbé lui faisait regretter de ne l'avoir pas prévenu plus tôt.

Mais, regardant de nouveau l'image de l'échographie, elle s'émerveilla, fascinée. Avant de voir le minuscule cœur de son bébé à l'écran, elle n'y avait cru qu'à moitié, mais désormais elle nageait dans l'amour et cela lui semblait bien réel.

C'était vrai. Elle allait être mère.

— Tu sais, Zach, dit-elle pour le rassurer en s'asseyant à côté de lui sur la table d'examen, ça va aller. Quoi que tu ressentes, ce n'est pas un problème, c'est bien. Je suis encore un peu sous le choc, moi aussi, alors je comprends.

Elle l'avait vu passer de la confusion à l'incrédulité à l'agacement, puis de nouveau à la confusion. Elle avait traversé les mêmes phases.

Il se frotta vigoureusement le visage comme pour se ressaisir, se remettre du choc.

— Je ne sais pas ce que je ressens, pour être honnête.

Prise de court par sa vulnérabilité, sa sincérité, elle hocha la tête. Elle aurait voulu le toucher, lui prendre la main, le réconforter, mais comment cela serait-il reçu ? Elle ne connaissait pas cette facette de lui ; l'homme qui avait déboulé au bloc, ou dans son bureau, avec son sourire sexy, avait disparu, et cela se comprenait.

— Ça non plus, ce n'est pas un problème, dit-elle d'une voix douce, patiente. Ça fait beaucoup d'un coup.

Elle s'aperçut que la joie du moment était tempérée pour elle aussi, du fait qu'ils n'étaient pas un couple. Ils ne se prendraient pas dans les bras, ne pleureraient pas de joie, ne se perdraient pas main dans la main dans la contemplation de l'échographie. Elle repoussa le désir de le toucher.

Ils avaient fait ce bébé ensemble pendant une nuit de passion torride. Et en attendant qu'Ali confirme que tout allait bien, elle avait instinctivement pris la main de Zach. Elle n'avait pas réfléchi et avait cédé au besoin de contact, pour lui peut-être, mais surtout pour elle. Quelque part, au plus profond de son cerveau, elle avait eu conscience qu'ils traversaient ce moment ensemble.

Maintenant, elle faisait de nouveau face toute seule, comme à son habitude.

— Tu sais, dit-elle pour le mettre à l'aise, je n'attends vraiment rien de toi. C'est moi qui ai décidé de garder ce bébé. Je n'ignore pas que tu te déplaces beaucoup pour le travail, je n'espère pas du tout que tu sois présent. Tout prendre en charge seule me va très bien. Ma mère m'a élevée seule, j'ai de qui tenir. Je suis persuadée que je m'y prendrai aussi bien qu'elle pour élever notre enfant.

Il garda un silence un peu inquiétant de la part d'un homme aussi sûr de lui, aussi enchaîna-t-elle :

— Honnêtement, je vois très bien comment procéder.

Elle avait fait carrière, elle était habituée aux emplois du temps chargés, trouver du temps pour un bébé ne serait pas un problème.

— Demande à mes amis, poursuivit-elle. Je suis la reine des listes, super organisée. Ce n'est pas ça qui va me perturber.

Zach ne répondait toujours pas, il changea seulement de position. Elle était consciente de sa proximité, de son odeur virile, du fait que lorsqu'elle le regardait ses yeux glissaient bien souvent vers sa bouche ; tout en elle la poussait à s'appuyer contre lui. Elle était bien malgré elle toujours sous son charme, attirée par son intelligence et, évidemment, son physique renversant.

Mais cette attirance lui passerait, ce n'était probablement qu'un effet des hormones de grossesse. Dès qu'il aurait quitté Sydney, elle retrouverait ses esprits.

— Évidemment, quand tu seras à Sydney, il ne faudra pas hésiter à passer voir le bébé. Si tu me donnes une photo de toi, je la mettrai dans sa chambre et je lui parlerai de toi en permanence, pour qu'il grandisse en sachant qui tu es.

Son silence devenait de plus en plus inquiétant. S'il avait au moins prononcé un mot, elle aurait su comment il allait.

— Je dois y aller, dit-il en sortant de sa poche son téléphone qui vibrait.

— Oh ! bien sûr, fit-elle, adoptant une attitude professionnelle pour s'aligner sur le ton de Zach.

Elle expira, soulagée ; le pire était passé. Elle avait fait son devoir, informé Zach que leur nuit à Brisbane avait eu des conséquences et, mis à part le choc compréhensible qu'il avait ressenti, tout semblait se dérouler comme prévu.

Elle se leva, ferma le bouton de sa veste et arrangea ses cheveux.

— Moi aussi, en fait. J'ai une opération bientôt.

Si tout était de nouveau sur les rails, d'où venait ce stupide sentiment de déception ?

Zach se tourna vers elle avec un visage impénétrable. Elle s'efforça de ne pas réagir, se mordillant la lèvre. Ses yeux la brûlaient. Elle n'espérait quand même pas qu'il veuille faire partie de leur vie, à elle et au bébé ? Elle savait d'expérience à quel point les choses pouvaient mal tourner lorsque l'un des partenaires se sentait pris au piège. Son père avait immédiatement déménagé dans la ville où la mère de Phoebe avait grandi, pour regretter tout aussi vite son choix.

— Il y a une cafétéria, à l'hôpital ? demanda Zach, changeant abruptement de sujet.

— Euh, oui, au quatrième, juste à l'aplomb d'ici.

Il hocha la tête, comme s'il redevenait lui-même.

— Ce soir, tu es libre ?

La conversation prenait un nouveau virage inattendu. Elle ne savait plus que penser.

— Euh…

— Je pense qu'on devrait parler, dit-il avec une conviction presque autoritaire, comme s'il contrôlait de nouveau la situation.

Il faut qu'on ait une conversation posée, en adultes, loin de l'hôpital et en ayant tout notre temps.

— Oui, bien sûr. J'aurai terminé vers 18 h 30.

C'était parfait. Une fois que Zach aurait digéré la nouvelle et posé toutes ses questions, une fois les détails discutés entre adultes, ils pourraient reprendre le cours de leur vie. Ce retour à la normale était exactement ce qu'elle souhaitait.

— Très bien, je te rejoins ici à 18 h 30, dit-il en redressant sa cravate qui s'était très légèrement déplacée. Mais avant, je vais te chercher de quoi manger à l'étage, et je te le laisse dans le bureau de ta secrétaire. Inutile de négocier.

Il avait retrouvé le ton qu'il avait employé à Brisbane, pendant la table ronde. Il se dirigea vers la porte, se retourna pour balayer de la tête aux pieds Phoebe du regard, et sortit. Quand il referma la porte, elle s'effondra sur le canapé et prit de profondes inspirations pour retrouver son calme. Qu'il soit aussi hautain l'exaspérait et l'excitait à la fois.

Elle n'eut le temps de penser qu'à une chose avant de rejoindre à la hâte le bloc opératoire.

Ça s'était passé aussi bien que possible.

6

Zach ne détestait rien tant que d'être placé face à un choix impossible. Cela lui rappelait trop le divorce de ses parents, qui lui avaient assigné le rôle d'intermédiaire. Installé face à Phoebe à une table du *Tutto Bene*, petit restaurant italien voisin de l'hôpital, il craignait que les événements de la soirée ne réveillent ses craintes les plus profondes : la possibilité d'un échec.

Pour commencer, il devait arrêter de dévorer Phoebe des yeux. Il la trouvait belle avant d'apprendre sa grossesse mais elle resplendissait désormais, comme si sa peau était plus douce, ses cheveux plus brillants. Même sa voix avait une autre portée.

Mais rien de tout cela n'avait d'importance.

Ce qui comptait, c'était le bien-être de Phoebe et de son bébé.

Repoussant le sentiment d'incertitude auquel il était si peu habitué, il vit dans la nouvelle si déstabilisante que Phoebe lui avait apprise, et le rôle de figurant qu'elle lui donnait, la preuve qu'il avait bien fait de fuir tout engagement sentimental. L'échec, ce n'était pas pour lui. Éviter les tumultes émotionnels lui avait permis de se concentrer sur sa carrière, avec la conscience professionnelle et l'ambition des Archer.

Depuis qu'il était adulte, l'esprit de compétition de ses deux grands frères et de sa grande sœur le rendait fou, mais il mettait un point d'honneur à défendre ses choix de vie. Il était le seul à ne pas être marié, le seul à ne pas avoir d'enfants.

Jusqu'à maintenant. Car il allait être père…

— Je meurs de faim, dit Phoebe.

Lui, sous le choc de la nouvelle, avait annulé son rendez-vous avec Nurture, l'association de défense de la petite enfance à laquelle il contribuait régulièrement, pour aller courir. Il lui avait fallu vingt-cinq kilomètres pour y voir plus clair. Lorsqu'il s'était arrêté, en sueur et hors d'haleine, deux choses étaient évidentes : la force de la joie et de l'instinct protecteur qu'éveillait en lui le bébé en photo dans son portefeuille, et deuxièmement l'étendue de ce dont il avait à discuter avec Phoebe.

— Les gnocchis sont délicieux ici. C'est ce que je préfère, dit-elle, tout sourire, avec conviction.

Il repoussa l'image de Phoebe attablée ici avec un autre homme, il ne devait pas laisser la jalousie lui couper l'appétit. Mieux valait aller à la pêche aux informations.

— Tu as de sérieuses nausées matinales, alors ?

Il était bien content qu'elle ait retrouvé de l'appétit, mais elle était dans le deuxième trimestre de sa grossesse et il se demandait ce qu'il avait manqué d'autre. Il avait profité de l'après-midi pour acheter tous les livres sur l'éducation des enfants qu'il avait pu trouver, et l'idée qu'il aurait dû aider Phoebe pendant ces premiers mois ne le quittait pas, même si elle ne l'aurait certainement pas laissé faire.

— Ça va mieux, répondit-elle en le regardant d'un air circonspect. Je me rattrape sur les autres repas.

Maintenant qu'il avait abordé le sujet qui fâchait, il avait d'autres questions, elle allait devoir s'y habituer.

— Je suis content que ça s'améliore, dit-il. Et tu prends des vitamines pour femme enceinte ?

— Évidemment, dit-elle en se redressant comme sous l'affront. Je fais tout dans les règles. J'ai même renoncé au café, et c'est ma boisson préférée. Mais je ne la supporte plus, même pas l'odeur.

Elle frémit.

— Ce n'est pas pour te traquer, tu sais, mais j'ai déjà l'impression d'avoir manqué tellement d'étapes, dit-il, marchant sur des œufs. Tu as dû comprendre à présent que j'aime être au courant de ce qui se passe.

Il n'avait pas prévu de devenir père, mais puisque cela allait arriver, il avait la tête pleine de rêves et d'espoirs pour l'avenir.

Prise de court, elle écarquilla les yeux.

— Alors il n'y a pas de « défi détox » dans l'équipe ?

— Non, fit-elle en baissant les yeux. J'ai paniqué quand tu as parlé de m'offrir un café. Je suis désolée.

Il serra la mâchoire, il s'accrochait à son indignation, elle lui avait menti, ne le prenait pas au sérieux en tant que père. Mais elle attendait son enfant, il avait été témoin de sa fragilité après ses vertiges, l'avait vue interagir avec son amie, elle avait été aussi touchée que lui au moment de l'échographie ; il l'avait découverte sous un nouveau jour, et il la trouvait plus attirante encore.

Quel idiot il était.

Comme pouvait-il avoir un faible pour une femme qui le rejetait ?

Elle passait sa commande auprès du serveur, offrant son profil à Zach. Jamais il n'allait pouvoir tenir sa résolution de laisser son désir pour elle de côté pour formuler ses sentiments concernant la grossesse et les directions à prendre : à chacun de ses mouvements, le col de son chemisier découvrait un triangle de peau crémeuse. Il avait pourtant des sujets importants à aborder avec elle. Les raisons pour lesquelles, s'agissant de l'enfant qu'ils avaient conçu ensemble, elle l'éjectait de l'histoire.

— J'ai mal pris les choses, tout à l'heure, dit-il après le départ du serveur. Je crois que j'étais sous le choc, en vérité.

C'était peu dire. Abasourdi, pantois, assommé, étaient plus proches de la réalité. Il était toujours très prudent avec ses partenaires, mais aucun moyen de contraception n'était efficace à cent pour cent. Puis, alors que les secondes passaient, le choc avait été remplacé par de l'émerveillement, de l'exaltation, de la joie.

— Et moi je m'y suis mal prise, répondit-elle, sincère, à sa grande surprise. Moi aussi j'ai été ébranlée au départ, tu imagines. J'avais préparé un petit laïus pour ton arrivée, mais tu es venu plus tôt et je me suis embrouillée. Je suis vraiment désolée que tu aies appris la nouvelle comme ça, Zach.

Plutôt que de lui prendre la main et de lui avouer qu'il lui avait pardonné depuis bien longtemps, il but une gorgée d'eau. Par égard pour elle, il n'avait pas commandé de vin.

Elle était pleine de doutes et d'incertitudes, il le voyait bien. Ce n'était pas tous les jours qu'on apprenait à un inconnu que sa vie allait changer du tout au tout. Il pouvait comprendre sa maladresse, surtout avec les émotions décuplées par l'urgence au bloc opératoire et son malaise.

— Eh bien, j'ai eu le temps d'y repenser cet après-midi, répondit-il, repoussant l'image de Phoebe lui agrippant le bras tandis qu'ils attendaient que la machine ne repère le battement de cœur de leur bébé.

Pendant cet infime moment très tendu, elle qui assurait n'avoir besoin de personne et encore moins de lui, elle avait cherché du réconfort auprès de lui !

Pourquoi cela lui faisait-il tant plaisir ? Parce que prendre soin d'autrui faisait partie intégrante de son métier ? Ou parce que, bien qu'elle lui refuse toute place dans cette grossesse, il avait trouvé un moyen d'être utile ?

Évidemment qu'il avait sa place. Une place essentielle, en fait, même si elle n'apprécierait pas cette idée.

— Tu m'as déjà dit que tu n'avais pas besoin de moi, fit-il, incapable d'effacer complètement la colère de sa voix, ce qui est ton droit. Mais je pense que c'est important que je sois là, pour toi et pour le bébé.

Son bébé à lui, aussi.

Elle n'avait peut-être pas besoin de lui, mais leur enfant avait besoin de son père autant que lui de faire partie de la vie de son bébé.

— Tu veux être impliqué ? dit-elle, incrédule.

— Évidemment.

Qu'il ne veuille pas plus qu'elle être en couple ne signifiait pas qu'il était incapable de la soutenir pendant la grossesse, maintenant qu'ils allaient être parents.

— Mais, ta façon de vivre, tes voyages. Ce n'est pas l'idéal pour changer des couches et passer des nuits sans sommeil.

Elle le prenait de haut, mais il n'argumenterait pas. Elle avait raison. Il avait quarante et un ans, il était célibataire. Il avait de l'expérience et eu une vie sexuelle épanouissante, mais il avait toujours évité de s'engager. Pourquoi investir tant de temps et d'énergie dans quelque chose voué à l'échec ?

Le divorce difficile de ses parents, après vingt-six ans de mariage, lui avait montré de près le caractère fragile et incertain de l'amour.

Mais il ne s'agissait même plus de lui et de Phoebe. L'important était leur bébé.

— Et ton mode de vie à toi convient à un bébé ? demanda-t-il, pointant leur ressemblance.

Elle rougit, ce qui ne lui procura aucun plaisir. Puis elle redressa la tête avec morgue.

— Tu as raison, ni toi ni moi n'avions prévu ce qui nous arrive. Mais on a vu l'échographie, c'est bien réel. Je vais prendre en charge les questions logistiques, ne t'en fais pas.

— Toute seule ?

Elle jouait avec ses couverts pour éviter son regard.

— Oui, seule, des tas de gens le font. Je suis enceinte, mais je reste la même.

— Bien sûr, répondit-il, s'interrogeant sur la provenance de sa féroce indépendance. Mais on va devoir s'adapter de manière radicale, tous les deux. J'ai des neveux, je sais que l'arrivée d'un enfant change *tout*.

Leurs vies ne seraient plus jamais pareilles. Comment aurait-il pu en aller autrement ? Les existences de ses frères et de sa sœur étaient devenues fondamentalement plus riches, mais aussi parfois totalement chamboulées, même si aucun ne l'aurait admis étant donné l'esprit de compétition de la famille Archer.

— Et même si je ne sais pas en détail de quelle manière, dit-il en soutenant son regard, je veux que tu saches que je compte avoir un rôle dans la vie de mon enfant.

Un rôle actif, à part entière. Autant qu'elle le sache tout de suite.

— C'est vrai, nous n'avons pas prévu cet enfant, mais nous l'avons conçu ensemble. On doit trouver une manière de l'élever ensemble aussi.

Même s'ils n'étaient pas ensemble.

Elle détourna le visage avec un sourire en coin.

— Évidemment.

— Qu'est-ce que ça veut dire ? demanda-t-il, percevant le sarcasme. Tu doutes de ma sincérité ?

Elle s'imaginait qu'il mentait, qu'il allait revenir sur ses promesses et ne pas assumer ses responsabilités après la naissance du bébé ? Elle ne le connaissait pas. Qu'ils ne soient pas en couple ne signifiait pas qu'il allait abandonner son enfant, ni Phoebe. Ils étaient médecins, ils savaient qu'une grossesse présentait des risques, de possibles complications, particulièrement si elle était tardive. Il voulait être là, pour le bien-être du bébé, mais également en cas de problème.

Pour le moment, il gardait cela pour lui.

— Ce n'est pas que je ne te crois pas, dit-elle, comme poussée dans ses retranchements. Je suis certaine que tu penses ce que tu dis.

— Mais... ? Tu imagines que je vais changer d'avis ?

— Mais un enfant, c'est pour la vie, répondit-elle, condescendante, comme si cela lui avait échappé. C'est un engagement à long terme.

— Tu crois que je vais me lasser d'être père ? fit-il avec un sourire tendu. Parce que, ma réputation de chirurgien peut te renseigner là-dessus, je ne suis pas du genre à laisser tomber.

Leurs regards se croisèrent, elle avait les yeux pleins de détermination mais aussi de douleur, de vulnérabilité.

— Ça arrive, dit-elle, haussant les épaules, manifestement persuadée qu'il échouerait.

Mais ses efforts pour le repousser, ses doutes sur ses capacités renforçaient sa volonté de lui prouver qu'elle se trompait. Ils allaient non seulement trouver une manière d'élever cet enfant ensemble, mais le processus allait en plus leur permettre de faire véritablement connaissance, en commençant dès maintenant.

Il se dépasserait pour être le meilleur père possible, comme il l'avait fait pour devenir le meilleur chirurgien.

Elle but une gorgée d'eau.

— Je n'ai pas vu mon père depuis mes quatre ans, dit-elle, il nous a abandonnées, ma mère et moi.

C'était donc ce qui expliquait la piètre opinion qu'elle avait de lui. Elle jaugeait tous les pères en fonction du sien.

— Je suis désolé que tu aies vécu ça, déclara-t-il d'une voix pleine de compassion. Certains hommes fuient leurs responsabilités, ça ne veut pas dire que tous le font. Cet enfant est aussi le mien.

Elle carra les épaules. Elle avait montré une certaine vulnérabilité, mais déjà elle allait le repousser.

— J'en suis consciente, et il me semble que, pour notre bien à tous les trois, toi, moi, et le bébé, il vaut mieux être pragmatique ; ayons des attentes réalistes, formulons des promesses que nous pouvons tenir. Dans l'intérêt du bébé, nous devons être honnêtes l'un envers l'autre.

Il acquiesça d'un signe de tête. Il devait choisir attentivement ses mots. Elle ne lui faisait pas confiance, mais il pouvait le comprendre. Son prétendu père l'avait abandonnée sans retour, ce qui expliquait son cynisme quant aux intentions du père de son enfant. Mais il n'était pas ce genre d'homme. Il était très exigeant envers lui-même, et, de la même manière, il allait tout donner pour l'éducation de son bébé, un bébé qu'il n'aurait jamais imaginé avoir, mais qu'il aimait déjà sauvagement.

Tous les parents étaient-ils ainsi débordés d'émotions ?

— Je suis tout à fait d'accord, répondit-il en s'appuyant contre le dossier de sa chaise pour laisser de l'espace à Phoebe. D'ailleurs, je vais commencer maintenant. Si je suis honnête, j'ai l'impression que tu préférerais que je ne sois pas impliqué.

— Ce n'est pas vrai, dit-elle avec un regard fuyant. Je prends les circonstances en compte, c'est tout. On n'est pas ensemble, on a des métiers prenants et tu voyages dans le monde entier pour le tien. Regardons les choses en face, je vais me retrouver seule, et ça me va.

Il se retint de répondre. Certes, il voyageait beaucoup, mais elle le voyait comme un mauvais père alors que le bébé n'était même pas encore né. Leur aventure d'une nuit avait eu des conséquences effectivement inattendues, mais pourquoi aurait-il dû s'en laver les mains ? Il était un homme, fallait-il pour autant le juger à l'aune des inaptitudes d'un autre homme ? Ne pas être celui qui portait le bébé n'en rendait pas ses sentiments moins valides.

Il allait être un bon père.

Échouer n'était pas son genre. Une seconde, il se vit annonçant à ses parents qu'il attendait un enfant. Cela allait les rendre tellement heureux !

— Je suis désolé que tu aies si peu confiance en moi, rétorqua-t-il, répondant à la provocation qu'elle lui avait adressée avec tant de désinvolture. On s'investit autant l'un que l'autre, dans tout ce qu'on entreprend. On aime faire de notre mieux, et on s'en donne les moyens. J'ai pu le vérifier tout à l'heure au bloc. J'ai l'intention d'agir de même pour élever notre enfant, comme toi, j'imagine.

Elle en doutait toujours, et restait dans l'expectative.

— Alors j'ai une proposition à te faire, lança-t-il en souriant, prêt à relever le défi. Je dois être à Perth dans trois semaines, je vais assurer un intérim d'un mois en tant que chirurgien. On pourrait profiter de mon séjour à Sydney non seulement pour préparer l'arrivée du bébé et ce qui se passera ensuite, mais aussi pour faire connaissance ? Comme tu le disais, il faut qu'on soit honnêtes l'un avec l'autre.

Ce n'était pas ce qu'elle avait à l'esprit, mais se comprendre, être au courant de leurs objectifs respectifs, de leurs valeurs, leur servirait sur le long terme, et notamment pour ce qui concernait le bébé.

— Tu en dis quoi ? demanda-t-il en levant son verre. Je trinque au fait d'apprendre à nous connaître, et d'unir nos forces pour élever cet enfant.

Elle trinqua, du doute plein les yeux.

— Au fait d'apprendre à nous connaître, renchérit-elle.

Il allait lui prouver qu'il tenait ses promesses et qu'il était digne de confiance, et pour cela, il allait devoir faire preuve de patience.

Mais une chose était certaine – si Phoebe s'imaginait maîtriser la situation et pouvoir le tenir à distance, elle sous-estimait sa ténacité.

7

Quelques jours plus tard, Phoebe poussa la porte de l'unité de soins intensifs néonatals, ou USIN, où étaient hospitalisées les jumelles Poppy et Jasmine Wilson. Elle aurait dû s'habituer à croiser Zach à l'hôpital, mais la perspective de le voir bientôt lui nouait le ventre. Elle avait hâte et peur à la fois.

Elle avait été chamboulée par ce qu'il avait affirmé pendant le dîner, ce premier soir. Jamais elle n'aurait imaginé qu'il souhaite rester s'impliquer dans la grossesse, et l'éducation du bébé. Elle avait même failli recracher son verre d'eau quand il avait évoqué l'idée d'apprendre à se connaître et de faire des plans pour l'avenir.

Il n'en partait pas moins dans trois semaines, ce qui remettait ses promesses en perspective. Une fois qu'il aurait quitté Sydney, il lui serait sans doute plus facile de les oublier, son bébé et elle.

Elle l'aperçut en train d'attendre à l'accueil, et perdit de nouveau le contrôle de ses émotions. Il était tellement beau, il avait une telle présence, tout en étant parfaitement posé. Au *Tutto Bene*, il avait mené la conversation comme s'il était confiant de pouvoir assumer tous les rôles qu'on attendait de lui, médecin, père, et soutien platonique de la femme qui portait son enfant.

Évidemment, de nombreux obstacles les attendaient. Il avait amplement le temps de changer d'avis ou d'échouer.

Zach était en pleine discussion avec une infirmière, une pétulante trentenaire rousse. Phoebe fut aussitôt assaillie par une jalousie corrosive.

Vu son charisme, son calme, les gens se sentaient immédiatement à l'aise en sa présence, ce qui le rendait accessible et attachant. Sans parler du fait qu'il était l'homme le plus sexy qu'elle ait jamais connu, ce qu'elle ne pouvait ignorer, malgré tous ses efforts. Elle avait entendu les bruits de couloir, les histoires à propos du nouveau chirurgien néonatal si sexy, avec sa voix grave, ses yeux de rêve et ses fesses de rêve.

— Docteur Archer, dit-elle en s'arrêtant à sa hauteur, mettant un point d'honneur à lui sourire autant qu'à l'infirmière.

Que lui importait qu'il se cherche une nouvelle conquête. Elle n'avait pas besoin de lui, et ne faisait aucun cas de son attirance pour lui. Ils allaient devenir parents ensemble, mais elle pouvait être heureuse sans être en couple. La fille unique de Rosa Mason avait conscience de sa valeur et ne dépendrait d'aucun homme.

Plutôt que de faire face à ses responsabilités, le père de Phoebe avait attribué ses échecs et ses frustrations à Rosa. Phoebe n'avait qu'un souvenir de lui, une image floue où il la poussait sur un manège. Son visage devenait net puis se brouillait à chaque tour, et elle avait le vertige.

Mais un père avait un autre rôle que de donner son sperme. En grandissant, Phoebe avait cessé de guetter la porte dans l'espoir qu'il apparaisse pour l'emmener de nouveau au parc. Elle avait lutté contre la frustration en aidant Rosa, qui malgré de longues et éprouvantes journées de travail se débrouillait très bien pour l'élever seule.

D'ailleurs, maintenant qu'elle avait parlé du bébé à Zach, elle allait pouvoir lever le secret avec sa mère. Elles se téléphonaient presque tous les soirs, elles étaient très proches. Ou alors peut-être attendrait-elle de lui dire de vive voix lors de sa prochaine visite ?

— On y va ? demanda-t-elle à Zach en indiquant le service un peu à l'écart où les jumelles et Emma, leur mère, étaient hospitalisées.

Jasmine, la jumelle de Poppy, prenait des forces chaque jour. Emma avait donc été réadmise dans ce service qui protégeait la vie privée des célébrités pour essayer d'allaiter Jasmine avant sa sortie de l'hôpital.

Phoebe se désinfecta les mains et mit un masque chirurgical sous le regard de Zach, qui calquait ses mouvements sur les siens. Elle se sentit observée et le dévisagea.

— Comment te sens-tu ce matin ? demanda-t-il, l'auscultant de ses doux yeux gris comme si elle était en sucre.

— Je vais bien, répondit-elle en prenant avec un peu trop d'énergie de l'essuie-tout au distributeur.

Personne, en dehors de ses amies, ne lui posait ce genre de questions.

Il parut douter de sa réponse automatique et l'observa des pieds à la tête avec une attention qui lui rappela Brisbane, lorsqu'il lui avait donné l'impression d'être la seule femme au monde.

— Tu es un peu pâle, dit-il d'une voix sourde, intime, en s'approchant d'elle pour se sécher à son tour les mains comme s'ils étaient seuls dans le bâtiment.

Elle recula, s'éloignant de ce corps impressionnant, de la chaleur qui en émanait, des souvenirs où elle se lovait contre son torse nu, serrée dans ses bras puissants.

— Je n'ai pas très bien dormi.

Elle était sur la défensive et excitée, un mélange qui la rendait irritable. Ne la croyait-il pas capable de prendre soin d'elle-même et de sa grossesse ? La nourrir et prendre de ses nouvelles, il prenait trop au sérieux ses obligations de père. Ils n'étaient pas ensemble, à quoi servait cette avalanche de délicatesse ?

— J'ai réussi à avaler tout mon petit déjeuner, ça peut être considéré comme un mieux, dit-elle car il semblait suspendu à ses lèvres.

Elle n'avait pas l'habitude de ce genre d'attention, ni l'intention de s'y faire. Cela lui donnait le sentiment d'être diminuée, ou redevable.

— Parfait, je suis bien content, fit-il comme si elle avait remporté une compétition sportive.

Révulsée, elle se sentit s'épanouir sous ses encouragements, comme si elle n'attendait que cela. Bon, cela suffisait.

— Emma Wilson est la mère de jumelles, Poppy et Jasmine, qui sont nées par césarienne sous la supervision d'Ali, que tu as rencontrée. L'opération s'est déroulée normalement.

Il hocha la tête.

— Oui, je suis arrivé plus tôt ce matin pour prendre connaissance du dossier. Je te l'ai dit, j'aime être préparé.

Déconcertée, elle leva les yeux vers lui. Jusqu'à présent, tout ce qu'elle croyait savoir sur Zach Archer était systématiquement remis en question. Malgré sa réputation de prendre les choses en main, il avait volontiers joué les assistants au bloc ces derniers jours. Plutôt que de le faire paniquer, comme elle aurait pu le supposer, l'annonce de la grossesse ne l'avait pas fait fuir. Au contraire, il avait suggéré qu'ils apprennent à se connaître pour agir en équipe. Et maintenant, alors qu'il aurait facilement pu faire la grasse matinée pour récupérer de son décalage horaire, il était venu avant 8 heures du matin pour s'informer de l'histoire de Poppy Wilson.

— Bon, eh bien alors, allons rencontrer les Wilson, fit-elle, le souffle presque coupé.

Aaron Wilson était seul dans la pièce avec ses deux filles. Cet homme de haute stature, brun, d'une beauté certaine, contemplait, des étoiles dans les yeux, la petite Jasmine qui dormait dans ses bras. Il leur expliqua avec un sourire accueillant qu'Emma venait de prendre une douche et qu'elle était en train de s'habiller.

— Aaron, je vous présente le Dr Archer, le spécialiste dont je vous ai parlé, dit Phoebe avec une fierté déplacée, comme si Zach lui appartenait.

Mais ce n'était évidemment pas le cas ; qu'elle rêve en permanence de le voir nu ne changeait rien à son opinion sur la vie de couple. D'ailleurs, il n'avait pas évoqué de renouer avec ce qu'ils avaient partagé à Brisbane, alors ses hormones pouvaient aller se rhabiller.

— Appelez-moi Zach, dit-il en serrant la main libre d'Aaron. Ravi de vous rencontrer. Et voici Jasmine, j'imagine.

Les deux hommes évoquèrent brièvement les progrès de Jasmine, son poids et ses tentatives pour se nourrir au sein. Zach tenait les rênes de la consultation, Phoebe pouvait prendre un peu de recul et l'observer en action.

Il avait effectivement lu attentivement l'épais dossier des jumelles, et même lorsqu'elles concernaient Emma, ses questions étaient pertinentes et clairvoyantes. C'était pour cela qu'il excellait, par son sens du détail, sa confiance en lui et sa capacité à prendre des initiatives tout en restant à l'écoute. Les gens se sentaient bien en sa présence.

Impressionnée, Phoebe l'écouta expliquer les raisons pour lesquelles les jumelles étaient encore nourries par sonde nasogastrique. Que Jasmine ait pris le sein pendant de courtes périodes durant la nuit était bon signe, elle serait bientôt prête à sortir.

Pour Poppy, c'était une autre histoire.

Avant qu'ils ne puissent discuter de l'amélioration de la santé de Poppy, Emma appela son mari dans la salle de bains. Aaron allait replacer Jasmine dans son berceau quand Zach intervint.

— Si vous m'y autorisez...

Sans hésiter, il débarrassa Aaron de sa précieuse charge et prit Jasmine dans ses bras.

Phoebe en resta bouche bée, le cœur battant à tout rompre. Loin de reposer Jasmine dans son berceau, Zach la tenait avec la même révérence qu'Aaron, la regardant comme si elle était la chose la plus fascinante qu'il ait jamais vue.

Phoebe ne bougeait plus, envoûtée par Zach tenant la tête de Jasmine dans sa grande paume de chirurgien. Il ne roucoulait pas, ne berçait pas le bébé, il se contentait de le fixer, son regard embrassant de la tête aux pieds la petite forme endormie.

La prise de conscience fit chanceler Phoebe. Dans la confusion avec l'annonce maladroite que leur nuit passionnée avait eu des conséquences - leur propre bébé –, dans sa hâte de contrôler ses hormones et son attirance toujours galopante pour cet homme, dans ses protestations d'indépendance pour élever seule leur enfant, elle avait complètement négligé le fait que, en tant que chirurgien néonatal de renommée mondiale, Zachary Archer avait de sérieuses compétences en matière de bébés.

Elle déglutit, la gorge sèche. Le voir simplement en action avec Jasmine, tenant du haut de son mètre quatre-vingt-dix un bébé avec un tel naturel, avait enflammé son corps de désir.

Les mots qu'il avait prononcés au restaurant la frappèrent en pleine poitrine, plus puissants que la première fois qu'elle les avait entendus, quand elle n'y avait vu que de simples paroles en l'air.

« Je compte avoir un rôle dans la vie de mon enfant. »

Et s'il avait été sincère ? Quelles implications cela aurait-il pour elle ? Allaient-ils se voir en permanence, serait-elle consumée de désir ?

Non, même s'il avait l'intention d'assister aux examens médicaux et de la nourrir si elle était débordée, il allait bientôt repartir de Sydney. Bientôt, mais peut-être trop tard ?

Elle avait sous-estimé Zach, elle l'avait confondu avec son père, mais cela ne changeait pas les faits. Ils n'étaient toujours pas en couple, et peut-être lui reprocherait-il un jour d'avoir bouleversé sa vie.

Apprendre à se connaître au-delà de leur évidente complicité sexuelle était une chose ; tomber d'accord, faire des compromis et revoir ses attentes était radicalement différent. Ni lui ni elle n'avaient eu d'histoire d'amour longue.

Tandis qu'elle tentait de reprendre le contrôle de sa respiration, de remettre les choses en perspective, Zach déposa doucement une Jasmine endormie dans son berceau. Phoebe détourna le regard ; avec un bébé, Zach était dix fois plus sexy que l'homme qui faisait déjà monter sa libido en flèche, et la troublait avec ses questions et ses attentions délicates, comme s'il se souciait vraiment d'elle et de leur bébé.

Chancelante, elle s'agrippa au berceau de Poppy. Zach et elle allaient devenir parents, comme Aaron et Emma.

Mais, à la différence des Wilson, un couple plein d'amour et de dévotion, eux seraient chacun de leur côté, isolés.

Partager l'éducation, cela semblait progressiste et clair lorsque Zach avait évoqué l'idée lors du dîner, mais elle y voyait désormais principalement de la solitude. Le découvrir si doux, si bienveillant la faisait douter, l'inquiétait. La vie de son enfant pouvait être tellement différente de ce qu'elle avait connu.

Puis Aaron et Emma les rejoignirent. Emma s'appuyait au bras d'Aaron, la césarienne n'avait pas complètement cicatrisé.

Zach se présenta à la mère des jumelles et lui serra la main avec son désarmant sourire habituel.

Pourquoi fallait-il qu'il soit si bon dans tous les domaines ? Phoebe, qui pensait avoir saisi qui était Zach, était de nouveau bouleversée. Il la surprenait en permanence, il était comme une énigme insoluble.

— Je sais que cela vous a déjà été expliqué, dit-il, mais revenons sur l'opération de Poppy.

Il clarifia chaque détail de la communication interventriculaire, cette connexion anormale entre les deux chambres principales du cœur, sans prendre les parents de Poppy de haut, en dessinant des diagrammes pour illustrer les corrections de la circulation sanguine. Jamais il ne minimisa les risques. À l'issue de son résumé, Emma et Aaron étaient sous le charme, tout comme Phoebe. Ils purent poser toutes les questions qui les tourmentaient, et Zach en profita pour proposer d'ausculter une dernière fois Poppy.

Maintenant le pavillon sur la poitrine de cette dernière, il retira les embouts du stéthoscope de ses oreilles et les tendit à Phoebe.

— Je veux bien que tu écoutes, lui dit-il.

Lorsqu'elle plaça la main sur le pavillon, il la recouvrit de la sienne. Ils restèrent ainsi un moment, les yeux dans les yeux, Phoebe écoutant le murmure du cœur de Poppy, et Zach maintenant sa main en place.

Il aurait pu lui demander de confirmer ce qu'il avait entendu, mais l'intimité du moment, la solennité d'ausculter ensemble un nouveau-né malade alors que leur enfant grandissait en toute sécurité en elle, lui en apprit beaucoup sur Zach.

Un homme complexe, aussi intègre humainement que professionnellement. Un homme de convictions.

Elle lui signifia d'un hochement de tête qu'elle comprenait le message, en médecin et en future maman : leur minuscule patiente était, à la différence de sa sœur, en très mauvaise santé.

Elle positionna le stéthoscope à la base des poumons de Poppy, trouvant le faible crépitement qui indiquait une accumulation de liquide. Comme il l'avait fait, elle lui tendit le stéthoscope et intervertit leurs mains. Le dysfonctionnement du cœur de Poppy occasionnait une congestion des poumons et d'autres organes. Plus cela durait, plus le risque de lésions irréversibles augmentait. L'opération ne pouvait plus être retardée.

Zach remit la couverture sur Poppy. Ils répondirent aux questions d'Emma et d'Aaron avec honnêteté et compassion, des qualités auxquelles ils étaient manifestement aussi attentifs l'un que l'autre.

Lorsqu'ils se retrouvèrent seuls en chemin pour le bureau de Phoebe, Zach mit fin à leur silence pensif :

— L'opération de Poppy est programmée pour le début de la semaine prochaine ?

— Oui, répondit-elle en ouvrant les doubles portes du couloir. Je vais demander à l'équipe de soins intensifs d'augmenter les inotropes et les diurétiques, pour optimiser autant que possible ses fonctions pulmonaires en vue de l'opération.

Il s'arrêta au milieu des escaliers et lui posa la main sur le bras.

— Je veux que tu saches que, quoi qu'il se passe entre nous, personnellement je suis heureux que tu aies fait appel à moi pour ce cas.

Elle hocha la tête. Elle chercha son regard et lui répondit, la gorge serrée :

— Je suis heureuse que tu sois là.

Elle n'avait pas besoin de lui, mais elle se réjouissait qu'il puisse l'assister pendant l'opération. Son expérience, son instinct la rassuraient, et leur secret les liait d'une manière qu'elle n'avait pas envisagée en l'invitant à Sydney.

Elle sourit et ils se remirent en route. Elle sentit un vide en elle. Ils allaient faire équipe pour Poppy, mais seraient-ils capables d'agir de même pour relever les défis et les obstacles qui les attendaient en tant que parents ? Zach serait-il seulement là pour partager les tâches, comme il l'avait promis ? Ou allait-elle devoir tout prendre en main seule, comme sa mère l'avait fait ?

Les gens changeaient d'avis, ils faisaient passer leurs intérêts en premier, ils étaient égoïstes. Tant que Zach serait là, elle allait devoir protéger jalousement son indépendance. Peu importait leur entente physique, ou professionnelle, elle ne pouvait vraiment compter que sur elle-même.

En ce vendredi soir, Zach frappa à la porte du bureau de Phoebe avec un terrible trac, ce qui ne lui était pas arrivé depuis son premier baiser.

Malgré leur harmonieuse collaboration à l'hôpital, c'était la seule femme capable de le faire douter de tout. Dans le cadre professionnel, ils s'entendaient à merveille, mais pour le reste le Dr Mason se retranchait derrière des remparts infranchissables.

Ils allaient être parents. Le respect mutuel, la complémentarité dont ils jouissaient dans le cadre de leur métier devaient pouvoir s'étendre à leur relation personnelle, pour qu'au moment de la naissance ils forment une équipe.

La porte s'ouvrit à la volée.

— Oh ! salut, dit Phoebe, apparemment prise de court puis affichant un sourire hésitant. Tu as besoin de quelque chose ?

Elle avait déjà son sac à l'épaule, elle s'apprêtait à rentrer chez elle. Le timing était parfait.

— Je voulais te proposer un petit repas maison ce soir, répondit-il, les mains dans les poches, désinvolte, alors que son cœur battait à toute force dans sa poitrine. Je me disais que tu devais être fatiguée de ta semaine, et ce serait l'occasion de parler, de faire un peu plus connaissance, comme on se l'est dit.

Avec la charge de travail du service, ils avaient peu eu l'occasion de le faire, d'autant que Zach voyait également des patients de la clinique locale administrée par Nurture.

— Tu cuisines ?

La fascination qu'il lut dans ses yeux n'aurait pas dû le réconforter à ce point, mais il aimait la surprendre, en bien. Et cela prouvait qu'ils avaient beaucoup à découvrir sur leurs personnalités, leurs rêves et leurs passions.

— Et même plutôt pas mal, répondit-il en souriant.

— Évidemment, fit-elle en levant les yeux au ciel. À quoi est-ce que je m'attendais ? Mais tu n'es pas à l'hôtel ?

Il était certain de la convaincre, désormais.

— J'ai un appartement à Pacific Point.

Cette station balnéaire sur la côte était son point de chute lorsqu'il n'était pas à l'étranger.

Elle haussa les sourcils, impressionnée.

— Je rêverais d'un repas maison, mais…

— Je te reconduirai chez toi.

— En fait, je n'ai qu'une hâte, c'est un bain chaud dans ma baignoire, dit-elle, rougissante, en se mordant la lèvre.

Il essaya de ne pas penser à son corps nu, ruisselant d'eau, mieux valait masquer sa déception

— Une autre fois peut-être, alors.

Il s'écartait pour la laisser sortir quand elle lui plaça la main sur le bras.

— À moins... Tu pourrais cuisiner chez moi, pendant que je prends mon bain...

— Je peux cuisiner dans n'importe quelle cuisine.

Il était prêt à tout pour rester une heure de plus avec elle.

— Parfait. J'habite à dix minutes à pied de l'hôpital. Je ne sais pas trop ce qu'il reste dans mon frigidaire, mais il y a une supérette au coin de la rue, si tu as besoin de quelque chose de précis.

Soulagé qu'elle accepte à la fois sa compagnie et ses talents culinaires, il haussa les épaules.

— Impeccable. Alors c'est décidé.

Il s'efforça de ne pas sourire trop béatement tandis qu'ils quittaient l'hôpital et traversaient le quartier, mélange d'immeubles de bureaux, de boutiques et de nombreux cafés. Les trottoirs bondés n'étaient pas le lieu idéal pour aborder des sujets intimes ou profonds.

— Alors qu'est-ce que tu cuisines ? demanda Phoebe d'un ton joueur.

— Méfie-toi, je suis bon. Donne-moi n'importe quelle recette, je te la fais.

Sa vantardise la fit rire.

— Et qui t'a appris ? Une ex ?

Avait-il perçu une pointe de jalousie dans sa voix ?

— Je te l'ai dit à Brisbane, je n'ai pas eu tant de petites amies que ça, et surtout pas d'histoire longue.

Ils s'arrêtèrent à un passage piéton en attendant que le feu passe au vert et elle leva des yeux curieux vers lui. Il mit fin au suspense.

— Mes parents cuisinaient bien, ils nous ont transmis ça. Ils travaillaient beaucoup, parfois en décalé, alors on s'y collait tous, chez les Archer. Je suis le plus jeune de quatre enfants ; après le départ de mes frères et de ma sœur, j'ai eu tout le temps de me perfectionner. J'aime manger, fit-il en tapotant son ventre parfaitement plat.

Elle eut un regard appréciateur qui le remplit d'aise.

— Tu te fais quoi, d'habitude, en rentrant de l'hôpital ? demanda-t-il pour évaluer ses goûts, et lui préparer quelque chose de rapide, de bon, et de nourrissant.

Elle eut un sourire d'excuse.

— Je vis en plein Sydney. Je suis entourée de cafés et de restaurants. Il y a même un traiteur étoilé au bout de la rue. Je me contente généralement de réchauffer quelque chose, ou de faire une salade rapide. Cuisiner pendant des heures quand on est seule, ça ne vaut pas le coup.

Elle eut un petit rictus, et il se demanda si elle souffrait parfois de sa solitude.

Son air abattu lorsqu'elle avait évoqué l'abandon de son père lui revint, et il décida de découvrir ce qui la faisait vibrer. En apparence, elle était sûre d'elle, compétente, ambitieuse. Mais elle non plus ne s'était jamais mariée. Le comportement de son père lui faisait-il fuir toute forme d'engagement ? Cela expliquait certainement l'opinion plutôt cynique qu'elle avait de Zach, une opinion qu'il espérait changer.

— Je vois très bien ce que tu veux dire, répondit-il.

Leurs vies se ressemblaient : beaucoup de travail, un peu de repos, et c'était reparti. Ils ne seraient que plus occupés après la naissance du bébé. Mais il n'avait pas le moindre doute qu'ils parviendraient à trouver des solutions.

Évidemment, avec un bébé à Sydney, il allait devoir passer plus de temps sur place.

— Il y a des aliments que tu n'aimes pas ou plus avec la grossesse, des allergies ?

Elle secoua la tête.

— Non. Moi aussi, j'aime manger, fit-elle en traversant la rue, et maintenant que les nausées matinales ont diminué, j'ai l'impression d'avoir faim en permanence.

— Ça se comprend, ton corps est en train de fabriquer un nouveau petit humain.

Comme il était directement concerné, il voyait le miracle de la naissance sous un angle complètement différent. En allait-il de même pour elle ? Il savait déjà qu'il ferait tout pour le bien-être et la sécurité de son enfant, le choc était de découvrir que Phoebe lui inspirait les mêmes sentiments.

Peut-être pouvaient-ils devenir amis, partager les joies et les épreuves de l'éducation d'un enfant, être là pour lui et l'un pour l'autre ?

Il se racla la gorge. On aurait dit la description de la vie de couple.

— J'habite là, lança-t-elle en indiquant un petit immeuble de l'autre côté de la rue.

Le feu passa au vert pour les piétons, ils s'engagèrent, et un imbécile en trottinette électrique surgit de derrière eux et leur coupa la route.

Phoebe sauta en arrière avec un cri, percutant Zach. Il mit instinctivement ses bras autour de sa taille et, le sang lui battant aux oreilles, regarda l'imprudent s'éloigner.

— Ça va ? demanda-t-il, la gardant en sécurité dans ses bras. Quel crétin, il aurait pu te faire tomber !

Le désir de la protéger luttait en lui avec le désir tout court. Il resserra son étreinte, s'étourdissant de son odeur, du souffle de sa respiration, de son cœur qui cognait contre son torse.

— Ça va, répondit-elle, les yeux écarquillés.

Plus qu'un signe d'inquiétude ou d'agacement, il y vit un désir partagé.

Ils pouvaient abandonner leur prétendue amitié. Les amis ne se regardaient pas ainsi. Ses yeux glissèrent malgré lui vers ses lèvres entrouvertes, et il fut pris d'un brutal désir de l'embrasser, puissant, primitif.

Mais avoir caressé chaque centimètre carré de sa peau, l'avoir entendue crier son nom trois mois auparavant ne signifiait pas qu'un baiser soit une bonne idée. Pas plus que le fait qu'elle le dévore en ce moment même des yeux, comme si elle ne rêvait que d'une nouvelle nuit dans ses bras. Cela ruinerait ses ambitions d'un travail d'équipe responsable et respectueux pour élever leur enfant ensemble.

Phoebe se libéra de son étreinte en rougissant. Il reprit son souffle, regrettant en partie d'avoir laissé passer sa chance de l'embrasser.

Phoebe émergea de sa chambre pieds nus et dans sa tenue d'intérieur la plus confortable. Le bain n'avait en rien calmé l'excitation du moment passé dans les bras de Zach, mais elle ne pouvait pas se cacher plus longtemps. De délicieuses odeurs l'attirèrent en direction de la cuisine.

Inviter Zach chez elle avait été une erreur, il était la tentation incarnée. Au moins, à l'hôpital, ils n'étaient jamais seuls.

Son estomac gargouillait, mais ce fut la vue de Zach, manches de chemise roulées jusqu'aux coudes, qui lui mit l'eau à la bouche. Les bras aux muscles si dessinés qui l'avaient retenue dans la rue, et étreinte avec passion pendant la conception du bébé, battaient désormais des œufs avec le même talent qu'ils maniaient le scalpel. Pourquoi un homme qui cuisinait était-il si sexy ?

Ou alors, c'était Zach qui la faisait fondre, quoi qu'il fasse.

— Je ne sais pas ce que tu prépares, mais ça sent divinement.

Elle tremblait de désir sous son regard appréciateur.

— J'ai fait deux de mes recettes rapides et simples : tortilla et mousse au chocolat. Ça t'ira ?

Oui, comme le voir chez elle, si elle n'y prenait pas garde.

— Impressionnant. Tu as tous les talents ?

Cela allait de soi, lui qui prêtait autant attention à une opération délicate qu'à la moindre bonne action.

— Absolument, répondit-il avec un clin d'œil qui lui coupa le souffle. Et tu devrais le dire à mes frères et sœur. On a un féroce esprit de compétition, dans la famille.

Elle n'allait pas tuer l'ambiance en demandant où et quand elle aurait l'occasion de les rencontrer, aussi s'intéressa-t-elle à ce qui cuisait dans la poêle. Il avait non seulement trouvé tous les ustensiles nécessaires, mais également connecté son téléphone aux enceintes, qui diffusaient un agréable fond musical. On aurait dit un rendez-vous galant.

— Que puis-je faire ? demanda-t-elle pour échapper au sentiment que plus elle le découvrait sous un jour personnel, plus l'attirance était difficile à contrer.

— Tu pourrais mettre le couvert ? Je n'ai pas trouvé les sets de table.

Mais pourquoi luttait-elle contre cette attirance ? Plutôt que de répondre à la question, elle mit la table dans le salon adjacent, plaçant les deux assiettes côte à côte pour profiter de la vue dégagée sur le port.

— Ça te va, comme boisson ? demanda-t-elle en sortant une bouteille d'eau pétillante du frigidaire.

— Parfait.

Elle se mit sur la pointe des pieds pour attraper des verres sur la dernière étagère du placard et il émit un petit son étranglé. Mais quand elle se retourna, il était concentré sur sa tortilla.

Leur attirance était mutuelle, mais à la différence de Brisbane, où le jeu de séduction était plein de légèreté et circonscrit dans le temps, les choses étaient désormais plus compliquées. Ils travaillaient ensemble. Ils devaient construire leurs relations de futurs parents.

Si seulement ses hormones ne lui avaient pas rappelé en permanence qu'ils s'entendaient si bien au lit, et que Zach repartait dans une quinzaine de jours.

Elle le fit parler de ses frères et de sa sœur, qui avaient eux aussi des carrières impressionnantes.

— Eh bien, j'espère que tu as transmis le gène de l'intelligence à notre bébé.

Que leur enfant prenne de son papa lui réchauffait le cœur. Penserait-elle à lui chaque fois qu'il dirait quelque chose de perspicace, ou serait gentil avec autrui ?

— Cela lui viendra aussi de toi. Ma famille est trop dans la compétition. J'espère qu'il n'héritera pas de ça !

— Ça n'est pas une saine compétition, alors ? demanda-t-elle pour arrêter de penser à ses lèvres sensuelles.

Il secoua la tête, il restait concentré sur l'omelette.

— C'est une surenchère permanente, mais c'est comme ça qu'on a été élevés. Mes parents sont des enfants d'immigrés nigérians en Grande-Bretagne. Ils ont eux-mêmes émigré de Londres en Australie quand j'étais petit. Ils n'étaient pas particulièrement aisés, mais ils ont hérité d'une solide conscience professionnelle et nous ont encouragés tous les quatre à faire des efforts, à viser le plus haut possible dans la carrière que nous avions choisie.

— On dirait qu'ils ont de quoi être fiers.

— Oh ! ils le sont, répliqua-t-il en répartissant l'omelette dans deux assiettes. Mais les réunions de famille sont un enfer, chacun essaie d'éclipser son voisin. Qui a la plus grande maison, la meilleure voiture ? Qui a fait le mariage le plus extravagant et qui a les enfants les plus adorables ? Je n'étais pas dans la course jusqu'à présent, mais notre bébé va gagner haut la main, tu ne crois pas ?

Elle se figea, la gorge serrée. Il avait déjà imaginé que leur bébé serait adorable. Il la regardait, joueur et vulnérable à la fois. Elle aurait voulu tendre la main vers son visage, lui caresser la joue du pouce, l'attirer à elle pour un baiser. Quoi d'autre avait-il imaginé à propos du bébé ? Était-il aussi excité qu'elle à l'idée de le rencontrer ? Devaient-ils partager leurs rêves et leurs espoirs alors qu'il allait partir bientôt sans donner de date de retour ?

— Absolument, répondit-elle en s'écartant pour fuir ce moment d'émotion.

— C'est prêt, déclara-t-il en transportant les assiettes dans le salon, où elle le rejoignit avec les verres d'eau.

— Alors toute ta famille est à Sydney ? demanda-t-elle, prenant conscience que leurs places étaient trop serrées et que la proximité de Zach lui ôtait toute envie de manger.

— Oui, mais mes parents sont divorcés ; ils vivent dans des quartiers aussi éloignés que possible l'un de l'autre.

— Et tu as combien de neveux et nièces ?

Il reposa sa fourchette et regarda le ventre de Phoebe avec tendresse.

— Notre bébé a déjà sept cousins et cousines.

Notre bébé...

— Sept, fit-elle, abasourdie par la taille de la famille Archer, et désormais également celle de leur enfant.

Elle avait rêvé des caractéristiques physiques et des traits de personnalité dont le bébé pouvait hériter, mais n'avait pas pensé aux membres du cercle familial qu'il allait rejoindre.

Elle scruta le visage de Zach, incapable de détacher les yeux de son expression pleine d'espoir et d'excitation, à l'image de ce qu'elle ressentait en imaginant la rencontre avec le petit être qui grandissait en elle.

Évidemment que Zach se sentait autant lié qu'elle à son enfant à naître. Il l'aimerait d'un amour aussi absolu. Pourquoi lui avait-il fallu tout ce temps pour comprendre la teneur du désir de Zach de s'impliquer dans la vie de leur enfant ?

— Et ta famille à toi ? Tu as fait allusion à ton père...

— Mon père, il y en a pour dix secondes... Il a épousé ma mère, ils m'ont eue, et il a déclaré qu'il se sentait pris au piège. Aussi loin que je remonte dans mes souvenirs, je suis seule avec ma mère. Je suis fille unique, alors on est très proches, dit-elle en jouant dans son assiette avec une omelette qui semblait pourtant délicieuse.

— Elle fait quoi ?

— Elle est sage-femme, en pleine campagne, dans le Queensland, répondit-elle avec un sourire fier.

À la différence de son père, sa mère était une sacrée personne.

— Ça tombe bien.

Elle rit.

— J'espère la convaincre de venir me rejoindre à Sydney quand elle prendra sa retraite, l'an prochain.

Elle avala une bouchée de la tortilla, et émit un gémissement de plaisir. C'était délicieux, même si elle doutait de finir son assiette maintenant qu'elle avait pris la mesure de l'attachement de Zach pour son enfant à venir. Il la regardait manger avec un sourire de satisfaction.

— L'argument de s'occuper de son petit-fils ou de sa petite-fille est imparable, non ? Elle est contente de devenir grand-mère ?

Elle baissa les yeux, déstabilisée.

— Je... je ne lui en ai pas encore parlé. Je vais la voir bientôt, j'ai voulu garder la surprise et lui dire en personne.

Elle ne pouvait pas avouer à Zach qu'elle craignait un peu que sa mère ne soit déçue. Rosa connaissait les difficultés qu'il y avait à élever un enfant seul sans le soutien émotionnel ou financier du père. Elle ne le souhaitait pas à Phoebe.

Il fronça les sourcils.

— Tu n'as pas de famille à Sydney ? Personne pour t'aider avec le bébé ?

— J'ai des amies incroyables sur qui compter, répondit-elle, aussitôt sur la défensive. Je suis certaine qu'elles sont prêtes à m'aider. Tu as rencontré Ali. Harper dirige les urgences, et Ivy le service de chirurgie générale.

— Elles sont contentes pour toi ? demanda-t-il, touchant sans le vouloir un nouveau point sensible.

— Je n'ai pas informé Harper et Ivy pour le moment, mais je ne vais pas pouvoir le leur cacher beaucoup plus longtemps, déclara-t-elle en plaçant instinctivement la main sur son ventre. Et toi, tu l'as dit à quelqu'un ?

Dès qu'elle en parlerait à sa mère ou à ses amies, la question du père serait posée. Elle allait devoir se préparer à répondre.

À sa grande surprise, il sortit la capture d'écran de l'échographie de son portefeuille et la plaça devant eux sur la table.

— Je vais en parler bientôt à mes parents. Séparément, bien sûr. Je peux leur montrer l'écho ?

Elle avait les yeux braqués sur l'image, comme lui. Elle eut du mal à résister à l'envie de lui prendre la main pour lui dire : « Regarde ce qu'on a fait ! »

— Mais oui, évidemment, fit-elle dans un murmure. Qu'est-ce qui s'est passé entre eux ?

Était-ce à cause de ce qui était arrivé à ses parents qu'il refusait de s'engager ?

Il soupira et se laissa aller contre le dossier de son siège.

— Ils se sont petit à petit éloignés l'un de l'autre, et ils ont fini par divorcer quand j'avais dix-sept ans.

Il haussa les épaules, l'histoire était évidemment plus compliquée que cela.

— Après avoir eu quatre enfants ensemble ?

Elle voulait comprendre la famille, pour savoir comment cela l'avait affecté, lui.

— Je sais, c'est fou, non ? Ils se sont aimés, mais ils ne supportent plus d'être dans la même pièce.

— Ça doit vous compliquer la vie, à toi, tes frères et ta sœur.

— C'est épuisant, on est constamment en terrain miné. On ne fait jamais allusion à l'un devant l'autre. Pendant les fêtes, on est tiraillés dans deux directions opposées. Mais en tant que cadet, c'est moi qui ai le plus souffert de me retrouver coincé au milieu alors qu'eux avaient quitté la maison.

Phoebe en eut le cœur serré. Comment s'étonner qu'il ait choisi d'être célibataire et de tout miser sur un domaine, le travail, où le succès était assuré ?

— Ça a dû être dur, Zach, je suis désolée.

Il s'éclaircit la gorge et se redressa sur sa chaise.

— J'ai vu tout cela de près. Je n'infligerais jamais à mon enfant le chagrin et les incertitudes d'un divorce difficile.

Tandis qu'ils terminaient leur dîner, elle s'émerveilla de tout ce qu'ils avaient en commun en ce qui concernait leur vision des relations, de leur passé et de leur famille. Plus elle en apprenait sur le père de son enfant, plus elle avait du mal à résister à l'évidente alchimie entre eux. Jusqu'à ce que Zach quitte Sydney, elle allait devoir faire très attention à garder ses distances ; elle ne pouvait pas laisser des sentiments compliquer leur situation déjà complexe.

8

— Je n'ai jamais rien mangé de meilleur, et je n'exagère pas ! dit Phoebe, extatique, les yeux à demi fermés, en léchant sa première cuiller de mousse au chocolat.

Zach détourna le regard, et retint un grognement de frustration. Cette femme allait le tuer. Et la tentation était d'autant plus grande que le canapé d'extérieur sur lequel ils étaient assis, sur le balcon de son appartement, était petit.

Non seulement il désirait physiquement Phoebe, mais la future mère de son bébé l'attirait aussi humainement, par sa gentillesse, son intelligence. Elle avait souffert de l'absence de son père, mais sa mère lui avait transmis sa force de caractère. Pourquoi prenait-il tant plaisir à la protéger, à cuisiner pour elle ? Qu'elle l'ait invité chez elle, l'ait laissé utiliser sa cuisine, qu'elle lui parle de son père et le questionne sur sa famille, étaient autant de raisons d'espérer. Petit à petit, il parviendrait peut-être à gagner sa confiance. Cela valait la peine de se battre.

— Tu as pensé à des prénoms, pour le bébé ? demanda-t-il, espérant qu'elle ait suffisamment baissé la garde pour évoquer l'avenir avec lui.

Manifestement surprise, elle se tourna vers lui.

— Euh, non. Il faudrait que j'y pense, et toi aussi. On pourrait partager nos idées et resserrer la sélection, répondit-elle, détendue, ses yeux se mettant à briller comme chaque fois qu'il était question du bébé.

— Juste pour que tu saches, dit-il, dès que je vais en parler à ma mère, elle va se mettre à tricoter. Elle a fait une montagne de vêtements pour chacun de ses petits-enfants.

Phoebe sourit, et reprit une cuiller de mousse au chocolat.

— Aucune obligation de les utiliser s'ils ne te plaisent pas, ajouta-t-il, rassurant.

Lui présenter ses parents avant de quitter Sydney serait sans doute une bonne idée. Son père et sa mère n'étaient plus en couple, mais ils accueilleraient leurs nouveaux petits-enfants avec autant d'amour que les autres. Et peut-être serait-il utile pour Phoebe de pouvoir compter sur de la famille lorsque lui ne serait pas là. Cela le rassurerait, lui, c'était certain.

— Oh non, c'est fabuleux, dit-elle, sincère. Ma mère ne tricote pas, alors je m'en réjouis d'avance.

Il s'inquiétait déjà des engagements professionnels qui l'entraîneraient loin de Sydney, de Phoebe et du bébé. Comment combiner travail et paternité ? Il ne supporterait pas de faire l'un ou l'autre à moitié. Mais déménager tout simplement de manière permanente à Sydney ? Phoebe avait été très claire, elle envisageait avec bonheur de faire face seule.

Et *lui*, que souhaitait-il ?

Elle le dévisageait, une nouvelle cuiller de mousse à la bouche.

— Tu veux savoir si c'est un garçon ou une fille ? demanda-t-elle, détournant le regard vers la vue sur le port, en prenant une voix plus calme. Je peux facilement t'envoyer la prochaine échographie par e-mail.

Il hésitait, oppressé. Nurture ne lui avait pas encore donné son emploi du temps, il ne savait pas où il serait à ce moment-là, mais ça ne serait sûrement pas Sydney.

Tolérerait-il d'être ailleurs alors que Phoebe était seule ici, travaillait à plein temps, à jongler avec la fatigue sans personne pour l'aider, pour ensuite donner naissance à son bébé, toujours aussi seule ? À en croire le ton léger avec lequel elle avait posé la question, elle s'attendait à ce qu'il soit absent, alors que lui sentait un grand vide en lui à l'idée de manquer un moment aussi important, comme n'importe quel autre événement de la grossesse, d'ailleurs.

Mais personne ne pouvait être à deux endroits en même temps.

Il allait devoir faire un choix, ce qui, avant de rencontrer Phoebe, ne lui avait jamais posé problème.

— Et toi, tu as envie de savoir ? demanda-t-il, le cœur battant.

La conversation prenait un tour extrêmement intime ; il se sentait tellement proche de Phoebe.

— Je ne sais pas vraiment, répondit-elle dans un murmure, comme si elle était confrontée au même tourbillon de questions et de prises de conscience que lui.

Ils allaient être parents, lui et cette femme avec qui il aurait voulu passer tout son temps. Il n'avait pas imaginé ce genre de proximité émotionnelle, en acceptant de collaborer à l'opération de Poppy ! Il ne s'attendait pas non plus à ce que le désir l'empêche pratiquement de respirer.

— Eh bien, dit-il d'une voix posée en chassant une mèche folle de sa joue, suite à quoi elle le déstabilisa en plongeant ses yeux dans les siens, comme c'est toi qui fais tout le travail en ce moment, et que tu vas devoir t'occuper aussi de la naissance, il me semble que le choix te revient. Ce qui est vraiment important pour moi, c'est un bébé en bonne santé, une naissance sans problèmes, et que tu ailles bien.

Évidemment qu'il voulait le meilleur pour elle, pour leur bébé. L'idée que Phoebe souffre lui était insupportable. Et si elle avait besoin de lui et qu'il était à l'autre bout du monde ? Et s'il prévoyait d'être à Sydney pour la naissance et que le bébé arrivait plus tôt ? Cela se produisait tout le temps. Mais surtout, pourquoi était-il désormais prêt à tout pour être en permanence aux côtés de Phoebe ?

Il laissa sa main retomber sur le dossier du canapé pour éviter de la toucher. Tant qu'il n'aurait pas défini de stratégie, mieux valait ne pas formuler de promesses qu'il n'était pas certain de pouvoir tenir. Il venait déjà de faire le grand écart en l'espace d'une soirée, passant de la certitude qu'ils devaient en rester à une relation platonique pour faire équipe à la conviction tout aussi forte que le mieux était de céder à leur complicité sexuelle pour s'en débarrasser.

— Tes frères et ta sœur ont de quoi s'inquiéter, dit-elle d'une voix sourde, tu vas être un papa de compétition.

Il déglutit.

— Tu crois ?

Elle hocha la tête, les yeux brillants.

Il était trop ému par sa confiance en lui pour se rengorger. Il n'avait jamais trop pensé à la paternité, mais depuis qu'il avait vu l'échographie, et entendu les rapides battements de cœur de leur bébé, il ne voulait que le meilleur pour l'enfant que Phoebe et lui allaient avoir ensemble.

— Si je décide de savoir si c'est une fille ou un garçon, dit-elle, et ses yeux posés sur ses lèvres lui rappelèrent le moment où il avait failli l'embrasser dans la rue, je te préviendrai.

— D'accord, fit-il, prêt à céder au désir de l'embrasser.

Peut-être aurait-il dû. Peut-être que faire de nouveau l'amour ensemble leur permettrait de passer à autre chose, de prévoir leur future collaboration en tant que parents.

Mais cela pouvait aussi ruiner leurs chances d'élever ensemble quoique séparément leur enfant de manière harmonieuse, et compliquer encore une situation déjà délicate.

— C'était délicieux, merci, Zach, déclara Phoebe en finissant sa mousse au chocolat.

Elle crut défaillir sous son regard, on aurait dit qu'il s'apprêtait à se jeter sur elle. Mais peut-être son imagination, et ses hormones, lui jouaient-elles des tours.

Sauf que Zach avait à peine touché son dessert. Il ne l'avait pas quittée des yeux tandis qu'elle dégustait le sien, suivant les mouvements de sa cuiller jusqu'à sa bouche comme s'il voulait utiliser la même qu'elle, ou goûter ses lèvres.

Son silence, le chocolat, les hormones, la proximité de Zach, tout était d'une sensualité folle, tout conspirait à l'exciter, aussi combla-t-elle les blancs de la conversation avec ce qui lui passait par la tête.

— La grossesse me donne de terribles envies de chocolat, dit-elle, pensant aux montagnes russes émotionnelles qu'elle traversait depuis qu'il était arrivé à Sydney. Ça soigne un peu les crises de larmes inexplicables…

Elle avait pris une expression railleuse mais il répondit en inclinant simplement la tête en signe de compassion.

Elle avait failli éclater en sanglots deux fois déjà au cours du repas, lorsqu'elle l'avait imaginé à dix-sept ans au milieu du divorce difficile de ses parents, puis lorsqu'il avait replacé avec une déchirante douceur l'échographie dans son portefeuille, comme s'il s'agissait d'un nouveau-né.

Pourquoi ne disait-il rien ?

— ... mais malheureusement ça ne fait rien contre le déséquilibre hormonal, continua-t-elle sur sa lancée. Personne n'évoque cet effet secondaire de la grossesse, mais j'ai constamment envie de faire l'am... Oh !

Elle s'arrêta, le visage cuisant. Elle en disait beaucoup trop, et venait d'avouer sa libido hyperactive à l'homme le plus sexy du monde, le seul à même d'assouvir toute sa frustration refoulée.

— Désolée, je me crois avec une de mes copines, fit-elle, atterrée, en s'éventant.

— Ne t'excuse pas, répondit-il, la voix rocailleuse et les pupilles dilatées. On a convenu qu'on serait honnêtes. Tu peux tout me dire, Phoebe.

— Vraiment ?

Elle se perdit dans son regard, victime de l'hallucinante excitation qui avait pris possession d'elle dès qu'il avait pénétré en salle d'opération, le premier jour.

Il hocha la tête, surveillant ses lèvres, y cherchant un aveu. Mais était-il sage d'aborder un sujet qu'ils évitaient soigneusement l'un comme l'autre ? Devait-elle reconnaître qu'elle le désirait autant sinon plus que le soir de son anniversaire, et suggérer qu'ils continuent leur aventure pour la durée de son séjour à Sydney ?

Haletant presque, elle abandonna la lutte.

— Alors il faut que je te dise que je pense sans arrêt à cette nuit démente à Brisbane.

Avait-il vraiment grogné ?

— Alors moi aussi, je te l'avoue.

Ils jouaient avec le feu, elle allait peut-être ouvrir une porte qui serait impossible à refermer lorsqu'il repartirait.

— J'ai toujours envie de toi, murmura-t-elle, mais j'ai peur de tout compliquer. On doit faire ce qui est préférable pour le bébé.

Une nuit avec Zach n'avait pas étanché leur faim l'un de l'autre, une faim dangereuse, enivrante, incandescente.

Comme s'il avait attendu la permission, il lui prit la main.

— Merci pour ta franchise. Je suis d'accord, on doit faire attention. Pour tout ce qui concerne le bébé.

Il la dévorait du regard, et finit sur ses lèvres. Il voulait l'embrasser.

Elle acquiesça de la tête et passa la langue sur ses lèvres qui avaient encore goût de chocolat. Les mots qu'il venait de prononcer, les horizons qui s'ouvraient, lui donnaient le vertige.

Il se pencha vers elle et prit son visage en coupe.

— J'ai envie de toi. Mais je ne veux pas te faire de mal.

Son corps s'enflamma. Avec un soupir de soulagement, libérée par leur honnêteté réciproque, elle lui offrit son visage.

— Je ne te laisserai pas me blesser, répondit-elle, captivée par ses lèvres qui disaient tout ce qu'il fallait, et tiendraient leurs promesses de plaisir. Voyons ça comme une aventure éphémère, pour faire face à mes fringales hormonales comme tu as satisfait mes envies de chocolat ce soir.

Elle sourit, elle était fatiguée de cacher l'effet qu'il lui faisait.

Dans une semaine ou deux, il ne serait plus là. Ils ne pouvaient pas se permettre de laisser les sentiments s'en mêler. Ils avaient la même volonté d'éviter les complications sentimentales. Ils pouvaient se lancer dans une aventure purement physique, et se quitter bons amis.

Après la naissance, elle n'aurait plus de temps pour autre chose que le bébé et le travail.

Il eut une expression presque douloureuse, et l'attira à lui. Il prit ses lèvres, brutalement, désespérément. Elle s'accrocha à lui, l'embrassa en retour, ouvrant la bouche pour inviter sa langue. Il avait un goût riche et décadent de chocolat. Elle gémit, enfonçant les doigts dans la chair de ses épaules.

Avec autant de passion qu'elle, il l'emprisonna contre le canapé de son corps puissant. Elle écarta les jambes, renversa son bassin, à la recherche de la pression qu'il lui fallait pour prendre feu.

Il s'écarta pour la regarder, les yeux brouillés de désir, la respiration hachée.

— J'ai envie de ça depuis que je t'ai rejointe au bloc.

— Moi aussi.

Elle glissa les mains sous sa chemise pour sentir la douceur de sa peau, les muscles de son dos, tandis qu'il couvrait son cou de baisers.

Il lui caressa la jambe et releva sa cuisse pour la clouer contre le canapé avec ses hanches, dans un mouvement de balancier qui la rendit folle.

— Zach, j'ai envie de toi, gémit-elle sous les assauts du désir.

Il avait durci entre ses jambes. Elle rejeta la tête en arrière, offrant son cou à ses baisers, lui donnant accès à tous les endroits de son corps qui n'attendaient que lui maintenant qu'elle avait cédé à son désir.

Il prit un sein en coupe dans sa main à travers son T-shirt, lui coupant le souffle. S'ils ne passaient pas rapidement dans la chambre, elle allait devoir le supplier.

Mais à peine avait-il effleuré son téton érigé qu'il s'arrêta, recula, laissa tomber ses bras de chaque côté de son corps et, haletant, plaça son front contre le sien.

— Qu'est-ce qui ne va pas ? demanda-t-elle dans un murmure, ébahie, la main contre son torse où pulsait son cœur affolé.

Il se mit à genoux et elle vit son visage dans le noir.

— Il faut qu'on arrête. Je m'emporte.

— Pourquoi arrêter ? demanda-t-elle d'une voix rendue plaintive par l'incompréhension. Tu as changé d'avis ?

Elle retenait sa respiration, pourvu qu'il ait toujours envie d'une aventure avec elle.

— Non, rien n'a changé, fit-il en se prenant la nuque dans la main. Mais tu étais fatiguée quand on a quitté l'hôpital, et on commence tôt demain. Il faut que tu te reposes.

— Oh ! bien sûr, oui, évidemment.

Quelle écrasante déception. Pourquoi fallait-il qu'il soit aussi exemplaire ? Elle remit son T-shirt en place et s'assit au bord du canapé. Avait-elle encore une chance de le faire basculer du côté obscur ?

— On remet ça à plus tard, d'accord ?

Comme si sa décision était prise, il s'assit à côté d'elle, un air déterminé sur le visage. Il passa son bras autour de ses épaules et déposa un chaste baiser sur son crâne tandis que leurs respirations revenaient à la normale.

— Absolument.

Elle nichait sa tête contre son épaule.

Comment osait-il se comporter aussi bien ? Mais maintenant qu'il l'avait évoqué, c'était vrai, elle était fatiguée.

Il se leva et lui tendit la main. Dans l'appartement plongé dans le noir, il attrapa son manteau.

— Il y a des restes dans le frigidaire, si tu n'as pas envie de cuisiner demain.

Sur le seuil de la porte, il la regarda, des regrets plein les yeux.

— Je te souhaite une bonne nuit de sommeil.

Elle eut peur de l'attirer de nouveau à l'intérieur et de le garder prisonnier pour la nuit.

Comme il faisait un pas dehors, elle lui prit le bras et, se hissant sur la pointe des pieds, lui donna un baiser qui, elle le sentit, manqua faire vaciller son impressionnante force de caractère.

— Pour la mousse au chocolat, dit-elle, la voix tremblant de désir.

C'était déloyal, mais elle voulait lui donner un avant-goût de ce que serait la prochaine fois.

Qui savait seulement quand cela aurait lieu ?

Il avait autant de mal à partir qu'elle en avait à ne pas le retenir.

— Bonne nuit, Zach.

— Bonne nuit, Phoebe, dit-il en parcourant son corps du regard, s'arrêtant une seconde sur son ventre. Bonne nuit, bébé.

Leurs regards s'accrochèrent, pleins de promesses.

Cette fois, elle s'abandonna aux larmes d'émotion, de fatigue, mais seulement après avoir refermé la porte.

9

Quelques jours plus tard, le bloc opératoire 3 retenait son souffle tandis que la machine de dérivation cardiopulmonaire était débranchée pour laisser le cœur nouvellement réparé et les minuscules poumons de Poppy faire leur travail tout seuls.

De l'autre côté de la table d'opération, Zach chercha les yeux expressifs de Phoebe, juste au-dessus du masque chirurgical. L'espoir qu'ils aient rempli leur mission, que les réparations tiendraient lorsque le cœur de Poppy repartirait, le soutien qu'ils s'apportaient mutuellement, il y lisait tout cela. Et puis il y avait le plus dur à accepter : un soupçon de peur.

Il laissait normalement ses sentiments à la porte lorsqu'il opérait, mais collaborer de manière aussi intuitive avec Phoebe pour soigner le cœur de Poppy avait amplifié toutes les émotions du soir où, chez elle, ils s'étaient confiés sur leurs passés, ils avaient parlé du bébé et s'étaient embrassés.

Il lui fit un petit signe encourageant de la tête. Ils étaient réellement inquiets pour Poppy. L'opération avait été longue et difficile. Chaque intervention était importante, mais l'enjeu de celle-ci semblait plus lourd, peut-être à cause de leur bébé secret. Ils se mettaient à la place des Wilson à un niveau très personnel.

— Normothermie atteinte, dit l'anesthésiste lorsque la température corporelle de Poppy atteignit trente-six degrés.

Phoebe cilla, toujours dans une profonde communication silencieuse avec Zach.

C'était le moment de vérité.

— Les gaz du sang sont bons, poursuivit l'anesthésiste. Ajout d'un support inotrope maintenant.

Le masque de Phoebe bougea, comme si elle se mordait les lèvres. La façon dont elle s'était ouverte à lui, les facettes plus vulnérables de sa personnalité qu'elle lui avait révélées, le faisait s'interroger sur lui-même, sur son travail, sur un mode de vie dont il était auparavant pleinement satisfait. S'ils n'avaient pas été en plein milieu d'une opération, il lui aurait pris la main en un geste de réconfort, pour elle et pour lui.

Sur un signe de l'anesthésiste, elle retira les clamps des principaux vaisseaux autour du cœur de Poppy. Pendant quelques secondes tendues, alors que l'organe se remplissait de sang, Zach et elle le regardèrent fixement, comme si cela pouvait le convaincre de se remettre à battre de lui-même. Il s'apprêtait à attraper le défibrillateur lorsque le muscle cardiaque vacilla et le cœur se mit à battre à un rythme régulier. Capté par le moniteur, le son amplifié résonnait dans toute la salle d'opération, comme une fanfare triomphante.

Il y eut un soupir collectif de soulagement.

— Bien joué, dit doucement Zach avec admiration à Phoebe.

Ils avaient réussi, ils avaient, en équipe, opéré cette petite fille si vulnérable, et les premiers signes étaient encourageants.

— On a un rythme sinusal, annonça Phoebe en expirant lentement, luttant, comme lui, pour garder son calme.

Il aurait tellement voulu la prendre dans ses bras.

— Merci pour le soutien, lui dit-elle en inspirant profondément. Vérifions qu'il n'y a pas de fuites et refaisons une écho.

Il s'exécuta. Comme si la réalité avait attendu que Poppy soit hors de danger, elle l'assaillait désormais.

Il ne travaillerait pas éternellement en équipe avec Phoebe. Bientôt il quitterait Sydney. Et Phoebe, et le bébé.

Comment justifier son absence vu la proximité pleine d'attention qui s'était établie avec Phoebe ? Pourrait-il se libérer de ses engagements à Perth et s'établir à Sydney ? Il serait sur place pour aider avec le bébé lorsqu'elle aurait besoin de lui. Leur enfant grandirait en passant un temps égal avec ses deux parents. Eux continueraient à travailler à leur relation, ce qui était essentiel pour faire fonctionner une situation aussi complexe.

Mais que Phoebe en penserait-elle ?

Ils répétèrent l'échographie transœsophagienne pour s'assurer que le patch synthétique fonctionnait et que le flux sanguin dans le cœur de Poppy était normalisé avant de procéder à la dernière étape de l'opération.

— Tout a l'air en ordre de marche, dit-il à Phoebe en dirigeant l'aspiration vers la petite accumulation de fluides autour du cœur de Poppy.

Phoebe acquiesça et commença à suturer le péricarde, le sac qui contient le cœur.

Zach s'occupa des drains en place. Un sentiment croissant d'harmonie l'envahit, comme si la réussite de Phoebe était la sienne, et vice versa, alors qu'il se considérait auparavant comme un loup solitaire. Autonome. Indépendant.

Mais il regardait travailler cette femme belle, intelligente, consciencieuse, en sachant qu'elle portait leur enfant, et le manque avec lequel il se réveillait depuis deux jours s'intensifiait. Il se sentait proche d'elle sans que l'attraction physique ne puisse entièrement expliquer ce sentiment.

Le bébé créait entre eux un lien absolu dont il ne pensait pas un jour faire l'expérience. Maintenant qu'il s'était fait à l'idée de devenir père, il voulait explorer l'avenir avec Phoebe, discuter de tout, depuis les prénoms jusqu'aux crèches. Découvrir quel style de parents ils étaient l'un et l'autre, mettre leurs idées en commun pour affronter les obstacles, les hauts et les bas, se préparer à tout.

Il fonctionnait ainsi : il identifiait les problèmes pour trouver des solutions, même si le bébé, plutôt qu'un problème, était une sorte de magnifique cadeau.

— Je peux finir seule, docteur Archer, si vous voulez en rester là pour aujourd'hui, lança Phoebe, le faisant instantanément revenir au présent.

Certes, ils se vouvoyaient dans le cadre du travail, mais elle gardait la tête baissée sur la cage thoracique qu'elle était en train de refermer ; l'opération était pratiquement terminée.

— Euh, d'accord, dit-il en reculant de la table d'opération, luttant pour ne pas se sentir rejeté maintenant qu'elle n'avait plus besoin de lui. Voulez-vous que j'informe les parents que l'opération s'est bien déroulée ?

Il retira ses gants et les envoya à la poubelle.

— Oui, merci, répondit-elle en lui jetant un vague regard.

Il savait ce que c'était, on était dans une sorte de bulle durant les opérations, mais pendant quelques instants il s'était senti tellement en accord avec elle, émotionnellement, il s'était laissé emporter par ses rêveries à propos de leur enfant, il avait oublié que Phoebe défendait bec et ongles son indépendance. L'Hôpital central de Sydney était son territoire. Peut-être n'était-elle pas prête à le laisser s'installer à deux pas de chez elle.

— Dites-leur que je viens bientôt les voir aussi, dès que Poppy est à l'unité de soins intensifs néonatals.

— Entendu.

Il ne savait plus que penser, ni comment identifier les émotions de cette éprouvante journée.

Mais il se souvenait désormais que Phoebe n'aimait pas être débordée par ses sentiments. Si elle avait besoin de parler, après une opération qui la touchait de si près, ce ne serait peut-être pas à lui qu'elle choisirait de se confier. Allait-il plus vite que la musique, avec ses fantasmes de connexion émotionnelle et ses rêves enthousiastes pour le futur ? Alors que lui imaginait qu'ils se soutiendraient comme Emma et Aaron le faisaient, Phoebe le poussait de nouveau, comme le premier jour, en direction de la porte.

Qui savait si elle n'avait pas raison de rester sur ses gardes ? Il n'avait aucune idée de la manière dont fonctionnaient les histoires d'amour. Et s'ils essayaient d'être plus que parents et amis, mais qu'ils échouaient, comme ses propres parents ? Il ne voulait surtout pas que leur enfant se retrouve au milieu d'un champ de bataille. Surtout, ils ne devaient pas écraser leur vacillante relation de futurs parents sous le poids de leurs passés respectifs.

Après avoir parlé à Emma et Aaron, il quitta l'hôpital, bien décidé à modérer ses ardeurs. Même s'il travaillait à merveille avec Phoebe, même s'ils s'entendaient physiquement de manière époustouflante, même s'il s'imaginait très proche d'elle, la plus grande prudence était de mise.

Avec l'opération de Poppy, son rôle à l'Hôpital central de Sydney prenait quasiment fin. Il n'était pas en position de promettre quoi que ce fût.

Quant à son rôle dans la vie de Phoebe ? Cette soirée-là, chez elle, ils étaient tombés d'accord pour une aventure passagère.

Alors pourquoi n'était-ce plus aussi clair dans sa tête ?

Plus tard ce même jour, Phoebe, remontée comme un ressort, frappa à la porte de Zach. Il était tard, il faisait nuit. Elle s'enveloppa dans ses bras pour se protéger de l'air frais et de ce qui la poussait à être là, sur le pas de sa porte, à perdre la tête.

Face à Zach, au bloc, pendant la longue et complexe opération de Poppy, elle avait, à sa grande surprise, beaucoup compté sur sa présence réconfortante, sur son expérience, sur ses encouragements. Mais chaque fois que leurs regards s'étaient croisés, il la soutenait comme s'ils faisaient déjà équipe en tant que parents, et pas seulement comme professionnels.

Cela l'avait atteinte au plus profond, car elle avait absorbé sa compassion et son soutien comme une éponge.

Mais elle ne pouvait pas compter sur lui pour son équilibre émotionnel. Elle ne pouvait pas compter sur lui du tout.

Elle tenta de ralentir le rythme de sa respiration effrénée. Cela devait être un effet de ses hormones, de faire ainsi ressortir ses vulnérabilités. Après le départ de Zach, sa vie reprendrait son cours. Elle recommencerait à vivre seule, à cuisiner pour elle seule, à imaginer seule la vie du bébé.

Sans Zach.

Un sentiment de solitude l'envahit, aussitôt contré par la porte qui s'ouvrait à toute volée.

Elle sentit son ventre se tordre. Il était tellement sexy, il avait l'air si détendu, en jean et chemise, pieds nus.

— Je peux entrer ? demanda-t-elle comme son expression de surprise tournait à la joie.

— Évidemment, dit-il en la faisant aussitôt rentrer. Tu vas bien ?

Alarmée par son évident plaisir à la voir, elle hocha la tête et détourna le regard.

— Poppy aussi ?

— Tout va bien. Poppy est en pleine forme.

C'était elle, Phoebe, qui se désintégrait sous le poids de ce qui lui arrivait. Pendant les quelques secondes où ils avaient essayé de faire repartir le cœur de Poppy à la seule force de leur volonté, elle avait eu tellement envie de prendre sa main. Elle savait qu'il passait par les mêmes sentiments qu'elle, parce qu'ils allaient être parents.

Tout allait changer.

Elle avait pris conscience que, en tant que mère, elle ressentirait les souffrances de son enfant, ses peines de cœur, ses déceptions. Mais, à la différence des Wilson, elle serait seule.

Évidemment, dépassée comme elle l'était, qu'elle avait pratiquement renvoyé Zach chez lui.

Comme s'il comprenait ses tourments, il prit son visage en coupe entre ses mains et la regarda droit dans les yeux.

— Je suis heureux que tu sois là, dit-il. Je voulais m'assurer que tu allais bien, après l'opération.

Il était tellement attentionné. Il prenait soin d'elle, il la chérissait presque.

— Je ne suis pas venue parler de l'opération, répondit-elle, balayant son inquiétude avec l'idée que, comme personne ne viendrait à son secours, elle serait forte et s'en sortirait seule. Je voulais simplement te voir.

Mais ses yeux étaient pleins de questions auxquelles elle ne voulait pas répondre, aussi s'inclina-t-elle.

— Embrasse-moi, dit-elle en lui posant une main sur le torse.

Fais-moi oublier l'effet que tu me fais.

Comme si, une pierre après l'autre, il se glissait dans les fondations qui la faisaient tenir debout, comme si elle allait s'écrouler après son départ.

Elle confondait probablement ses besoins à elle et ceux du bébé. Ce qui se comprenait, avec la fatigue d'une journée pareille.

Ses lèvres étaient désormais toutes proches mais ses yeux la scrutaient toujours, comme une invitation à évoquer ses sentiments. Peut-être était-ce les siens qu'il voulait aborder, et elle se montrait égoïste ?

Mais s'ils parlaient, une nuit n'y suffirait pas. Et elle aurait sans doute besoin qu'il la rassure. Qu'il lui certifie que, de la même manière qu'ils avaient conçu le bébé ensemble, ils allaient faire équipe face aux responsabilités, qu'il allait l'aider à surmonter les difficultés et les déceptions de la vie. Qu'il serait présent quand il y en aurait besoin, et qu'elle ne serait pas seule face aux obstacles, aux incertitudes de son nouveau rôle.

— J'ai envie de toi, Zach, dit-elle pour repousser ses pensées.

Elle l'attira à elle et, sortant le grand jeu, déposa des baisers dans son cou tandis que sa main se faufilait sous sa chemise. Elle avait besoin de la distraction du plaisir. Pour se rappeler que ce n'était qu'une aventure, que les sentiments n'avaient rien à voir là-dedans. Pour protéger son cœur mieux que jamais.

Ils étaient toujours plus complices, et elle s'était ouverte à lui à propos de sa vie privée, mais rien n'avait changé. C'était un homme merveilleux, gentil, attentif. Mais s'appuyer sur lui était tout simplement trop risqué. Cela allait à l'encontre de toutes les leçons d'autonomie qu'elle avait accumulées en grandissant, alors qu'elle avait été abandonnée par son père et que sa mère l'incitait à ne compter que sur elle-même.

Il n'y avait pas de réalité alternative où Zach et elle s'étaient rencontrés dans d'autres circonstances, étaient tombés amoureux, et avaient formé une famille autour de leur bébé. Seul existait ici et maintenant, et deux personnes ayant renoncé à jamais à être en couple qui partageaient la volonté de faire du mieux possible pour l'enfant qu'ils avaient conçu.

Zach rendit les armes avec un petit grognement et lui prit les lèvres avec passion. C'était ardent, plein de vie, il était impossible de penser à autre chose, c'était exactement ce qu'elle désirait.

Elle s'abandonna contre lui. Il la tenait si serrée qu'elle sentait les battements de son cœur, ses halètements, son sexe qui durcissait contre elle.

C'était cela qu'elle voulait. La tentation, si physique, ne les avait pas quittés depuis son arrivée à Sydney. C'était désormais sa seule certitude. Et lorsque cela prendrait fin, lorsque Zach repartirait, ils tourneraient la page, en adultes respectueux l'un de l'autre à jamais liés par la vie qu'ils avaient créée.

Leurs baisers s'approfondirent, de plus en plus voraces, et Zach, une main sur son sein, l'autre pressée sur ses fesses, la plaquait contre lui.

Elle fondit, brûlante, tandis que son esprit s'apaisait.

— Où est ta chambre ? demanda-t-elle en se débarrassant de son manteau.

— Je te montre, dit-il en la prenant d'un geste dans ses bras.

Dans une pénombre invitante, un lit majestueux dominait la pièce.

— Tu es tellement belle. Tu as tellement de talent. J'étais fier de travailler avec toi aujourd'hui.

Elle ne cherchait pas son assentiment, elle tenta de faire écran à ses compliments. C'était des paroles en l'air. Son père avait dû dire à peu près la même chose à sa mère, cela ne l'avait pas empêché de la quitter avec des accusations pleines d'amertume.

— Ne dis rien, répondit-elle en lui enlevant son T-shirt.

Elle voulait laisser courir ses mains sur la chaleur de sa peau noire, sur les poils de son torse, sur ses muscles dessinés qui lui donnaient ce sentiment de… sécurité.

Mais elle était forte, elle aussi. Émotionnellement. Quoi qu'il se passe après la naissance, elle n'avait pas besoin de Zach pour survivre. Elle prendrait exemple sur Rosa Mason, elle élèverait un enfant indépendant, heureux, et sûr de lui.

La passion de Phoebe était communicative et ils furent bientôt nus, mais alors Zach ralentit le rythme pour caresser chaque centimètre carré de sa peau. Il explora des lèvres ses zones les plus sensibles. Elle n'en pouvait plus de désir et s'accrocha à lui, suppliante.

— Zach, murmura-t-elle lorsqu'il s'allongea finalement sur elle.

Repoussant ses cheveux en arrière, il plongea dans ses yeux. Elle ne pouvait plus se cacher.

Leurs cœurs battaient à l'unisson. Elle était prisonnière de son regard, de ce qu'elle y lisait : le désir, le respect, la compréhension, comme s'il connaissait ses peurs les plus profondes et qu'il voulait être à ses côtés tandis qu'elle se battait pour elle-même.

— Je suis là, dit-il tandis qu'il la pénétrait lentement, doucement.

Il l'encerclait, l'envahissait, l'engloutissait avec une passion qui la mena au bord des larmes.

— Pas de promesses, murmura-t-elle.

Il était là pour le moment mais pouvait partir, indéfiniment. Tout ce pour quoi elle pouvait s'en remettre à lui, tout ce qu'elle voulait de lui, c'était ce moment de plaisir.

Mais lui demander cela était aussi révélateur de sa peur, une autre facette de ses points faibles. Il fronça les sourcils, lui caressa les cheveux. Allait-il la contredire ? Il devait savoir qu'ils ne seraient que temporairement amants, avant de s'engager dans une relation, autrement plus importante, plus longue, de parents.

Il bougeait en elle, prenant possession de son corps par ses caresses, l'observant réagir à la manière dont il lui faisait l'amour, et elle eut le sentiment qu'ils parlaient le même langage. Lui aussi s'inquiétait pour l'avenir et pour les infinies manières de tout faire échouer s'ils n'étaient pas aussi prudents l'un que l'autre.

Mais alors tout se libéra en elle, lui arrachant un long cri, et elle s'accrocha à Zach, enfouit son visage dans son cou. Il la serra contre lui comme si jamais il ne devait la laisser partir. La prudence était-elle encore seulement possible ?

10

Assise à côté de Zach le lendemain matin pour la conférence de presse à propos de l'opération de Poppy, Phoebe avait du mal à se concentrer. Elle n'était pas restée dormir chez Zach, et il ne l'avait pas retenue. Mais il avait suggéré de faire les boutiques avec elle pendant le week-end pour meubler la nurserie, une proposition qu'elle avait évasivement repoussée. Puis elle avait fui.

Elle était dans tous ses états, ce qui n'était pas idéal pour répondre aux questions des journalistes. L'inquiétude du public pour le couple Wilson et leurs jumelles était grande, du fait de la célébrité d'Aaron mais aussi de l'incendie de maison qui avait conduit la famille à l'Hôpital central de Sydney, suivi de la dramatique naissance prématurée des jumelles et de la malformation cardiaque congénitale de Poppy. Des fleurs, des cartes et des cadeaux étaient arrivés par brassées, et les réseaux sociaux de l'hôpital avaient été inondés de vœux et de messages.

Phoebe inclina la tête en prenant un air intéressé pour suivre la réponse d'une collègue, mais le seul sujet qui lui importait était l'homme assis à côté d'elle.

Cela avait été une belle erreur d'aller chez lui la veille, après une journée aussi émotionnellement éprouvante. Elle avait tenté de contrôler ses émotions, de garder de la distance, mais Zach et elle étaient déjà étroitement liés. Quand il l'avait prise dans ses bras alors qu'ils faisaient l'amour, elle avait été submergée.

Il remua dans son siège à côté d'elle et s'éclaircit doucement la gorge. Incapable de résister, elle se tourna vers lui, et il l'interrogea d'un mouvement de sourcils.

« Ça va ? »

À son grand soulagement, il n'avait plus son air blessé de la veille, quand elle avait esquivé sa proposition d'expédition shopping. Elle hocha subrepticement la tête.

Pourtant, elle était en danger avec lui. Elle n'avait pas réussi à rester indifférente.

— Alors, dans combien de temps Poppy pourra-t-elle sortir ?

La question la tira miraculeusement de ses pensées.

— Nous sommes très satisfaits des progrès de Poppy. Cependant, elle a subi une très lourde opération. Nous sommes confiants, la convalescence devrait se poursuivre sans complications, mais il est encore tôt pour se prononcer sur une date de sortie.

Elle ne voulait pas prendre d'engagements. Les Wilson avaient eu assez d'émotions, mieux valait leur éviter les faux espoirs et prendre un jour après l'autre.

Puis Zach répondit à une question sur les difficultés techniques de l'opération. Sa voix assurée lui rappela celle autrement plus rocailleuse qu'il avait en lui faisant l'amour et, pire, son ton plat, déçu, de la fin de la soirée.

— Toute opération sur un nouveau-né de la taille de Poppy est une prouesse technique, conclut-il, mais elle a heureusement bénéficié des compétences et de l'habileté du Dr Mason. Tout s'est donc déroulé sans heurts.

Il avait encore cette fierté, cet éclat dans les yeux qui donnait à Phoebe envie de disparaître. Comme quand le cœur de Polly avait repris, comme quand il avait évoqué le mobilier de la nurserie.

Évidemment, elle aurait voulu construire un cocon, remplir la chambre d'amis d'affaires pour bébé, prévoir la déco, monter des meubles. Maintenant qu'elle avait vu l'échographie, et le bébé en direct, l'excitation montait. Si elle avait été en couple avec Zach, elle aurait sauté sur la chance de concevoir la chambre du bébé avec lui. Mais la réalité était tout autre. Zach allait quitter Sydney dans quelques jours, comme il le lui avait rappelé la veille, et il n'avait pas fait allusion à une date de retour, ni même à un retour tout court.

Alors elle s'était retenue. Pourquoi singer une famille unie si elle se retrouvait bientôt seule ? Ainsi elle avait pratiquement refusé la proposition et filé vers sa voiture avant, évidemment, d'éclater en sanglots. Qu'aurait-elle pu faire d'autre ? Ne pas penser à lui chaque fois qu'elle regarderait leur bébé allait déjà être difficile, cela le serait plus encore si elle le mettait à dormir dans un berceau qu'ils avaient choisi et monté ensemble. Elle devait se protéger et chasser cette impression qu'elle était en train de devenir dépendante de Zach.

Comme il finissait ses explications, elle lui sourit. Leurs regards s'accrochèrent, assez longtemps pour que son pouls s'affole. Il était fabuleux. C'était son bébé à lui aussi. Il avait le droit d'être excité, de tester des noms, d'aménager la chambre du bébé. Elle lui devait plus que ce qu'elle lui proposait en ce moment.

Ses efforts pour se protéger l'empêcheraient, lui, de construire une relation avec le bébé, et c'était l'inverse de ce qu'elle souhaitait.

Il était en train de tomber en amour pour son enfant, comme elle. C'était normal, beau, cela faisait partie de lui. Obsédée comme elle l'était par l'idée qu'il allait partir, elle faisait comme si l'amour paternel n'était pas aussi fort que le maternel.

Discrètement, elle plaça sous la table la main sur son ventre, sur leur enfant, à l'endroit où il avait posé la sienne la veille. Il grandirait avec l'amour et le soutien de ses deux parents, il connaîtrait trois de ses grands-parents ainsi que des oncles et tantes, des cousins, ce qu'elle-même n'avait pas eu.

Évidemment qu'elle s'était liée à un homme merveilleux qu'elle respectait et appréciait, avec qui elle couchait et dont elle portait l'enfant. Cela ne signifiait pas qu'elle devait qualifier ces émotions de dangereuses, ni leur faire confiance, ni perdre la tête. Zach et elle avaient décidé d'être amants pendant un temps, puis de se transformer ensemble en parents.

Elle n'avait qu'une chose à faire, s'en tenir à ce programme.

— Poppy est désormais sous assistance respiratoire, conclut Zach en se tournant vers Phoebe pour obtenir sa confirmation, mais elle va passer une nouvelle échographie dans la journée pour évaluer l'amélioration de son état de santé.

Phoebe hocha la tête et ajouta :

— Poppy est une battante, et elle a une équipe incroyable qui se bat avec elle.

— Nous n'avons pas le temps pour plus de questions, annonça le responsable du service communication.

— Avant que nous nous séparions, dit Phoebe, je voudrais simplement remercier, de la part de la famille Wilson et de l'Hôpital central de Sydney, le Dr Archer d'avoir dégagé du temps dans son emploi du temps chargé pour revenir à Sydney. Le monde entier s'arrache ses talents de chirurgien, nous lui sommes donc très reconnaissants de son aide.

Elle évita le regard de Zach. Sa voix s'était brisée en prononçant son nom, mais avec un peu de chance elle avait été la seule à le remarquer. Elle ne voulait pas penser au peu de temps qu'il leur restait. Ni imaginer l'état dans lequel elle allait être à son départ. Petite fille, elle s'était demandé quand elle allait revoir son père, elle avait attendu que la porte s'ouvre, que le téléphone sonne. Elle ne voulait pas revivre cela.

À la fin de la conférence de presse, elle quitta rapidement la pièce. Les dernières vingt-quatre heures avec Zach avaient été éprouvantes, elle ne savait plus où elle en était. Elle avait besoin de se rassembler pour être capable de le revoir sans le supplier de rester.

Zach, le cœur battant, courut après Phoebe. Ses remerciements, ajoutés à son départ de chez lui la veille, lui faisaient l'impression d'un discours d'adieu. Et pourquoi, alors qu'ils s'étaient mis d'accord sur une relation limitée dans le temps à Sydney, qu'il avait des patients et des responsabilités à Perth, jouait-il avec la possibilité de ne plus y habiter ?

— Phoebe, attends, dit-il en lui touchant le bras.

Elle se tourna vers lui avec un sourire, mais il eut le temps de voir son expression inquiète. Il la connaissait, désormais, elle ne pouvait plus se cacher comme le premier jour. Mais elle le repoussait encore.

— Tu as une minute ? On peut parler ? demanda-t-il.

Pourquoi le poussait-elle pratiquement dans l'avion du retour ? Pourquoi évitait-elle le sujet des prénoms de bébé et des meubles de la chambre d'enfant ? Pourquoi avait-elle fui son lit, la veille, alors qu'il était resté allongé des heures sans trouver le sommeil, enveloppé dans son odeur et ne désirant qu'une chose, qu'elle soit de nouveau dans ses bras ?

— Évidemment, répondit-elle en enfonçant les mains dans ses poches, surveillant le couloir des yeux.

Son langage corporel faillit lui tirer un soupir. Il aurait peut-être plutôt dû se demander pourquoi il s'exposait ainsi à ses rebuffades. Sous prétexte qu'il n'était pas du genre à baisser les bras, avait-il trop confiance en lui ? Jamais il ne s'était comporté ainsi. En l'incitant à s'ouvrir à lui, allait-il détruire leur relation ? Mais celle-ci était-elle seulement viable, entre le manque de confiance de Phoebe et sa propre peur de s'engager ?

Quelle conclusion fallait-il en tirer, notamment pour le bébé ? Le divorce de ses parents lui avait appris ce que l'on ressentait, à se retrouver pris entre deux feux.

— Et si on se parlait, euh… dans mon bureau ? demanda-t-elle, nerveuse, comme s'il s'apprêtait à lui sauter dessus au travail.

Il en mourait d'envie, mais surtout il désirait des réponses à ses questions. Il la suivit dans son bureau en silence, de peur de prononcer une phrase qui aurait pu la faire fuir, comme la veille.

Elle referma la porte derrière eux et se tourna vers lui.

— Zach, je te dois des excuses pour hier, pour mon manque d'enthousiasme à propos du shopping. J'étais fatiguée. L'opération de Poppy m'a exténuée, mais j'adorerais qu'on fasse les magasins ensemble pour le bébé.

Il hocha la tête, pris de court par ce retournement de situation.

— Pas besoin de t'excuser, je suis heureux que ça te plaise, dit-il, avant de décider de profiter de l'ouverture. J'aurais préféré que tu ne partes pas en vitesse, hier. L'opération de Poppy m'a affecté, moi aussi. C'était une première, en fait. Je n'arrêtais pas de projeter des angoisses sur notre bébé, et je voulais te demander si c'était pareil pour toi. Ça se comprendrait, vu ce qu'on fait comme métier.

Elle acquiesça d'un signe de tête et ses yeux s'embuèrent, aussi alla-t-il vers elle pour la prendre à la taille. Elle agrippa ses biceps et le regarda avec un désarroi qui lui serra le cœur.

— J'ai ressenti la même chose. C'est pour ça que je m'excuse, Zach, dit-elle dans un murmure en posant la main sur son ventre.

C'est aussi ton bébé. Tu as autant que moi le droit de choisir le berceau et le prénom, de t'inquiéter pour l'inconnu, d'être excité par ce qui se prépare. J'avais un peu perdu ça de vue et ça me désole.

Parce que sa vulnérabilité le touchait, parce que cela lui semblait naturel, et parce qu'il ne voulait plus se demander pourquoi, il lui déposa un léger baiser sur les lèvres.

— La situation est complexe pour toi comme pour moi. On a le droit d'improviser.

Elle reposa sa tête contre son torse et son cœur qui battait à tout rompre. Il resserra son étreinte, les yeux fermés, s'enivrant de l'odeur de son shampoing. Pourquoi ne pouvait-elle pas éternellement s'en remettre ainsi à lui pour la réconforter ?

— Je sais que tu as peur de m'accorder ta confiance, énonça-t-il en la pressant contre lui car elle ne bougeait plus. Je sais qu'il faut la mériter, et que tu ne veux pas de promesses. Mais…

Et il chercha son regard car il avait néanmoins besoin de le lui dire :

— Je promets de faire tout mon possible pour être présent pour toi et pour le bébé, chaque fois que vous aurez besoin de moi.

— Merci, répondit-elle tout bas.

Il voulait aller plus loin, avouer qu'être sur place à Sydney était la seule manière de s'occuper ensemble de l'éducation de leur enfant. Mais si acheter des affaires pour bébé avec lui la terrifiait, elle n'était pas prête à l'entendre évoquer un déménagement. Parce que, lorsqu'il se voyait installé à Sydney, il imaginait aussi continuer à sortir avec Phoebe.

Mais tenter cela, c'était mettre en danger ce qu'ils étaient en train de construire pour le bébé. Les idées romantiques ne faisaient pas bon ménage avec les relations humaines, elles menaient droit aux déceptions, à l'amertume, tout le monde en pâtirait. Leur enfant méritait mieux que cela.

— Je me disais…, fit-elle en le regardant avec de grands yeux, à propos de tes parents… Tu crois qu'ils voudraient me rencontrer ? Comme ils vivent à Sydney, ils auront sûrement envie de passer du temps avec notre bébé ? J'aurai peut-être même besoin de leur aide.

Elle eut un petit haussement d'épaules, et lui le sentiment

d'avoir marqué un point, même si l'idée de ses parents, de son enfant et de Phoebe réunis sans lui était une véritable torture.

— Bien sûr qu'ils vont vouloir te rencontrer. Tu es la mère de leur futur petit-enfant.

— Bon, très bien. Je n'étais pas certaine, parce que tu vois, comme on n'est pas en couple… Mais si tu penses que c'est une bonne idée… j'ai hâte de faire leur connaissance.

— Je vais arranger ça avec eux.

Elle était si forte, si indépendante, et pourtant elle essayait d'accepter les changements qu'un enfant apporterait à sa vie. Il céda à la tentation et se pencha vers elle pour embrasser ses lèvres, ses joues, la pointe de son nez et ses paupières closes.

Elle se mit sur la pointe des pieds, lui passa les bras autour du cou, et le baiser devint passionné. Ils étaient tellement sur la même longueur d'onde, physiquement, que leur étreinte dérapa, leurs mains avides exploraient leurs corps haletants, ils ne se satisfaisaient pas d'un contact aussi restreint.

Elle eut une plainte évocatrice et Zach, reprenant ses esprits, calma le jeu.

— Désolée, dit-elle, appuyant le front contre son torse. Ces hormones me donnent envie de toi, je suis insatiable.

Il éclata de rire.

— Eh bien, je serai là pour ça, chaque fois que tu en auras besoin.

Elle rit joyeusement, librement, et il reprit courage. S'il était capable de provoquer ce sentiment en elle, il voulait le faire tous les jours, jusqu'à ce qu'elle soit convaincue qu'il ne laisserait pas tomber leur enfant.

— Tu voulais me voir pour quelque chose ? demanda-t-elle.

— Ah oui, je voulais t'inviter à une soirée de bienfaisance, le week-end prochain. C'est le bal annuel de la fondation Nurture. Ça te tenterait ?

— Tu ne pars pas à Perth, le week-end prochain ?

— Lundi.

Il aurait tellement voulu annuler ses obligations. Ces nouveaux accords entre eux étaient importants. Il faudrait qu'il soit là pour les échographies et la rencontre avec ses parents. Mais même s'il gagnait petit à petit la confiance de Phoebe, même si, la nuit précédente, il aurait voulu la garder pour toujours dans ses bras, il ne devait pas prendre le risque de tout faire échouer.

Mieux valait réussir une chose que d'en rater deux.

— Alors ça me ferait plaisir d'y aller, même dans une tenue un peu large. Mes robes commencent à me serrer à la taille.

— Et samedi, ça t'irait ? Pour aller chercher un berceau ? demanda-t-il en l'attirant de nouveau à lui.

— Je suis désolée. Je ne peux pas ce week-end. C'est l'enterrement de vie de jeune fille d'Ivy.

Il fut tellement déçu !

— OK.

Il leur restait si peu de temps.

— On fait la tournée des patients ? demanda-t-elle en replaçant une mèche échappée de derrière son oreille.

— C'est parti, répondit-il.

Le travail était la distraction parfaite. Mais alors, pourquoi s'inquiétait-il de quitter Sydney ? Cela l'embêtait de le reconnaître, mais il n'y avait qu'une réponse : Phoebe.

11

Ce week-end-là, Phoebe essaya de se détendre. Elle était dans l'endroit parfait pour cela, dans un fauteuil en cuir, jambes tendues vers une masseuse qui prenait soin de ses pieds à grand renfort d'huiles essentielles de lavande et de géranium. À l'occasion de l'enterrement de la vie de jeune fille d'Ivy, Phoebe passait la journée au spa Serenity avec ses amies. Il n'en fallait pas moins pour lui faire oublier le tourbillon d'émotions que la venue de Zach avait provoqué. Son fragile équilibre émotionnel était menacé, outre par le fait qu'ils recouchaient ensemble, par la prise de conscience que sa vie s'apprêtait à changer du tout au tout.

Avec un peu de chance, ce week-end de détente allait la remettre sur pied. Elle en avait grand besoin, après une semaine à travailler en étroite collaboration avec Zach pendant la journée, et à faire l'amour avec lui la nuit, le tout en prétendant ignorer que le compte à rebours de sa présence à Sydney était enclenché.

— Je pourrais sans problème m'habituer à ça, dit Ivy, la future mariée, qui bénéficiait du même traitement dans le fauteuil voisin. Je devrais peut-être me marier plus d'une fois, ou épouser un propriétaire de spa.

— Sauf que tu es raide dingue de Lucas, répondit Ali, faisant éclater ses amies de rire.

— Ah, oui, fit Ali. C'est un détail à prendre en compte.

Dans ce bain d'amour et d'amitié, Phoebe soupira d'aise.

— Vous êtes tellement cui-cui les petits oiseaux que c'en est révoltant, dit-elle avec un grand sourire qui contredisait ses propos moqueurs.

Ses amies méritaient toutes l'amour qu'elles venaient de trouver, Harper qui saisissait sa deuxième chance avec le timide Yarran, Ivy rencontrant Lucas après avoir eu le cœur brisé par son ex infidèle, et Ali, divorcée, heureuse avec son drogué à l'adrénaline de Jake.

Tout cela soulignait l'indigence de sa propre vie amoureuse, car avoir un amant de passage ne comptait pas. Même si, parfois, lorsque Zach l'étreignait, ou l'embrassait tendrement, il semblait sur le point de dire quelque chose de... capital. Que serait-ce, d'être aimée d'un homme comme lui, qui vivait si intensément ses passions, un homme qui, si elle en croyait sa promesse, ne laisserait jamais tomber leur enfant comme elle-même avait été abandonnée par son propre père ?

Dans ces instants-là, elle osait envisager qu'il veuille aller plus loin que l'aventure éphémère sur laquelle ils s'étaient mis d'accord. Elle fantasmait une famille avec Zach et leur enfant.

Mais qu'ils soient sur le point de devenir parents, qu'il aime déjà son enfant, qu'il veuille faire partie de sa vie n'équivalait pas à avoir le moindre attachement romantique envers elle. Et ni lui ni elle n'avaient d'expérience d'engagements réussis.

Ses fantasmes de vie familiale étaient condamnés pour toutes sortes de raisons, notamment parce qu'elle n'était pas assez bête pour mettre son bonheur entre les mains d'autrui.

— Tu as l'air toute triste, Phoebs, dit Ivy en lui prenant la main. Ne t'en fais pas, Lucas a quatre cousins célibataires qui seront là au mariage. Tu vas reprendre du poil de la bête, craquer pour un gros costaud, faire cui-cui...

— ... et des bébés ! ajouta Harper, qui éclata de rire avec Ivy.

Phoebe eut un pauvre sourire, qui disparut pour de bon lorsqu'une employée du spa entra avec un plateau de flûtes de champagne.

— Champagne, mesdames ?

Les autres choisirent toutes un verre, tandis que Phoebe paniquait. Comment n'y avait-elle pas pensé, évidemment qu'il y avait de l'alcool ! Elle aurait pu trouver une excuse. Mais vu qu'elle n'était pas rentrée dans son jean ce matin, il n'était plus temps de se cacher. Elle en avait marre, de mentir par omission.

— Je pourrais avoir quelque chose sans alcool ? demanda-t-elle en évitant les regards de ses amies.

— On a une délicieuse boisson pétillante au sureau. Cela vous irait ?

— C'est parfait, merci, dit Phoebe qui attendit que l'employée ait quitté la pièce pour se tourner vers ses amies.

Les regards d'Ivy et de Harper brillaient de curiosité, et celui d'Ali était plein d'une douce empathie joyeuse.

— Je ne veux surtout pas en faire toute une histoire, commença Phoebe en inspirant profondément. C'est la journée d'Ivy, c'est pour elle que nous sommes là. Mais je ne vais pas pouvoir le cacher beaucoup plus longtemps et vous avez probablement déjà deviné. Je suis enceinte.

Il allait falloir qu'elle s'habitue à le dire à voix haute, elle en tremblait d'émotion. Ivy n'en revenait pas et lui souriait extatiquement.

Harper attrapa le bras d'Ivy.

— Je te l'avais dit, fit-elle, puis elle se tourna vers Phoebe. Toutes mes félicitations. Je suis tellement contente pour toi. Je vais être tata !

Elle posa sa flûte de champagne pour applaudir.

Phoebe rit, la main devant la bouche, les yeux pleins de larmes d'émotion pour ces trois femmes dont elle n'imaginait pas se passer.

— Moi aussi, je suis contente pour toi, dit Ivy, une main sur la poitrine, comme dépassée par l'événement.

— Merci, répondit Phoebe, envahie par le soulagement car il ne lui restait plus qu'à prévenir sa mère. Maintenant que vous êtes au courant, on peut parler d'autre chose. Revenir à l'enterrement de vie de jeune fille d'Ivy.

Elle se renfonça dans son fauteuil, espérant que le sujet était clos.

— Hop, fit Harper en se tournant vers une Ali qui se faisait toute petite. Tu savais ?

Ali, coincée, haussa les épaules.

— Je ne pouvais rien dire, secret médical. Mais heureusement, je n'ai plus rien à vous cacher, déclara-t-elle en retombant théâtralement dans son fauteuil. C'était une tor-ture !

Ali et Harper éclatèrent de rire, preuve que leur querelle était bel et bien derrière elles.

Le cœur de Phoebe se gonfla. Elles étaient toutes les quatre de nouveau aussi proches, comme en fac de médecine. Vraiment, la vie était fabuleuse. Avec ces magnifiques amies à ses côtés, lorsque le bébé serait là, tout trouverait sa place, y compris sa relation platonique avec Zach.

Il le fallait.

— Mais attends, qui est le papa ? demanda Ivy avec tant d'excitation que Phoebe en grimaça.

Il n'y avait pas de doute que son amie espérait pour elle la même félicité familiale que pour elles toutes.

Mais une histoire d'amour, le mariage, cela n'était pas pour tout le monde. La vie était parfois vache. Phoebe serait l'exception à la règle.

Bizarrement découragée par cette idée, elle se vit faire face à Zach quand il viendrait rendre visite à son enfant à Sydney. Se serait-elle remise de leur aventure ? Ou ses étreintes lui manqueraient-elles ? Ses baisers ? Ses attentions ?

— C'est ce type, Zach, non ? fit Harper, un éclair de satisfaction dans le regard. Je savais qu'il y avait quelque chose entre vous, il fallait voir comme vous vous dévoriez des yeux pendant la conférence de presse. Il est fou de toi.

Elle lui plaisait peut-être pour le moment, mais il serait bientôt parti, sans date de retour.

— Il ne se passe rien entre nous, répondit Phoebe en chassant les larmes pour aujourd'hui. Mais oui, Zach Archer est le père. On a couché ensemble pendant la conférence à Brisbane.

Rien que d'en parler, elle en avait les genoux qui tremblaient. Plutôt que d'apaiser ses désirs, faire l'amour avec lui les augmentait de soir en soir.

Mais ses nuits avec Zach étaient comptées.

— Alors vous n'êtes pas ensemble, demanda Ivy, manifestement troublée. Il est avec une autre ?

— Évidemment que non.

Envisager qu'il puisse tourner la page faisait naître une jalousie brûlante en Phoebe. Pourtant, ce serait forcément le cas, à un moment. C'était un homme viril et célibataire. Il allait rencontrer quelqu'un d'autre.

Comment ferait-elle lorsqu'il viendrait chercher leur enfant pour partir en promenade avec une autre femme ? Pourrait-elle se retenir de le marquer comme étant à elle, à l'encre indélébile ?

Mais il ne lui appartenait pas.

Elle remit son costume de battante pour répondre :

— Vous me connaissez, je ne cherche pas à être en couple, et Zach non plus.

Mais un jour il changerait peut-être d'avis, rencontrerait une femme sans laquelle il n'imaginerait pas vivre, qu'il regarderait comme il regardait parfois Phoebe, sauf qu'il prononcerait les mots auxquels elle rêvait parfois dans ses fantasmes.

— Et pour le bébé ? Vous avez parlé de la manière dont vous allez l'élever ? demanda Ali avec sa voix de médecin pleine de compassion.

Phoebe aurait voulu disparaître.

— On a évoqué la coparentalité mais Zach voyage beaucoup, comme vous le savez, alors on verra comment on s'organise.

Ses amies entendaient-elles sa voix qui tremblait ? Percevaient-elles sa peur, qu'elle osait à peine s'avouer, de commettre possiblement une terrible erreur en voulant s'en sortir seule.

« Je promets de faire tout mon possible pour être présent pour toi et pour le bébé, chaque fois que vous aurez besoin de moi. »

Le problème était qu'elle ne savait pas s'en remettre à un autre, elle qui avait passé sa vie à ne compter que sur ses propres forces et à douter de tout ce qui sortait de la bouche d'un homme.

— Mais vous ne couchez pas ensemble ?

Les intuitions de Harper étaient redoutables.

Phoebe rougit.

— Eh bien, en fait… si, mais seulement jusqu'à son départ la semaine prochaine. Pour des raisons pratiques.

Pour échapper aux questions de ses amies, et aux images où Zach et elle étaient en couple, elle prit un sourire coquin.

— Il est assez bon pour ça, et je suis shootée aux hormones.

Ali, impressionnée, s'éventa le visage, et Phoebe éclata de rire. Ivy battait des mains et Harper, estomaquée, écarquillait les yeux.

Trop contente d'avoir réduit ses amies au silence, Phoebe prit une longue gorgée de sa boisson pétillante. Elle s'était sortie d'une situation épineuse, mais elle les connaissait assez pour savoir que leurs questions pointues reprendraient bientôt.

Le spa Serenity comprenait un luxueux complexe de bassins extérieurs, avec sauna et bain à remous. L'ensemble était abrité sous des arbres, et d'abondants arbustes et fleurs lui conféraient un calme d'oasis. Tandis qu'Ivy et Harper se détendaient dans un jacuzzi, Phoebe et Ali s'installèrent à l'ombre d'un énorme parasol au bord de la piscine. Phoebe s'était baignée, mais le sauna et le jacuzzi lui étaient évidemment interdits. Elle ne voulait pas faire un nouveau malaise ou gâcher la journée d'Ivy ; sa grande nouvelle avait déjà assez dominé l'enterrement de vie de jeune fille de son amie.

Peut-être trouverait-elle à la boutique du spa une tenue pour le bal de bienfaisance de Nurture ? Elle posa la main sur son ventre naissant. La maternité qui s'annonçait commençait à l'exciter.

— Je pense qu'il est bien pour toi, Phoebs, dit Ali en gardant les yeux fermés.

— De quoi tu parles ? répondit Phoebe, faisant comme si elle ne comprenait pas.

— Zach, répliqua Ali en se redressant sur sa confortable chaise longue pour darder un regard sérieux sur son amie. Je ne t'ai jamais vue aussi… rayonnante.

Phoebe leva les yeux au ciel. Elle doutait que Zach soit responsable d'un quelconque éclat en elle, pour peu que celui-ci existe réellement.

— Ce sont les hormones, fit-elle, tentant sa chance. C'est un mal et un bien, je te jure. Je suis en pleine euphorie et j'éclate en sanglots en deux secondes à cause d'une photo de chat sur un réseau social.

Mais Ali avait raison, Zach avait tout changé. Non seulement à cause du bébé, mais aussi parce qu'il l'aidait à s'habituer à l'idée que sa vie ne serait plus vraiment la même.

— Il n'y a pas que ça, insista Ali en s'asseyant carrément pour fixer Phoebe dans les yeux. Tu as l'air heureuse, légère. Ça te va bien.

Son amie allait avec sa délicatesse habituelle à la pêche aux informations, et lui donnait l'occasion de réfléchir aux aléas de la vie. Ali n'avait jamais voulu d'enfants et Phoebe n'aurait jamais imaginé devenir mère à quarante ans. Mais grâce à Zach, chaque jour qui passait la rendait plus impatiente de rencontrer son bébé. Bien sûr, elle devait d'abord en passer par l'accouchement.

— Ça sera sûrement autre chose quand je survivrai sans sommeil, avec des mamelons crevassés et un bon gros baby blues.

Perdue dans l'observation de ses orteils pédicurés, avec leur nouveau vernis rose corail, elle se demanda pour la millième fois où serait Zach le jour prévu pour la naissance. Elle avait délibérément évité de l'interroger sur son emploi du temps, mais il serait probablement en mission pour Nurture, quelque part à l'autre bout du globe. Traverserait-il le monde pour la naissance de son enfant ? Ou la distance, l'absence le feraient-elles changer d'avis et décider qu'être père était une contrainte trop lourde ?

Non, Zach allait être un père fantastique.

— Tu sais que tu n'es pas obligée de tout faire seule, n'est-ce pas ?

Il était difficile d'échapper au regard d'Ali, et encore plus à ses questions. C'était le problème avec les amies d'enfance : elles vous connaissaient trop bien, sous vos meilleurs et vos pires aspects, elles savaient tout de vos angoisses et parfois même de vos espérances les plus folles.

Mais Phoebe s'était à peine laissée aller à les imaginer elle-même car elle soupçonnait que Zach y avait peut-être un rôle.

— Je sais, répondit Phoebe, faisant son possible pour que la conversation reste légère. J'ai vu dans les yeux d'Ivy que j'allais avoir plein de propositions d'aide. En plus, je vous veux toutes comme marraines, vous ne pourrez pas échapper à vos responsabilités.

— On sera toujours là pour toi, Phoebs, répondit Ali en se penchant vers elle. Mais tu sais que ce n'est pas de ça que je parlais. Tu vois, tu le fais encore.

Oh ! oh. Cela devenait sérieux. Phoebe regarda droit devant elle dans le vide pour éviter les yeux pourtant sans doute pleins de compassion d'Ali. Cette dernière avait l'intention de lui dire ce qu'elle avait sur le cœur, et Phoebe était en partie prête à l'entendre. Mais mener sa barque seule était une habitude dont on ne se débarrassait pas facilement, et elle craignait que, pour ses amies, renoncer à Zach ne soit une erreur.

— Qu'est-ce que tu veux dire ? demanda Phoebe, tendue.

— Je veux dire, ma belle, que tu as tendance à tenir les gens à distance, même nous, tes amies.

Phoebe ouvrit la bouche, consternée. Vraiment ? Alors ce n'était pas conscient.

— Je ne sais pas demander de l'aide, tu sais, répliqua-t-elle, glacée à l'idée que Zach ait pu ressentir cela.

— Je sais que tu es une femme forte, pleine de ressources, qui, à juste titre, n'a pas besoin d'un homme pour exister. Nous admirons toutes ça chez toi. Mais Zach a l'air d'être un type très bien, dit Ali d'une voix douce et assurée. Jake était avec lui à la fac de médecine, il se souvient de quelqu'un d'ambitieux et de motivé, mais surtout de très honnête.

— Je sais, murmura Phoebe.

Elle fut assaillie de souvenirs de l'homme attentionné, gentil et passionné qui avait bouleversé sa vie, d'abord lors d'une nuit électrisante à Brisbane au cours de laquelle une vie avait été conçue, puis avec ses innombrables marques de soutien émotionnel, de galanterie débonnaire et un irrésistible sens de l'humour. S'il consacrait du temps et de l'énergie à quelque chose, qu'il s'agisse de la faire jouir ou de cuisiner une omelette, il y mettait une persévérance acharnée. Elle qui avait d'abord pris cela pour de l'arrogance, elle y voyait désormais une de ses plus grandes forces.

Zach prenait des engagements, et les tenait.

— Moi aussi, je l'aime bien.

Même ces mots simples la faisaient frissonner de terreur. Elle avait la gorge serrée par les larmes qu'elle ne répandrait pas. Mais qu'il ait été là pour elle depuis une semaine ou deux, qu'il ait promis d'être présent pour leur enfant, ne signifiait pas qu'elle pouvait lui confier son cœur. Elle n'avait jamais fait cela avec personne.

— Mais être en couple demande beaucoup d'efforts, continua-t-elle. Même si cela implique des enfants, une bonne motivation pour que cela fonctionne, les histoires d'amour finissent souvent mal. Tu le sais, et je le sais à cause de mes parents. Les parents de Zach aussi sont divorcés, et ils ont quatre enfants ensemble !

Il n'y avait pas que ses sentiments à elle en jeu, il y avait aussi le bébé. Elle devait être encore plus forte pour lui. Zach et elle ne pouvaient pas se permettre d'échouer.

Ali prit son silence pour une invitation à intervenir.

— Je sais, et je ne doute pas que vous ayez déjà bien étudié la question, mais si vous vous entendez suffisamment bien pour travailler ensemble, coucher ensemble, imaginer d'élever un enfant ensemble, vous ne croyez pas qu'il y a moyen de construire une relation ? On a vu des couples commencer avec beaucoup moins que ça !

— Peut-être, répondit Phoebe en voyant Ivy et Harper sortir du jacuzzi et se diriger vers les douches d'extérieur. Mais ni lui ni moi n'avons jamais été en couple, et malgré le temps qu'on a passé ensemble, on n'a jamais évoqué cette possibilité. Je crois que c'est parce que, pour nous, en vouloir plus c'est risquer de tout faire échouer pour le bébé. Adolescent, il a été écartelé par le divorce de ses parents. Il ne veut pas infliger la même chose à son enfant, et je lui en suis reconnaissante.

— Mais il ne s'agit pas que du bébé, n'est-ce pas ? Vous méritez aussi d'être heureux à titre individuel. Qu'est-ce que tu veux ? Ici ? demanda Ali en frappa son cœur du plat de sa main.

Phoebe, perdue, secouait la tête. C'était précisément la question qui l'avait perturbée toute la semaine : ses désirs profonds.

— Je n'en sais rien. Je tourne en rond. Je comprends les deux points de vue. La solitude, je connais. Mais Zach et moi, on a tellement en commun, et de toute façon on va élever le bébé ensemble...

Elle soupira, déconfite. Elle n'était pas plus avancée.

— Tu sais que je t'aime et que je te soutiendrai toujours, quoi que tu fasses, dit Ali en inclinant la tête d'un air compatissant. Mais je ne voudrais pas que tu gâches ta chance de fonder une famille avec Zach sous prétexte que tu as peur, que tu t'obstines à être... carrée.

Phoebe sourit, puis rit malgré les larmes qui lui piquaient les yeux.

— Je vois ce que tu veux dire.

— Pense à ce que tu ressens quand tu es avec lui, poursuivit

Ali. Et ensuite, réfléchis à ce que tu veux, pour toi, et pas seulement pour le bébé.

Phoebe hocha la tête et s'essuya les yeux. Son amie avait raison. Elle ne perdrait rien à envisager une vie de couple avec Zach. Mais lui, serait-il seulement intéressé ? Prêt à changer de vie pour elle ?

Une histoire d'amour à distance était une chose, une situation impossible en était une autre. Elle ne voulait pas devenir un frein pour lui, la personne à blâmer lorsque la pression de la vie de famille, chose que Zach n'avait jamais désirée, l'éloignerait du travail qu'il aimait. Le ressentiment et l'amertume tuaient l'amour à petit feu. Ne valait-il pas mieux rester sur ses gardes, ne pas s'engager et se concentrer sur leur projet d'élever le bébé ?

Elle entendait sa mère lui déconseiller de faire confiance aux hommes. Elle détourna la tête. Harper était encore sous la douche d'extérieur, mais Ivy venait vers elles.

— On en reparle à un autre moment ? C'est la journée d'Ivy.

— Bien sûr.

Phoebe plaqua un sourire sur son visage et agita la main en direction d'Ivy. La distraction était bienvenue.

— J'ai eu une super idée, annonça Ivy en enroulant une serviette en turban sur sa tête. Je vais demander à Lucas d'inviter Zach au mariage. Si c'est le père de notre filleul, il faut qu'on fasse sa connaissance.

Elle eut un sourire triomphal et le cœur de Phoebe se serra.

— C'est ton mariage, dit Phoebe avec un pauvre sourire, tiraillée entre excitation et effroi, c'est toi la mariée.

Il n'y avait pas d'issue, à moins que Zach ne décline l'invitation. Mais reviendrait-il de Perth simplement pour être son cavalier ?

Fuyant le regard d'Ali, Phoebe ferma les yeux et s'allongea sur sa chaise longue, faisant semblant de se détendre alors qu'une bombe à retardement venait de se déclencher en elle. Que Zach soit invité au mariage faisait plus ou moins d'eux un couple, et d'une certaine manière elle comprenait que son amie joue les entremetteuses.

L'invitation allait provoquer une discussion sur le retour de Zach à Sydney. S'en tenir au statu quo, refuser de réfléchir à ses sentiments et à ce qu'elle voulait vraiment, c'était lâche. Elle ne s'était jamais vue ainsi, mais l'alternative, décider qu'elle voulait plus avec Zach et lui en parler, semblait être un moyen sûr non seulement de s'exposer à un rejet de sa part, mais aussi de ruiner tout ce qu'ils avaient planifié.

Comme Harper les rejoignait pour aller déjeuner, Phoebe n'avait qu'une idée en tête. Aucune des deux solutions ne lui convenait, elle avait besoin d'un plan C. Qu'elle n'arrive pas à en trouver un était son plus gros problème.

12

La fondation de médecine néonatale Nurture était une organisation caritative internationale dont l'objectif était de normaliser les meilleures pratiques de soins néonatals dans le monde. Zach travaillait bénévolement pour eux depuis six ans dans des endroits éloignés où l'accès à la chirurgie néonatale de pointe était limité pour des raisons économiques ou politiques.

Il avait trouvé une grande satisfaction à effectuer ces missions.

Mais en guidant Phoebe vers la piste de danse du Sydney Sails Hotel, il ne pouvait rien imaginer de mieux que de l'avoir à son bras. Elle était renversante, dans sa robe noire moulante qui révélait son discret ventre de femme enceinte. Et, bien qu'il n'ait pas l'habitude de venir accompagné à ces événements qu'il consacrait à réseauter, cette soirée, sachant qu'elle portait leur enfant, lui paraissait bien plus importante qu'un rendez-vous galant.

Il l'attira dans ses bras, leur secret lui brûlait les lèvres, lui réchauffait le cœur. Il aurait voulu annoncer au monde entier que cette femme merveilleuse, attentionnée, intelligente, était non seulement avec lui, mais qu'elle allait aussi être la mère de son enfant.

Il la fit pirouetter sur elle-même, et elle éclata de rire. Elle logeait parfaitement dans ses bras, comme si elle était faite pour lui, comme si eux étaient vides sans elle, comme si, ensemble, ils étaient en quelque sorte… les deux moitiés d'un tout complet.

— Tu es absolument splendide ce soir, déclara-t-il en appuyant sa joue contre la sienne, ému presque aux larmes.

— C'est ce que tu m'as dit chez moi, et dans la voiture.

Elle rit doucement, une lueur d'excitation gentiment moqueuse s'alluma dans ses yeux bleus.

Il resserra son étreinte.

— Ça mérite d'être redit, encore et encore.

Il chercha son regard, il avait tellement envie de l'embrasser qu'il faillit céder. Mais une démonstration d'affection en public soulèverait éventuellement des questions auxquelles elle n'était pas prête à répondre. Elle vivait et travaillait à Sydney. Il ne voulait pas partir pour Perth lundi en la laissant se débattre avec des rumeurs ou un quelconque malaise.

Il sentait son cœur à elle battre contre le sien.

— Eh bien, je ne peux plus le cacher maintenant, répondit-elle, regardant son ventre. Particulièrement dans cette robe.

Il eut un sourire tremblant. Ils n'avaient pas évoqué l'idée d'annoncer la nouvelle au-delà de leur cercle familial ou amical proche. C'était à elle de choisir à qui le dire à l'hôpital. Mais, de même qu'il était de plus en plus convaincu qu'il voulait laisser une chance à leur relation, il aurait voulu faire savoir au monde entier qu'ils attendaient un enfant.

— Comment est-ce que ta mère a pris la nouvelle ?

Elle le regardait avec une intensité qui lui fit craindre qu'elle ne lise dans son âme. Et qu'y aurait-elle vu ? Son désir, son excitation, mais aussi sa peur. Peur qu'elle ne le rejette. Il représentait une prise de risque pour elle. Peut-être, si la soirée se passait bien, la reconduirait-il chez elle, lui ferait-il l'amour, puis il lui poserait la question.

Il n'avait jamais fait cela auparavant, construire une relation. Mais s'il procédait de la même manière que pour sa première opération en solo, en suivant son intuition et son énergie, il obtiendrait ce qu'il désirait.

Et il voulait Phoebe.

— Mes deux parents sont fous de joie pour nous. Et comme je m'en doutais, ils sont impatients de te rencontrer.

Elle eut un sourire timide.

— Vraiment ?

— Évidemment. Ils ont même regardé une deuxième fois la conférence de presse quand je leur ai dit que tu étais assise à côté de moi. Je leur ai aussi dit que tu avais hâte de faire leur connaissance, mais ils sont conscients que tu as un emploi du temps chargé.

Sa mère l'avait évidemment également bombardé des inévitables questions sans réponses, « Pourquoi est-ce que vous n'êtes pas ensemble ? », « Tu as envisagé de la demander en mariage ? », « Vous ne voulez pas fonder une famille ? »...

Sur le moment, il les avait balayées d'un revers de main. Mais plus tard, dans le calme de son appartement, alors que Phoebe était à l'enterrement de vie de jeune fille de son amie et lui manquait, il s'était forcé à trouver des réponses.

Pas à la question irréaliste du mariage, qui lui faisait toujours lever les yeux au ciel, mais aux raisons pour lesquelles ils n'étaient pas en couple ; et plus il y pensait, plus il était convaincu qu'ils auraient dû en former un.

Il ne lui restait plus qu'à trouver le moment et à convaincre Phoebe.

Elle soupira comme sous l'effet du soulagement.

— Alors c'est vraiment en train d'arriver ? On ne peut plus revenir en arrière.

Elle rit, mais un peu nerveusement.

— C'est vraiment en train d'arriver.

Il la tint un peu plus étroitement contre lui, une main plaquée entre ses omoplates parce que, quand il était avec elle, elle était toujours trop loin.

Elle se reprit et lui dit d'une voix plus neutre :

— J'en ai enfin parlé à mes amies Ivy et Harper ce week-end à l'enterrement de vie de jeune fille.

— Et elles l'ont pris comment ?

— Bien, répondit-elle d'une voix trop rassurante. Elles m'ont posé des questions sur toi, évidemment. Elles m'ont assurée de leur soutien. J'ai de la chance de les avoir.

Ainsi, elle aussi avait sans doute eu droit à son barrage de questions.

— Elles aussi, elles ont de la chance de t'avoir.

Elle marqua une pause et se raidit légèrement dans ses bras.

— Ivy m'a dit qu'elle comptait t'inviter à son mariage le mois prochain.

— Elle l'a fait, répondit-il, percevant le malaise de Phoebe.

— Tu seras encore à Perth, répliqua-t-elle d'une voix éteinte. Ne te sens pas obligé de revenir pour ça. Ça va vraiment être compliqué pour toi. Je crois que mes amies voulaient simplement te connaître un peu mieux, comme nos vies seront connectées par notre rôle de parents.

Leur rôle de parents, pas d'amants ou d'amoureux…

Il se sentit de nouveau hésiter. Elle allait être demoiselle d'honneur. Si sa présence la mettait mal à l'aise, peut-être devrait-il s'abstenir.

— J'ai déjà accepté, en précisant que mes engagements étaient susceptibles d'évoluer, dit-il en tentant de masquer sa déception. J'ai promis de les prévenir rapidement si je ne pouvais pas revenir.

Impénétrable, comme si les deux possibilités lui étaient indifférentes, Phoebe hocha la tête et détourna le regard.

— Alors, dis-moi un peu en quoi consiste ton travail pour Nurture ?

Il retint un grognement de frustration. Une fois de plus, elle mettait de la distance entre eux. Ses sentiments étaient-ils à ce point peu partagés, ou bien fallait-il lui donner plus de temps ?

Il expliqua les missions de l'organisation aux quatre coins du globe, et ajouta :

— C'est un travail tellement gratifiant que c'est à peine du travail, tu sais. Je vais dans des endroits où je ne serais jamais allé, je côtoie des personnes qui ont des vies totalement différentes de la mienne.

Elle lui sourit comme si elle le voyait pour la première fois.

— Je réalise que ça compte beaucoup pour toi.

— Je contribue à Nurture depuis de nombreuses années, dit-il en haussant les épaules. Ils ont cinquante-six centres dans le monde entier. Si c'est possible, le patient est transporté en avion jusqu'au centre le plus proche ; dans le cas contraire, ils envoient un spécialiste sur place. Les cas ou les pathologies sont variés, souvent rares, les contextes inhabituels.

Elle leva la tête vers lui, impressionnée, et il prit conscience qu'il en faisait peut-être un peu trop.

— C'est incroyable, Zach.

L'expérience était en effet incroyable, tant qu'il n'avait pas de contraintes personnelles. Mais tout cela était sur le point de changer. Il avait hâte d'entamer le prochain chapitre de sa vie en tant que père parce que, comme il l'avait promis à Phoebe quand il avait appris la nouvelle, il voulait s'y consacrer entièrement.

La danse prit fin, et Zach reconduisit Phoebe à leur table. Sur le bord de la piste, Debbie Ellis, une collègue à lui, anesthésiste basée à Sydney, les arrêta.

— Zach, quel plaisir de te voir à domicile, dit-elle en se hissant sur la pointe des pieds pour l'embrasser sur la joue.

— Debbie, voici Phoebe Mason, qui travaille à l'Hôpital central de Sydney, déclara-t-il en plaçant la main sur sa chute de reins en un geste possessif qui lui était devenu naturel.

Phoebe se raidit.

Il laissa aussitôt retomber son bras. Elle voulait clairement éviter qu'on les voie comme un couple. Et si, alors qu'ils avaient été quasiment en permanence ensemble ces deux dernières semaines, Phoebe et lui n'étaient absolument pas sur la même longueur d'onde, émotionnellement ?

— Debbie est anesthésiste au Harbourside Hospital.

Il n'avait qu'une hâte, que la soirée se termine pour pouvoir avoir une vraie conversation avec Phoebe à propos de leur avenir.

Ils discutèrent un moment tous les trois puis Debbie leva son verre en direction de Zach, pour trinquer.

— Tu as vu, Nurture nous envoie en Amérique du Sud pour quatre mois, toi et moi, dit-elle.

— Non, je ne suis pas au courant, répondit-il, sauvant les apparences alors que les battements de son cœur s'accéléraient.

Le sourire serein que Phoebe adopta lui fit serrer les poings. Mais il avait perçu un frisson de désarroi, de doute, de déception.

Le croyait-elle vraiment capable de passer quatre mois en Amérique du Sud au moment de la naissance de leur enfant ? Avait-elle toujours une si mauvaise opinion de lui ? Et si elle le pensait susceptible de les laisser tomber, le bébé et elle, elle devait également s'imaginer qu'il ne ressentait rien pour elle, sans doute parce que c'était son cas à elle…

Essayant de rassurer Phoebe du regard, il changea de sujet. Rien n'était confirmé, mieux valait attendre l'annonce officielle de Nurture. Il avait la possibilité de décliner les propositions, et il allait le faire.

Phoebe s'excusa et, avec un sourire tendu, s'éclipsa aux toilettes. Le cœur lourd, il la regarda s'éloigner. Depuis le début, il prévoyait d'être à Sydney pour la naissance. Il avait une image fantasmée du moment où il l'annonçait à Phoebe, qui s'en réjouissait et répondait qu'elle voulait être en couple avec lui. Mais à en croire sa réaction, il pouvait dire adieu à son rêve.

Pleine de doute, Phoebe entra avec Zach dans la chambre d'hôtel qu'il avait louée pour la nuit. Elle avait l'impression d'être en verre, comme si elle risquait d'exploser au moindre faux pas.

Jamais elle n'avait été aussi déchirée. La soirée qui s'annonçait un plaisir avait échoué de manière minable, et elle ne voulait plus y penser. Elle envoya balader ses chaussures.

La réponse vague de Zach à propos du mariage d'Ivy avait été le signe avant-coureur. Apprendre qu'il allait passer le dernier trimestre de sa grossesse en Amérique du Sud lui avait carrément coupé le souffle. Elle avait fait tous les efforts du monde pour ravaler la douleur et la jalousie, pour prendre l'air de rien, pour sourire et applaudir jusqu'à la fin de la soirée. Tout avait si bien commencé, alors qu'elle dansait dans ses bras et qu'elle s'autorisait à rêver que, peut-être, ils avaient leur chance.

Mais les contes de fées n'étaient pas pour tout le monde. Ne le savait-elle pas depuis toujours ? Elle l'avait oublié en chemin.

Comme conscient de sa fragilité, Zach lui prit la main et l'attira en silence dans ses bras. Un baiser de lui, et elle le suppliait de ne pas partir lundi. S'en rendait-il compte ? Mais jamais elle ne lui demanderait de choisir entre une relation avec elle et le métier qu'il aimait tellement.

Elle l'embrassa, fuyant son regard scrutateur et le tourbillon de ses propres sentiments qu'elle venait à peine de s'avouer, là, sur la piste de danse.

Elle voulait tout de Zach. Elle voulait que, sur la base de cette passion physique, ils construisent leur histoire à force de confiance et d'échanges, grâce à ce qu'ils partageaient, à leur amour pour leur enfant. Ses amies avaient raison. Ils avaient leur chance, autant que n'importe qui d'autre.

Mais alors elle avait mesuré les enjeux. Zach allait devoir choisir, c'était elle ou son travail. Elle ne pouvait s'y résoudre, au cas où il aurait choisi sa carrière, au cas où il accepterait par sens du devoir, pour le regretter ensuite.

— Phoebe, dit-il avec un grognement sourd, on devrait parler.

Elle lui retira son smoking, laissa une traînée de baisers sur sa mâchoire, le long de son cou. Cela le ferait frissonner de plaisir, de désir, elle le savait.

— Après, répondit-elle. J'ai envie de toi, Zach. Voir ta collègue t'embrasser m'a rendue jalouse.

Elle avouait la vérité. Elle dégagea sa chemise de son pantalon, et glissa les mains dessous, le griffant légèrement, car ces quelques semaines à être amants lui avaient appris que cela le rendait fou.

— C'est juste une collègue, rétorqua-t-il, les yeux pleins de désir. Tout ce qui m'importe, c'est toi et le bébé ; il n'y a que toi qui m'intéresses. Et avant que tu ne poses la question, non, on n'a pas couché ensemble.

Il fit glisser la fermeture Éclair de sa robe et elle fut nue.

— Je n'avais pas l'intention de te poser une question aussi intrusive, aussi personnelle. Avec qui tu as couché par le passé ne me regarde pas.

Pas plus que dans le futur.

Elle était trop vulnérable pour aborder des sujets intimes, aussi lui retira-t-elle sa chemise pour embrasser son torse nu. S'ils étaient en train de se dire adieu, elle voulait être une dernière fois avec lui et imprimer dans sa mémoire chaque seconde de cette nuit. Alors, peut-être, pourrait-elle tourner la page.

— Et si je voulais que ça te regarde ? fit-il en rejetant la tête en arrière pour s'offrir à ses baisers. Et si je voulais plus que du sexe ? Si je voulais m'endormir avec toi dans mes bras, me réveiller avec toi au même endroit, te préparer le petit déjeuner et te tenir la main ?

Emporté par ce fantasme, il gémit, passa le bras autour de la taille de Phoebe et l'attira contre son torse. Il déposa des baisers le long de ses clavicules, sur le haut de ses seins.

Elle s'abandonna, repoussant ses mots, les images mentales qu'il avait suscitées. L'idée était belle, mais cela ne fonctionnerait pas. Il y avait trop d'obstacles. La priorité, c'était le bébé. Elle ne voulait pas que son enfant – *leur* enfant – grandisse comme elle, sans connaître son père.

Entre son bonheur à elle et celui du bébé, le choix était vite fait.

Ils passèrent au lit, et la passion les embrasa, comme toujours. Elle déposa des baisers partout sur son corps, goûtant sa peau, se délectant de ses grognements, de ses gémissements, le torturant de délices jusqu'à ce qu'il n'en puisse plus et la fasse basculer sur le dos.

— Je ne partirai pas, lui dit-il tout bas en s'allongeant sur elle.

Il ne respectait pas les règles, c'était déloyal. Leurs cœurs battaient fort, à l'unisson. Parlait-il de Perth, ou de l'Amérique du Sud ? C'était égal. Il avait dû percevoir son désarroi. Ou sentir lui aussi que c'était des adieux.

— Chut, dit-elle, le faisant taire d'un baiser.

La part d'elle-même qu'Ali l'avait contrainte à observer, la part d'elle-même qui au début de la soirée avait été certaine de vouloir être en couple avec Zach, cette part-là aurait tellement aimé que sa promesse soit vraie, qu'il ait envie de cela.

Mais ses paroles de ce soir ne suffiraient pas. À un moment dans le futur, ces intentions sincères, murmurées dans le feu de la passion, vireraient au ressentiment, à l'amertume.

Elle ne lui demanderait pas de sacrifier la carrière qu'il aimait. Ni maintenant, ni jamais.

— Fais-moi l'amour, Zach, dit-elle en enroulant les jambes autour de ses hanches.

Il prit un mamelon entre ses lèvres, puis l'autre, et elle oublia tout, incapable de rien retenir pour protéger son cœur.

Elle lui donna tout, laissa ses émotions apparaître dans ses yeux tandis qu'il la pénétrait, ses hanches cherchant une fois de plus les siennes, ses mains fouillant ses cuisses, sa taille, ses seins avant de prendre son visage en coupe et de l'attirer à lui pour un baiser.

— Phoebe, je veux qu'on parle, lança-t-il tandis que leurs respirations se faisaient haletantes, que le rythme s'accélérait. Il y a des choses que je veux dire.

Même à ce moment-là, au sommet du désir, il faisait preuve de la détermination qu'elle admirait tant.

Au bord du précipice de l'orgasme, les yeux dans les yeux, tandis qu'il bougeait en elle, elle acquiesça. Il était presque temps pour la discussion qu'elle repoussait tant. Si seulement elle avait pu l'éviter, et rester dans ses bras pour toujours.

Ils jouirent en même temps et elle enfouit le visage dans son cou, clignant des yeux pour repousser les larmes. Elle s'accrocha à Zach, folle de peur à l'idée qu'elle était en train de tomber amoureuse de lui, malgré tout. Mais elle ne pouvait pas se le permettre. Elle devait non seulement le laisser partir, mais aussi le repousser, une dernière fois.

Un ultime geste pour se protéger.

13

Zach caressait les cheveux soyeux de Phoebe, il aimait le poids de son corps nu contre son torse. Son rythme cardiaque n'était pas encore revenu à la normale, mais peut-être ne redescendrait-il plus jamais. Il était tellement heureux qu'il pouvait à peine respirer, écrasé par ses sentiments pour cette femme dont il avait décidé un peu plus tôt, sur la piste de danse, qu'il ne pouvait plus se passer.

Comment avait-il fait pour garder ses sentiments pour lui si longtemps ? Et comment les laisser sortir suffisamment lentement pour ne pas effrayer Phoebe ? Depuis la conversation avec sa collègue de Nurture, il la sentait s'éloigner.

— Je veux qu'on sorte ensemble, dit-il de but en blanc.

Pourquoi avait-il oublié qu'il se donnait toujours les moyens d'obtenir ce qu'il voulait ? Il était Zach Archer, après tout. Il visait haut et atteignait ses objectifs.

Et il n'avait jamais rien voulu autant que Phoebe.

— Zach, répondit-elle dans un murmure résigné, ça ne va pas marcher.

— Pourquoi pas ?

Il se raidit, il n'accepterait pas qu'elle le repousse avant qu'il ait dit ce qu'il avait sur le cœur.

— Pour les raisons qu'on connaît. J'habite ici, et pas toi. Ni toi ni moi n'avons jamais été en couple et, surtout, on est d'accord que, ce qui compte avant tout, c'est le bébé.

Ses arguments s'entendaient, ils étaient même inattaquables. Mais ses désirs ne se soumettraient pas à la raison, ils ne seraient pas réduits au silence par un accord passé alors que ses sentiments pour cette femme étaient incomparables avec ce qu'il ressentait désormais.

— Que le bébé soit notre priorité n'empêche pas qu'on trouve du temps pour nous, pour être ensemble, dit-il. Les couples font ça en permanence.

Phoebe se tourna vers lui avec un soupir, sexy en diable, belle à lui briser le cœur, et d'une redoutable détermination.

— Et tu crois qu'on peut commencer une relation alors qu'on vit dans des villes différentes, dans des pays différents, alors qu'on a des boulots prenants et un nouveau-né qui réclame toute notre attention ?

Il réfléchit. Mais la seule pensée qui lui venait était qu'elle vouait leur relation à l'échec avant même qu'ils n'aient eu l'occasion de commencer. De la même façon qu'elle l'avait écarté de la paternité dès le début. Mais c'était peut-être là le problème. Sa peur du rejet l'effrayait, c'était tout.

Il lui attrapa les mains, elle devait absolument entendre son point de vue.

— Je n'ai pas accepté de partir en Amérique du Sud. Je peux refuser. Je peux revenir ici après ma mission à Perth et…

— Non, non, je pense que tu devrais aller en Amérique du Sud. Ce travail bénévole est important pour toi, Zach, je l'ai bien vu ce soir. Jamais je ne t'empêcherai de voir ton enfant à ton retour, ni à aucun autre moment, mais le bébé n'est pas une raison suffisante pour que nous soyons ensemble.

— Attends, dit-il, perturbé.

Qu'est-ce qu'elle racontait ? Croyait-elle qu'il ne voulait être avec elle que pour avoir accès à son enfant ? Malgré tout ce qu'ils avaient vécu ensemble, elle avait encore une épouvantable opinion de lui, comme si elle ne le connaissait absolument pas.

— Je peux parfaitement m'occuper seule du bébé jusqu'à ce que tu reviennes en Australie, continua-t-elle sur sa lancée, on discutera des arrangements, des visites, de la garde et compagnie à ce moment-là.

— Je veux qu'on en discute maintenant, Phoebe, dit-il, de plus en plus stressé par la direction que prenait la conversation. Il ne s'agit pas que du bébé, je te veux, toi aussi.

Il lui prit le visage entre les mains pour avoir accès à ses sentiments au-delà de la frayeur.

— Tu as peur, c'est tout. Moi aussi. Je sais qu'on a aucune expérience en ce domaine, mais on est capables de réussir. On peut tout réussir.

Sauf s'il se trompait. Sauf s'il était le seul à être prêt à prendre des risques et que Phoebe gardait son cœur bien à l'abri. Elle le repoussait depuis le début. Mais combien de rebuffades allait-il supporter ? De combien d'indices avait-il besoin avant de s'avouer vaincu ? Peut-être que, de la même manière que la relation de ses parents, Phoebe et lui n'étaient pas faits l'un pour l'autre...

— Et si on n'y arrive pas, Zach ? Si notre relation finit comme celle de tes parents, ou des miens, ou de ceux d'Ali ? Je ne veux pas que notre enfant n'ait pas de père. Je ne veux pas qu'elle se demande si c'est toi chaque fois que le téléphone sonne ou qu'on frappe à la porte. Qu'il ne profite qu'à moitié de ses anniversaires parce que l'un d'entre nous ne peut pas être là puisque nous ne nous supportons pas.

Il grimaça. Elle lui lançait au visage une information qu'il avait laissé échapper dans un moment de faiblesse.

— Je t'ai dit que je n'étais pas cet homme-là, déclara-t-il d'une voix trop calme. Je serai toujours là pour notre enfant. Toujours.

Même s'il refusait que son enfant respire l'atmosphère d'amertume et de ressentiment qu'elle présentait comme inévitable.

Dans sa tête, c'était très clair. Il s'agissait de deux sujets différents. Mais elle ne voulait pas entendre ses sentiments. Pour elle, leur relation était exclusivement physique.

— Je sais, dit-elle. Et je m'en réjouis, je t'en suis reconnaissante. C'est exactement ce que je souhaite, Zach. Je veux que tu sois le père fabuleux que je suis sûre que tu seras. Je veux que notre bébé sache qu'il peut compter sur toi, que tu ne le laisseras jamais tomber.

— Mais tu n'es pas prête à prendre le même risque pour toi ? Tu ne veux pas me croire quand je t'assure que je vais trouver une solution pour être toujours là pour toi aussi ?

Elle s'affaissa sur elle-même.

— Cela vaut-il la peine de risquer ce que nous avons maintenant - une relation respectueuse, deux personnes qui s'engagent à élever cet enfant, à lui donner le meilleur de tout ce que nous pouvons ? N'est-il pas préférable de se concentrer sur la réussite de cette relation ? C'est mieux pour nous tous. Toi, moi et le bébé.

Il ouvrit la bouche, et la referma. Que répondre ? Elle faisait preuve de bon sens. S'il pouvait réécrire sa propre histoire, choisirait-il deux parents capables de communiquer sans ressentiment, sans mettre leurs enfants au milieu, plutôt que deux parents qui, s'étant aimés, avaient vu cet amour s'éteindre et se transformer en cendres ?

Clairement, le seul sentiment qu'elle éprouvait pour lui était le respect dont elle parlait, sinon elle lui aurait fait confiance, elle aurait accepté de laisser une chance à leur histoire.

Peut-être était-elle dans le vrai, peut-être était-ce mieux ainsi...

— Tu sais que j'ai raison, dit-elle d'une voix éteinte. Crois-moi, j'aimerais beaucoup que ce soit aussi simple que d'essayer, d'improviser les choses comme elles viennent. Mais on n'est pas des adolescents. Au moins, comme ça...

Elle lui prit la main et continua :

— ... personne ne souffre, et surtout pas notre bébé.

Il serra les dents, il avait un mauvais goût dans la bouche. Pour elle, les choses étaient noires ou blanches. Ils pouvaient élever l'enfant ensemble, mais elle ne voulait prendre aucun risque concernant son cœur.

Il pouvait échouer dans un domaine, ou dans les deux. À lui de choisir.

14

Une visite au salon de thé de Betty était un des rituels de Phoebe et de sa mère lorsqu'elles étaient ensemble. Et, deux semaines après le départ de Zach, elles s'y installèrent. Mais cette fois, les somptueuses pâtisseries de Betty ne disaient rien à Phoebe.

— Je voulais te demander un conseil, déclara-t-elle, se jetant à l'eau.

— Tout ce que tu veux, ma chérie, lui répondit sa mère en versant le thé.

Rosa s'apprêtait à couper un scone en deux quand Phoebe, trop stressée pour faire autrement, lâcha sa bombe.

— Tu as une sage-femme de confiance à me recommander à Sydney ?

Rosa lâcha son couteau.

— Tu es enceinte ?

— Oui. D'environ dix-neuf semaines.

Rosa se couvrit la bouche de la main.

— Oh ! mon Dieu. Oh ! ma chérie ! Quelle merveilleuse nouvelle, s'exclama-t-elle, les yeux embués, en se levant pour enlacer sa fille. Je vais être grand-mère.

Phoebe se détendit, soulagée par le bonheur de Rosa.

— Je voulais te le dire en personne plutôt qu'au téléphone, mais j'ai eu beaucoup de travail, poursuivit-elle pour expliquer le délai.

— Je n'arrive pas à y croire. Je suis sous le choc. Je ne savais même pas que tu avais un amoureux.

— Je n'ai pas d'amoureux, maman.

Sa vie personnelle était sens dessus dessous. Rosa cligna des yeux.

— Oh ! Eh bien, c'est ainsi, désormais. Tu as utilisé un donneur ?

Phoebe soupira. La vérité était la meilleure option.

— Non, pas du tout. J'ai eu une petite aventure. Il est chirurgien néonatal. On s'est rencontrés à une conférence à Brisbane.

Le visage blessé de Zach lui apparut avec une précision déroutante.

Rosa, exaltée, écarquilla les yeux.

— Ce n'est pas l'adorable médecin qui a opéré le tout petit bébé des Wilson ? Celui de la conférence de presse ?

Phoebe découvrait que la couverture médiatique de l'affaire Wilson était parvenue jusqu'à sa mère.

— Euh, si, c'est lui. Zachary Archer.

Lors de son départ pour Perth, ils avaient fait preuve de maturité et s'étaient quittés sur un chaste baiser. Depuis, l'impression d'avoir fait quelque chose d'épouvantable ne la quittait pas.

— Mais vous ne vous voyez pas ? demanda Rosa en fronçant les sourcils, avec la même expression qu'Ivy et Harper au spa.

— Eh bien, on s'est vus, mais il n'est plus à Sydney, si bien qu'on se verra plus, sauf quand on devra s'occuper du bébé ensemble. Mais séparément.

Malgré le bazar de ses sentiments, énoncer la situation à voix haute la rendait extrêmement simple.

Pourquoi n'étaient-ils pas en couple ? Il en avait envie, elle en avait envie. Ça tombait sous le sens. Évidemment, elle avait fait une erreur monumentale en rejetant la proposition de Zach qu'ils sortent officiellement ensemble. C'était ce qui avait creusé ce trou énorme dans son cœur, comme si elle avait égaré quelque chose d'irremplaçable.

— J'avais deviné qu'il y avait quelque chose entre vous quand j'ai vu comment il te dévorait des yeux, à la télé, dit Rosa de sa voix de maman qui savait tout.

Phoebe essaya de garder son calme.

— Maman, il ne me dévore pas des yeux.

Peu importait que cela tombe sous le sens, d'être en couple avec lui. Elle l'avait délibérément, consciemment repoussé sans écouter ce qu'il avait à dire, il était désormais trop tard. Il était parti, à Perth, et ne reviendrait pas de sitôt. Pourquoi serait-il revenu puisqu'elle lui avait assuré que rien ne l'attendait à Sydney.

— Oh ! c'est toi qui sais ma chérie, c'est ta vie. Je te dis ce que j'ai vu quand vous vous regardiez. Je suis capable de reconnaître l'amour. N'importe qui aurait remarqué que tu lui faisais tourner la tête.

De l'amour ? Elle était tombée amoureuse de Zach ? Une alarme se déclencha dans sa tête.

Oh non... Elle aimait Zach. C'était pour cela qu'elle redoutait de lui céder la moindre avancée. Elle l'aimait et il avait vraiment les moyens de la blesser.

— J'imagine qu'il sait qu'il va être papa ? demanda Rosa avec cette même nuance accusatrice qu'elle utilisait systématiquement pour parler du père de Phoebe.

— Bien sûr.

— Et alors, quoi ? demanda Rosa d'une voix glaciale. Il prend la fuite ?

— Pas du tout, répondit Phoebe, défendant aussitôt Zach. Ça va être un père fantastique. Ça le réjouit. Il veut aller acheter le berceau et des habits de bébé. Il veut choisir des prénoms et me présenter à ses parents. Et moi...

Moi, j'ai tout ruiné.

— Et toi, quoi ? demanda Rosa, qui n'avait toujours pas touché à son scone ni bu son thé.

— Il voulait qu'on soit ensemble et je l'ai repoussé.

— Ah, dit Rosa, compatissante. Je comprends maintenant.

— Quoi ? demanda Phoebe, priant pour que sa mère puisse tout arranger, comme quand elle était une petite fille. Qu'est-ce que tu comprends ?

Le regard de Rosa s'adoucit et elle inclina la tête.

— Que tu as trop peur pour confier ton cœur à cet homme.

Phoebe acquiesça. Elle était *terrifiée.*

— Est-ce que tu peux me le reprocher, alors que mon seul exemple est mon père, l'homme qui a brisé le tien ?

Rosa grimaça, et prit la main de sa fille.

— Tes sentiments n'appartiennent qu'à toi, ma chérie. Ton père n'est pas un exemple idéal, mais nous étions très jeunes.

On n'aurait probablement pas dû se marier si vite. Tu es une femme forte, adulte, tu te connais bien. Si ce Zach, qui d'ailleurs a l'air charmant, a fait naître de l'amour en toi, je ne doute pas qu'il le mérite.

— Il est charmant.

Elle contempla sa tasse de thé froid. Non seulement elle était tombée amoureuse de lui, mais à en croire sa mère l'inverse était également vrai, et elle avait tout gâché.

Qu'avait-elle fait ? Pouvait-elle le reconquérir ?

— Tu regrettes d'être tombée amoureuse d'un homme qui t'a si brutalement laissée tomber ? demanda-t-elle à sa mère, luttant contre l'envie de sauter dans un avion pour Perth.

Rosa étudia la question que sa fille lui posait pour la première fois.

— Non. Si on ne s'était pas rencontrés, si on ne s'était pas jetés la tête la première dans cette histoire, tu ne serais pas née. Mon seul regret est qu'il n'ait pas été suffisamment adulte pour être le père dont tu avais besoin.

— Tu m'as donné tout ce dont j'avais besoin, maman.

Rosa luttait désormais contre les larmes.

— Tu vas être une merveilleuse mère. Zach et toi avez l'air d'aller bien ensemble, mais je suis certaine que vous trouverez un moyen d'être des parents merveilleux aussi, ensemble ou chacun de votre côté. Et je te soutiendrai, quoi que tu choisisses.

Phoebe, déchirée, hocha la tête. Elle ne pouvait pas se précipiter à Perth pour dire à Zach qu'elle s'était trompée, qu'elle avait changé d'avis parce qu'elle l'aimait. Elle avait du travail, Poppy Wilson n'était plus sous assistance respiratoire, si tout se passait bien elle allait rentrer chez elle dans la semaine, et il y avait aussi le mariage d'Ivy, avec son cortège de responsabilités en tant que demoiselle d'honneur.

— Et, je le dis à toutes mes futures mamans, déclara Rosa avec un sourire rassurant : « Pour être la meilleure des mamans possible, vous devez vous occuper de votre propre bonheur aussi. »

Phoebe dissimula son attaque de panique. Elle venait de comprendre ce dont elle avait besoin pour être heureuse : Zach. Mais elle avait laissé ses propres peurs le chasser, il était maintenant tellement hors de sa portée qu'il aurait d'ailleurs aussi bien pu être sur la lune.

Après une longue journée à opérer au Perth Memorial Hospital, Zach rentra dans sa chambre d'hôtel anonyme et n'alluma pas les lumières. Il n'avait aucun souvenir de Phoebe ici, mais elle était partout. Peu importait qu'elle soit à quatre mille kilomètres de là, c'était comme s'il avait un creux en forme de Phoebe dans la poitrine qui ne le quittait jamais.

Et qui ne serait jamais comblé, puisqu'elle ne voulait pas de lui.

Elle avait opté pour la sécurité, pour garder la main sur ses émotions. Elle avait rejeté sa proposition qu'ils tentent de faire fonctionner leur relation comme si celle-ci était nécessairement vouée à l'échec.

Et par peur d'une déception qu'elle estimait inévitable, il avait baissé les bras.

Pourquoi ne s'était-il pas battu ? Quand il voulait quelque chose, quand il avait une stratégie, il allait jusqu'au bout, jusqu'au succès.

Et il n'avait jamais rien voulu autant que Phoebe. Peut-être était-ce là le problème. L'enjeu était trop fort, le risque d'échec écrasant, parce qu'il était amoureux d'elle.

Incrédule, il passa sous la douche comme un robot.

Était-ce de l'amour ? Cette obsession sans fin pour elle, ce désir permanent d'être avec elle, cette douleur au sternum qui lui avait fait craindre un genre de crise cardiaque à deux reprises dans la semaine ?

Son téléphone sonna et son cœur manqua un battement. Sa première pensée fut que c'était Phoebe, qu'elle avait un problème.

Il attrapa son portable sur le lit, c'était son père.

— Bonjour, papa, tout va bien ? demanda-t-il en tentant de se calmer.

Il en était persuadé maintenant, il aimait Phoebe et il était parti parce qu'il avait peur d'échouer.

— Salut fiston, dit Henry Archer. Tout va bien. Je voulais te proposer des dates pour rencontrer Phoebe. Désolé, ça m'a pris quelques jours. J'ai eu un boulot de fou.

Zach se sentit soudain lourd comme du plomb. Il avait oublié cette affaire. Phoebe était distante depuis son départ, un texto de temps en temps, un vague e-mail, souhaitait-elle toujours rencontrer ses parents ?

— Super, papa, merci, fit-il en notant les jours que lui donnait son père.

Phoebe voulait le bien de leur enfant, mais lui la voulait aussi elle, pour lui, pour toujours.

Pourquoi avait-il mis si longtemps à comprendre qu'il était amoureux d'elle, pourquoi ne lui avait-il pas dit ? Avait-il eu peur, pour une fois, de ne pas réussir, de ne pas être le meilleur ? Avait-il finalement fait précisément ce qu'il savait qu'elle craignait en la laissant tomber, en baissant les bras quand c'était devenu trop difficile ?

— Alors, quand est-ce que tu reviens à Sydney ?

— Euh, je ne sais pas, dans quinze jours, j'imagine.

Dans un coin de la pièce, sa valise le tentait. Tous les jours, il rêvait de la refermer et de rentrer retrouver Phoebe. Mais il avait au moins deux semaines d'opérations programmées au Perth Memorial Hospital, avec des patients et leurs familles qui attendaient sa venue depuis des mois.

— Ce flou ne te ressemble pas, mon fils.

Oh ! certaines choses n'étaient absolument pas floues pour lui. Il avait refusé la mission en Amérique du Sud avec Nurture. Quoi qu'il se passe avec Phoebe, qu'elle veuille de lui ou non, il serait près d'elle, il serait là pour elle et le bébé.

— Oui, eh bien, tu es bien placé pour savoir que la vie nous joue parfois des tours, répliqua-t-il avec un petit rire amer.

Il avait besoin de revoir Phoebe, de lui dire en personne qu'il n'abandonnait pas espoir pour eux, qu'il serait toujours là pour elle, que le plus important pour la réussite d'une relation était l'amour. Il l'aimait. Il aurait dû le lui dire.

La frustration lui faisait serrer les poings. Il y eut un silence chargé qui dura quelques secondes.

— Ça a un rapport avec Phoebe ? demanda Henry Harper avec une étonnante intuition. Il y a des problèmes dans votre relation ?

Zach serra les dents. Si seulement cela pouvait être aussi simple.

— On n'est pas ensemble, papa, je te l'ai dit.

— Eh bien, ta mère et moi on pensait que...

— Attends, vous vous parlez, avec maman ? demanda-t-il, ébahi. Depuis quand ?

Il se laissa tomber sur le lit. Cela remettait en cause tout ce qu'il croyait savoir du mariage et du divorce de ses parents.

— Oui, ça nous arrive, quand ça concerne le bien-être d'un de nos enfants. Tu comprendras, quand tu en auras un.

— Ce que je ne comprends pas, dit Zach qui tentait de reprendre pied alors que ce sur quoi il basait sa compréhension des relations était en train de muter sous ses yeux, c'est comment vous pouvez vous parler alors que vous ne supportez pas d'être dans la même pièce.

— Rien n'est jamais aussi tranché qu'il paraît, Zach. J'ai du respect pour ta mère. C'est une femme fabuleuse. Elle m'a donné quatre incroyables enfants.

— Mais...

Il n'en revenait pas. Et si, depuis tout ce temps, il mettait l'accent au mauvais endroit ? Sur la crainte qu'une relation puisse échouer ? Pourquoi ne faisait-il pas confiance à son intuition, comme en salle d'opération ? En ce moment même, son intuition lui hurlait qu'il avait fait la plus grosse erreur de sa vie en ne se battant pas plus pour Phoebe.

Il n'était pas du genre à laisser tomber. Il faisait ce qu'il fallait. Si elle n'avait pas de sentiments pour lui, il devait le savoir, mais il devait aussi lui faire savoir, à elle, qu'elle avait changé sa vie.

— Et alors, qu'est-ce que vous vous êtes dit sur moi ?

— On a vu la conférence de presse, et ta mère a appelé pour dire qu'elle pensait que tu étais enfin tombé amoureux. Elle voulait savoir si tu m'en avais parlé.

Il ouvrit la bouche pour nier, et la referma. Cela se voyait donc tant ? Mais rien ne disait que cet amour était réciproque.

— Je suis désolé si ma rupture avec ta mère t'a blessé, Zach. Je sais que les choses n'ont pas été faciles pour toi pendant le divorce, et je m'en excuse. Ta mère et moi avons vécu de merveilleuses années de mariage avant de nous séparer. Nous avons toujours été d'accord sur un point : nous sommes fiers de notre famille.

Tout ce que nous avons toujours voulu, c'est que vous soyez heureux, tous les quatre. Je crois que, tous les deux, nous avons trouvé difficile de te voir passer tout ton temps à travailler, et à négliger ton cœur.

Zach en resta sans voix. Son père avait raison. Il avait négligé sa vie personnelle.

— J'ai une confiance absolue en toi, mon garçon. Tu es capable de faire face à n'importe quelle situation. Si vous pensez, Phoebe et toi, que vous devez en rester à être parents, je sais que ça fonctionnera. Mais demeure fidèle à toi-même, c'est tout ce que je te demande.

— Merci, papa.

Le vide en lui s'agrandissait à mesure que la vérité lui apparaissait. Il désirait plus qu'un arrangement fonctionnel. Phoebe l'avait convaincu de l'accepter parce qu'elle pensait qu'ils ne pouvaient pas aspirer à plus. Mais il voulait tout. Il voulait que sa famille soit réunie : lui, Phoebe, et leur bébé. Il voulait prendre soin de Phoebe, cuisiner pour elle, la faire danser, lui faire l'amour, jusqu'à ce qu'elle comprenne qu'elle pourrait toujours compter sur lui.

Il ne lui restait plus qu'à attendre d'être face à elle, de scruter ses yeux quand il lui déclarerait sa flamme, en espérant qu'il ne soit pas trop tard.

15

Deux semaines plus tard

La robe de mariée d'Ivy était un fourreau moulant en dentelle qui épousait sa silhouette jusqu'au genou et s'épanouissait ensuite en une élégante queue de poisson. Lucas, grand et beau dans son smoking, faisait tournoyer sa nouvelle épouse sur la piste de danse. Lorsque commença la chanson suivante, la reprise entraînante d'un vieux classique des années 1960, tout le monde se joignit aux mariés pour un boogie-woogie et Phoebe quitta discrètement son siège.

Luttant une nouvelle fois contre les larmes, elle se réfugia dans les toilettes et utilisa son dernier mouchoir. Pourquoi les mariages étaient-ils des moments si chargés en émotions, chaque nouvel événement amplifié par ses hormones ?

La cérémonie d'Ivy et Lucas avait été magnifique, et leurs vœux personnalisés avaient fait pleurer toute l'assistance. Mais maintenant qu'ils étaient mari et femme, maintenant que le gâteau avait été découpé et les discours prononcés, Phoebe s'autorisait quelques larmes sur son propre sort.

Elle-même n'aurait pas droit à ce happy end.

La main à plat contre sa poitrine, à l'endroit où la douleur était la plus intense, elle revécut les moments moins agréables de la journée, lorsqu'elle regardait la porte en espérant faire apparaître Zach par la seule force de sa volonté. C'était le test qu'elle s'était imposé, une sorte de marché. S'il venait au mariage, c'était qu'il était prêt à lui donner une seconde chance. Elle avait prévu de le prendre à part, de lui annoncer qu'elle avait changé d'avis, qu'elle voulait que leur relation fonctionne. Peut-être même trouverait-elle le courage de lui dire qu'elle l'aimait...

Mais elle l'avait compris trop tard. Il était à Perth, persuadé qu'elle n'éprouvait rien pour lui, et jamais elle ne saurait ce qu'il aurait répondu.

Elle l'avait repoussé une fois de trop.

Elle leva les yeux au plafond en clignant des paupières et en déglutissant. Ça se passerait bien. Comme Rosa pour elle, elle s'assurerait que tout allait bien pour le bébé. Et même si Zach ne voulait pas d'elle, elle savait qu'il déplacerait des montagnes pour son enfant.

Pour la première fois, en se levant, elle avait senti le bébé bouger. C'était comme de petites bulles qui éclataient. Son premier instinct avait été d'appeler Zach, de partager avec lui cette magnifique nouvelle, ce petit miracle, qui le toucherait autant qu'elle. Mais la réalité l'avait rattrapée avant qu'elle ne prenne son téléphone. Elle n'avait plus le droit de l'appeler, de partager ses émotions, ses rêves et ses peurs avec lui, de s'en remettre émotionnellement à lui.

Elle avait laissé ses doutes gagner, elle avait rejeté Zach, et avec lui sa chance d'un happy end. Elle allait devoir s'en sortir seule, exactement comme elle l'avait prédit à Zach au tout début.

Mais elle ne pouvait pas passer la soirée aux toilettes.

En se lavant les mains, elle remercia son mascara waterproof d'avoir tenu, et repensa aux encouragements de Rosa.

Oui, elle se connaissait bien, elle savait qu'elle voulait plus pour elle que ce que ses peurs ne l'avaient autorisée à espérer. Avec Zach, elle voulait tout : un merveilleux père pour son enfant *et* une relation aimante et stable pour elle. Elle méritait tout cela, comme ses amies. La croyance, profondément ancrée en elle, qu'elle n'était pas aimable parce que son père l'avait abandonnée orientait sa vie depuis trop longtemps. Il était temps qu'elle sorte de cette ornière et qu'elle mette à profit son indépendance pour poursuivre ses rêves.

Mais peut-être était-il trop tard ?

Elle ne pouvait pas quitter sur-le-champ le mariage d'Ivy et de Lucas, mais si elle attrapait le premier vol pour Perth le lendemain matin…

Elle sortit prendre l'air sur la terrasse avant de rejoindre la fête et opta pour une zone à l'écart des quelques invités sortis comme elle profiter de l'extérieur. Maintenant qu'elle avait décidé d'avouer ses sentiments à Zach, elle respirait un peu plus librement.

— Phoebe, ça va ?

Ali venait vers elle, l'air un peu inquiète sous son joli maquillage. Phoebe hocha la tête, bien décidée à ne pas verser plus de larmes.

— Je vais bien, je me demande simplement pourquoi je laisse mes peurs décider de ma vie depuis si longtemps. Pourquoi tu l'avais vu à l'enterrement de vie de jeune fille, alors que j'en étais incapable.

Ali prit Phoebe par l'épaule et posa la tête contre la sienne en un geste de compréhension silencieuse.

— Zach avait raison, on vivait quelque chose de spécial et j'aurais dû être plus courageuse, nous donner une chance. Mais j'ai tout saboté.

— Il n'est pas trop tard.

— Je ne sais pas, Ali, répondit-elle, terrifiée à l'idée que l'espoir ne suffise pas. J'espérais qu'il vienne au mariage, pour lui dire ce que je ressentais. J'ai tout fait échouer. Est-ce qu'il me pardonnera ?

Le silence trop long lui donna la chair de poule.

— Je crois que tu vas avoir une nouvelle chance de lui parler de tes sentiments, dit Ali en s'écartant pour regarder par-dessus l'épaule de Phoebe.

Phoebe fronça les sourcils, tous les sens en alerte. Elle secoua la tête.

— Il est à Perth.

— Vraiment ? demanda Ali en s'écartant avec un signe plein de sous-entendus.

Phoebe se tourna vers la piste de danse, le cœur serré.

Zach marqua une pause à l'entrée de la salle de bal, reprenant son souffle après avoir couru depuis le parking souterrain. Le cœur battant à tout rompre, les poumons en feu, il cherchait Phoebe au milieu de la foule en liesse.

Il aurait voulu rallumer les lumières, prendre le micro pour demander où était Phoebe Mason, comme s'il s'agissait d'une question de vie ou de mort.

Ce qui était en quelque sorte le cas. Il l'aimait. Son cœur se mourait sans elle. Il avait tenté de survivre ces quelques semaines, à Perth, mais il en était certain, ce genre d'existence ne s'appelait pas vivre.

Il s'avança vers la piste de danse, scruta les visages, et la panique le prit.

Et si elle était rentrée, si elle était malade ? Et si elle était là mais refusait d'entendre ce qu'il avait à dire ?

Cette fois, il n'abandonnerait pas sans se battre. Il la trouverait, d'une manière ou d'une autre. Il la supplierait de lui donner une nouvelle chance.

Il l'aperçut enfin à travers la fenêtre. Son amie Ali, habillée comme elle d'une robe rouge, la réconfortait. Son sang se glaça dans ses veines, il courut à l'extérieur et s'arrêta net quand Phoebe se tourna vers lui.

Avant qu'il ne puisse se délecter de son cou dénudé par ses cheveux relevés, de sa robe sans bretelles révélant la pâleur de ses épaules, de son petit ventre rond qui commençait à pointer, son œil de médecin l'observa des pieds à la tête.

— Tu vas bien ? demanda-t-il, le souffle court à cause de sa course et de la panique que, peut-être, elle ait un problème.

— Je vais bien, répondit Phoebe, faisant repartir son cœur. Tu es là. Je te croyais à Perth.

Ali s'était éclipsée.

— J'y étais. Je suis revenu aussi vite que possible. Pour toi.

Il voulait la prendre contre lui, l'embrasser, tomber à genoux et la supplier de lui laisser une chance. Il voulait lui prouver que son amour était fiable.

— Tu es splendide.

Il se rapprocha, parce qu'il ne pouvait pas rester si loin.

— Merci, répondit-elle, le regardant comme si elle n'en croyait pas ses yeux.

Cela lui donna du courage.

— Phoebe, dit-il en prenant gentiment son bras, un contact électrisant. Tout ce que tu as dit la dernière fois que nous nous sommes vus était sensé, nous concentrer sur notre rôle de parents, donner la priorité au bébé, mais peu m'importe de jouer la sécurité. Peu m'importe d'avoir peur de l'avenir. Tout ce qui m'importe, c'est toi. Je t'aime. Je veux être avec toi. Pour toujours.

Il déglutit. Où étaient les beaux discours qu'il s'était répétés pendant les quatre interminables heures de vol depuis Perth ?

— Pour la première fois de ma vie, dit-il, mangeant ses mots pour qu'elle le laisse finir, je n'ai pas tout programmé, ce qui est assez terrifiant en soi. Mais je te jure que je sais ce que je ressens. Je t'aime. Je te désire. Je veux qu'on soit une famille, une vraie famille. Le reste est à définir, un nouveau travail, où habiter ensemble, quelle poussette acheter. Peu importe. Je ne peux simplement pas vivre sans toi. S'il te plaît, laisse-moi tenir ma promesse de t'aimer toujours et de toujours être là quand tu en as besoin.

Parce qu'elle avait les larmes aux yeux et qu'elle était encore trop loin, il lui prit le visage entre les mains et ajouta :

— Pas que tu aies besoin de moi, ou qu'il faille que ça soit le cas, mais s'il te plaît dis-moi que tu me laisseras être là, juste au cas où.

Pour sa plus grande joie, elle rit, et pleura en même temps.

— Évidemment que j'ai besoin de toi. Je t'aime aussi. Je te désire aussi. Et je veux qu'on soit une famille, parce qu'on en est déjà une, Zach.

— Tu m'aimes ? demanda-t-il alors que son cœur essayait de bondir hors de sa cage thoracique.

Elle acquiesça.

Il plongea vers ses lèvres au goût salé de larmes, impatient de lui faire sentir l'importance qu'elle avait pour lui.

— Je t'aime aussi.

— Je m'excuse de t'avoir repoussé. Je m'excuse d'avoir eu peur de te faire confiance. Mais je connais ton cœur, Zach. Je sais que tu feras toujours du mieux possible. Je sais que je peux avoir confiance en toi et je m'engage envers nous aussi. Tu as raison, nous trouverons une solution, car être sans toi ne me convient pas.

Parce que ses mots le touchèrent au plus profond, parce que avec son amour il était la meilleure version, la version la plus complète de lui-même, parce qu'il était à deux doigts de la demander en mariage au mariage d'un autre couple, il la couvrit de baisers.

Elle lui passa les bras autour du cou et se pressa contre lui. Il embrassait la femme qu'il aimait, et leur bébé était blotti entre eux, en bonne santé et profondément aimé.

— Zach, dit-elle en reculant brusquement. Le bébé bouge. C'est arrivé une première fois ce matin. Vite.

Elle lui prit la main et la posa sur son ventre, les yeux brillants d'amour et d'excitation.

Il retint son souffle, persuadé que rien ne pouvait améliorer ce moment, leurs déclarations d'amour. Et puis cela advint, ce minuscule mouvement contre la paume de sa main.

— Tu l'as senti ? demanda-t-elle, les yeux écarquillés d'émerveillement.

Il hocha la tête, submergé de bonheur, prêt à se mettre à genoux pour saluer la vie que leur amour avait créée.

— C'est magique. Tu es magique. Tu es tout ce que je voudrai jamais.

Ils s'embrassèrent de nouveau, et ne s'arrêtèrent qu'en entendant les hurlements de loups, les sifflements et les applaudissements du petit groupe, dont les mariés et Ali, qui s'était formé à l'entrée de la terrasse.

Phoebe rit.

— Oublie-les, dit-elle en appuyant la tête contre son torse avec un soupir de contentement.

Puis elle changea d'avis.

— Allons les rejoindre, en fait ; je veux présenter mon homme à mon équipe.

Il sourit et enleva sa veste pour la lui mettre sur les épaules, au cas où elle aurait froid.

— Je te suis, dit-il, lui prenant la main pour rejoindre la fête, qui dura jusqu'au petit matin.

Et le reste de leur vie commença.

Épilogue

Sept mois plus tard...

Imprimant un baiser sur la joue de Zach, Phoebe quitta sa place à côté de son nouveau mari, regrettant déjà la façon dont sa main se posait entre ses omoplates nues chaque fois qu'ils se tenaient l'un près de l'autre.

Quand elle se tenait debout, sa robe de mariée - un élégant fourreau ivoire avec des broderies autour du buste et le long du profond décolleté du dos – était encore plus éblouissante.

Phoebe se dirigea vers la table de ses trois meilleures amies, saluant au passage les Wilson, Emma, Aaron et leurs jumelles d'un an en parfaite santé, Poppy et Jasmine.

Son adorable fils, Noah Henry Archer, était scrupuleusement gâté par ses trois grands-parents et elle rit en le voyant tenter d'attraper le bibi élégamment perché de sa mère.

— Le discours que tu viens de prononcer a failli me faire pleurer, dit Ivy quand Phoebe les rejoignit à leur table. Quel beau mariage.

Phoebe étreignit tour à tour ses trois demoiselles d'honneur. Elle ne savait pas comment elle aurait traversé les trois premiers mois de sa vie de mère sans Zach et ses amies. Apparemment, tout le monde avait besoin de l'aide d'une équipe, finalement. Et c'est ce que Zach, ses trois amies, et les incroyables grands-parents de Noah, représentaient pour elle.

— Je t'avais dit que les hormones de grossesse étaient infernales, dit Phoebe à Ivy en prenant un siège. Mais au moins Lucas et toi profitez aussi des... effets secondaires ?

Elles éclatèrent de rire, un serveur apparut avec des coupes de champagne. Harper et Ivy se contentèrent de trinquer à l'eau.

— Elle n'a pas tort, lança Harper avec un clin d'œil suggestif, une main sur son ventre de femme enceinte de six mois. Nous sommes mariés depuis quatre mois, mais Yarran et moi sommes en pleine lune de miel, si vous voyez ce que je veux dire.

— On voit ce que tu veux dire, répondit Ali en levant les yeux au ciel, mais par pitié, pas de détails sur la vie sexuelle de mon frère.

Elles rirent toutes de nouveau et Harper attira Ali à elle pour lui faire un beau baiser sur la joue, lui laissant une splendide empreinte de rouge à lèvres.

— À Phoebe et à ses deux hommes merveilleux, dit Ali en levant son verre.

Tout le monde trinqua.

— Moi aussi, je veux porter un toast, déclara Phoebe. Je ne savais pas, à la fac de médecine, que vous seriez les amies les plus importantes de ma vie, mais on en est là.

Sa gorge se serra en regardant ces femmes tellement incroyables.

— Je ne serai pas là longtemps, intervint Ali, taquine, évitant à Phoebe de se laisser déborder par l'émotion.

— Je sais, Ali, vous partez avec Jake vers de nouvelles aventures à l'autre bout du monde. Mais ce que je voulais dire, c'est que vous avez toutes les trois été là pour moi pendant ma grossesse, puis le mariage, et avec Noah, d'une façon que je n'aurais jamais imaginé quand on était plus jeunes. Alors merci. À vous, mes si précieuses amies. Je suis si heureuse que nous ayons fait ce chemin ensemble, et que nous soyons amies pour toujours. À Ali, et Ivy, et Harper.

Elles trinquèrent une nouvelle fois, et Harper et Ivy avaient une nouvelle fois les larmes aux yeux.

Phoebe vit Zach lui faire signe.

— Désolée, mesdames, mon nouveau mari me réclame, dit Phoebe, ne relevant ni le commentaire graveleux de Harper, ni le regard rêveur d'Ivy.

— Tu m'as manqué, dit-il, l'embrassant sur les lèvres, sa main à nouveau contre la peau nue de son dos.

— Moi aussi, tu m'as manqué, répondit-elle en caressant les revers de son smoking.

Il était tellement beau qu'elle en avait mal. Elle avait hâte que le mariage prenne fin pour être seule avec lui.

— C'est le moment de notre première danse en tant que mari et femme, déclara-t-il en l'entraînant vers la piste de danse.

Il fit signe aux musiciens d'entamer leur chanson.

— Je suis tellement heureuse, dit Phoebe en se glissant dans ses bras. Merci pour notre magnifique garçon.

Henry était au bord de la piste, Noah dans les bras. Leur fils observait leur première danse en agitant ses petites jambes potelées.

— Merci d'être ma femme, répliqua Zach en lui déposant un baiser plein de promesses sur les lèvres, se souciant peu des regards des amis et de la famille qui convergeaient vers eux.

— Pour toujours, répondit Phoebe en se perdant dans ses yeux.

— Je vous rappellerai cette promesse, madame Archer, dit-il, et il la fit virevolter encore et encore.

Vous avez aimé ces romans ?
Retrouvez en numérique l'intégrale de votre série
« Retrouvailles à Sydney » :

1. *Harper et le pompier*, Amy Andrews
2. *Ivy et le play-boy*, Louisa George
3. *Ali et le rebelle*, Emily Forbes
4. *Phoebe et le chirurgien*, JC Harroway

RESTEZ CONNECTÉ AVEC HARLEQUIN

Harlequin vous offre un large choix de littérature sentimentale !

Sélectionnez votre style parmi toutes les idées de lecture proposées !

www.harlequin.fr

- **Découvrez** toutes nos actualités, exclusivités, promotions, parutions à venir...
- **Partagez** vos avis sur vos dernières lectures...
- **Lisez** gratuitement en ligne
- **Retrouvez** vos abonnements, vos romans dédicacés, vos livres et vos ebooks en précommande...

L'application Harlequin

- Des **ebooks gratuits** inclus dans l'application
- **+ de 50 nouveautés tous les mois !**
- Des **petits prix** toute l'année
- Une **facilité de lecture** en un clic hors connexion
- Et plein d'autres avantages...

Téléchargez notre application gratuitement

Télécharger dans l'App Store

DISPONIBLE SUR Google Play

SUIVEZ-NOUS !

facebook.com/HarlequinFrance
twitter.com/harlequinfrance